CHRONIQUE D'UNE SORCIÈRE DE VENT

DU MÊME AUTEUR

Aux Éditions Grasset

MARIAAGÉLAS, *roman*, 1975.
LA SAGOUINE, *monologues*, 1976.
LES CORDES-DE-BOIS, *roman*, 1977.
PÉLAGIE-LA-CHARRETTE, *roman*, 1979, Prix Goncourt.
LA GRIBOUILLE, *roman*, 1982.
CRACHE À PIC, *roman*, 1984.
LE HUITIÈME JOUR, *roman*, 1987.
L'OURSIADE, *roman*, 1991.
LES CONFESSIONS DE JEANNE DE VALOIS, *roman*, 1992.
LE CHEMIN SAINT-JACQUES, 1997.

Aux Éditions Leméac à Montréal

POINTES-AUX-COQUES, *roman*, 1972.
DON L'ORIGNAL, *roman*, 1972.
PAR-DERRIÈRE CHEZ MON PÈRE, *contes*, 1972.
GAPI ET SULLIVAN, 1973.
L'ACADIE POUR QUASIMENT RIEN, *guide touristique et humoristique*, 1973.
LES CRASSEUX, *théâtre*, 1973, 1974.
EMMANUEL À JOSEPH À DÂVIT, *récit*, 1975.
ÉVANGÉLINE DEUSSE, *théâtre*, 1975.
GAPI, *théâtre*, 1976.
LA VEUVE ENRAGÉE, *théâtre*, 1977.
ON A MANGÉ LA DUNE, *roman*, 1977.
LE BOURGEOIS GENTLEMAN, *théâtre*, 1978.
LA CONTREBANDIÈRE, *théâtre*, 1981.
CHRISTOPHE CARTIER DE LA NOISETTE DIT NOUNOURS, coédition Hachette-Leméac, 1981.
CENT ANS DANS LES BOIS, *roman*, 1981.
LES DROLATIQUES, HORRIFIQUES ET ÉPOUVANTABLES AVENTURES DE PANURGE, AMI DE PANTAGRUEL, *théâtre*, 1983.
GARROCHÉS EN PARADIS, *théâtre*, 1986.
MARGOT LA FOLLE, *théâtre*, 1987.
WILLIAM S., 1991.
LA FONTAINE OU LA COMÉDIE DES ANIMAUX, 1995.
L'ÎLE-AUX-PUCES, 1996.

Traductions et adaptations

RICHARD III (d'après W. Shakespeare), Léméac, 1989.
LA NUIT DES ROIS (d'après W. Shakespeare), Léméac, 1993.
LA FOIRE DE LA SAINT-BARTHÉLEMY (d'après Ben Jonson), Leméac, 1994.

Aux Presses de l'Université Laval, à Québec

RABELAIS ET LES TRADITIONS POPULAIRES EN ACADIE, *thèse de doctorat*, 1980.

ANTONINE MAILLET

CHRONIQUE D'UNE SORCIÈRE DE VENT

roman

BERNARD GRASSET
PARIS

À sœur Marie-Dorothée, la chroniqueuse.

À la mémoire de ma sœur Jeanne.

Prologue

Mon enfance dans le coin le plus reculé du continent, coincée entre les champs, les bois et l'océan, n'était pas un paradis, je le sais ; mais toute rabougrie qu'elle eût été, elle est perdue : voilà ce qui la rend inestimable, et qui rend mon âme inassouvie. Je n'accepte pas plus le temps linéaire que la fuite des étoiles par en avant. Si quelque part l'univers est sphérique, pourquoi pas le temps ? Donne-moi la main, Radi, toi, mon double, ma mémoire, mon histoire primaire et primitive, l'enfant que je fus, souffle-moi dans les narines comme Dieu au grand-père Adam, ramène-moi au temps où tout a commencé pour nous. Une seule fois, une dernière fois, faisons le voyage par les sentiers sinueux de la mémoire, retournons gratter l'envers des membranes du cerveau, essayons de grimper jusqu'aux confins du spatio-temporel qui nous appartient et qui remonte... remonte... au temps où tu reposais dans les entrailles de ta mère.

Je ne distingue plus les entrailles maternelles du ventre de la terre. J'ai l'impression de glisser au creux d'un entonnoir. Un cercle après l'autre m'entraîne à une vitesse vertigineuse vers le vide qui tournoie et tourbillonne et me réduit à l'état de fétu, puis de poussière, puis de rien. Moi-rien. Mais moi tout de même. J'y suis. Au cœur du Big Bang? Jamais je n'oublierai. Car ce « rien » est mémoire. Plus rien d'autre. Toute ma vie, qui ne se manifestera que dans quinze milliards d'années, je me souviendrai. À la condition de faire le voyage jusqu'au bout. Suis-moi. Nous ferons le voyage le plus périlleux jamais entrepris, Radi, parce qu'il ne mène nulle part.

... Alors pourquoi tu le fais ?

J'ai menti. Il mène quelque part. Il mène à toi. À toi et au pays qui t'enveloppe. Et dans ce pays-là, un monde grouillant de personnages que j'ai arrachés de mon propre ventre, mais dont j'ignore pourtant la véritable origine. Je ne peux pas avoir créé Gapi, Clovis ou Bélonie à la simple image de mon père, mes frères et mes cousins. L'un ou l'autre doit se révéler un jour le reflet d'une verrue sur mon cerveau ; ou une retaille de mémoire arrachée à un ancêtre sans histoire et qui voltige depuis des siècles aux quatre vents ; ou le clin d'œil d'un possible qui a croisé mon regard entre les plis du temps et m'a fait compassion. La compassion, la mémoire, une faille du cerveau ; plus des odeurs plein les narines, des frissons à grandeur de peau, les couleurs vives ou les formes trompeuses d'une nature en mouvement ; des musiques, des cris, des mots qui me chatouillent les tympans : a-t-on besoin de davantage pour affûter la pointe de son crayon un lundi matin, à l'avant-veille de l'an 2000 ?

Ravale ta peur, l'an 2000 est une pure convention. Mon calendrier fut inventé par les hommes en mal de certitudes ; les certitudes reposent sur le roc des mathématiques ; les mathématiques créent l'ordre qui pousse les hommes à inventer le calendrier. Qu'on se soit trompé de trois ou trente ans sur la naissance du Christ, et l'an 2000 n'est pas pour demain. Un chroniqueur inculte, un copiste distrait, et l'histoire bascule dans l'apocryphe. Mais pourquoi l'apocryphe serait-il moins vrai que l'histoire, puisque la vérité, nous la fabriquons à mesure ? Ça, je ne dois pas le dire à Radi qui a déjà assez de tendances vicieuses commme ça. Et pourtant, ni elle ni moi n'aurions de raison d'être si la vérité devait sortir soudain du sol comme un bloc monolithique, comme un poteau de galerie, avec ses dogmes bien gravés sur ses quatre faces telles les tablettes de Moïse. Si la vérité n'était pas à refaire chaque matin avec des mots, et des images, et des personnages tout neufs taillés à même la toile du firmament, à quoi serviraient nos cris et nos crayons ? Que la vérité apparaisse un beau matin, dans sa splendide infaillibilité, et nous verrons s'engouffrer dans un irréversible silence le menteur, le chroniqueur, le peintre des étoiles, le danseur sous la pluie, le joueur de flûte, de violon, de bombarde, le créateur de mythes et de contes merveilleux, tous ces inventeurs de corde à virer le vent qui attrapent à l'aube ou à la brunante la lune avec les dents.

Mais nous sommes tranquilles, la vérité n'apparaîtra pas. Même pas dans ton logis où règne la plus stricte discipline d'une maisonnée régie par un maître et une maîtresse d'école. Je me souviens de tout, hormis de ce qui fut. Le moindre grain de poussière qui danse sous la lumière se transforme en papillon, en oiseau, en Pégase, et vient échoir dans mon imaginaire aux côtés de milliers de grains de poussière, tous plus agités les uns que les autres, qui prennent forme, se croisent, se répondent, se métamorphosent en personnages qui s'enfantent mutuellement comme des poupées russes, une famille trop grande pour ma maison, mon village, mes côtes. Je devrai partir, m'exiler bien au-delà des frontières de mon pays. M'exiler du réel.

Dans l'écriture.

Après trente-six livres, je ne suis pas libre de tout dire, pas encore. Alors pourquoi donc ai-je fait appel à Radi, si je dois la museler ? Pourquoi écrire cette histoire si je dois en taire l'essentiel... si je ne pousse pas mon inquiétude jusqu'à chercher la véritable Mariaagélas... derrière le visage d'une grand-mère, arrière-grand-mère, celle qui a eu besoin de s'éventer les poumons sur son devant de porte au crépuscule d'automne et qui, en secouant son tablier, a vu passer sur la grand'route un Juif errant qui lui a fait signe ? Il était grand, barbu, enveloppé d'un manteau aux couleurs multiples, le visage traversé d'un sourire qui lui renvoyait la lumière du soleil couchant. Elle a plissé les yeux, a biclé, a levé un bras... puis elle a ramassé son devanteau et sagement est rentrée au logis. Bien des générations plus tard, nous nous souvenons d'elle, Radi et moi, la bénissons de n'avoir pas cédé à la tentation de créer ce vide dans la lignée de nos ancêtres et de ne pas nous confiner, par le fait même, à végéter pour un temps indéfini parmi les possibles qui peuplent les limbes. Mais je refuse d'accepter sans compensation son sacrifice, je lui dois sa seconde chance. Trois, quatre générations plus tard, Mariaagélas surgit des coffres du grenier de sur l'empremier tel un fantôme endormi. Cette fois, elle ne rentrera point à la maison, mais partira à la quête du rêve d'une aïeule prisonnière des mœurs et de la loi. Mariaagélas est née de mille ans de frustration et de dix mille ans de rêves impossibles.

... Ça veut-i' dire que...

Ça ne veut rien dire. Sache qu'un livre ne cherche pas à dire quelque chose. Il raconte, ça suffit. Il raconte ce qui est, a été, peut-être ce qui sera. Il raconte pour raconter, pour conter une belle histoire.

L'histoire de Pélagie, par exemple.

... *Qui ça ?*

Tu n'as pas connu ce nom-là, mais tu as connu des Pélagie. Ta mère entre autres.

... *Elle s'appelle Virginie.*

Je sais, mais au fond des reins, elle était une Pélagie. C'est peut-être ça qui l'a tuée.

... ?

Écoute, Radi... Non, n'écoute pas. Ici tu ne peux pas me suivre. Laisse-moi seule à mes divagations. Pélagie meurt de rentrer son peuple au pays. Un peuple qu'elle portait dans les reins. Elle a tenté l'impossible aventure de ressusciter une mémoire moribonde. C'est dans les reins que loge la vraie mémoire, celle qu'on a oubliée, qui est déjà sortie du cœur pour s'enfouir au creux de l'inconscient. Dans le cœur, Pélagie avait un vaillant Beausoleil qui lui offrait un monde au-delà des mers ; et dans les reins, la mémoire d'un peuple à rendre à l'histoire. Comment une femme à la chair si tendre et au sang si chaud peut-elle privilégier le mystère obscur tapi au creux des reins devant la clarté lumineuse qui lui inonde le cœur ? Un tel choix fait fondre la chair trop tendre. De même que Pélagie qui mourra des reins, ta mère, Radi...

... *Non !!*

Mais ne t'en fais pas : avant de mourir, elle a eu le temps de cligner de l'œil du côté des limbes où tu retenais ton souffle, en attendant de voir tes parents à venir parier enfin sur ta vie.

Ma vie ! Sans la tienne, encastrée dans un endroit pâle comme un envers aux confins d'une Amérique qui se croit pourtant le centre du monde, au mitan d'un siècle de passage entre deux millénaires, au cœur d'une famille toute jeune mais décrochée du portail des cathédrales et jusque des murs de Lascaux, sans toi, Radi, née en un spatio-temporel neutre mais à cheval entre les extrêmes, sans ta turbulente et tyrannique mémoire, je vivrais tranquille ma vie calme et réglée, me préparant à commencer un nouveau livre un lundi matin, comme chaque automne ou presque, aménageant dans un grenier propre et nouvellement éclairé, le pupitre épousseté, les dictionnaires analogiques et étymologiques rangés, les yeux fixés sur la fenêtre de ma lucarne qui donne sur le feuillage touffu d'un peuplier en train de jaunir et qui chuchote à l'érable d'en face d'arrêter de rougir pour un rien, pour le frisson d'une nuit, que l'automne n'est pas encore là... pas encore...

Je sais pourquoi, Radi, tu as tant refusé de grandir, t'agrippant à deux mains à tes huit, dix, douze ans, le front buté, l'âme raidie, comme un poussin qui s'accroche à sa coque, un ver à son cocon. Mais comment penses-tu devenir un jour papillon ?

... *Et t'aimes ça, toi, d'être un papillon ? Moi, je veux devenir cheval.*

Sans le savoir, tu m'as transmis tes peurs bleues de la vie qui fuit de partout, un bateau qui commence à dix ans à prendre l'eau. Pour me raccrocher, j'ai appris à regrimper mes dix générations d'Amérique, mes trente de France, mes innombrables depuis Cro-Magnon et l'Afrique à l'est du Great Rift. Alors je m'en vais plonger au fond de la mer du Fond de la Baie pour me souvenir du temps que j'étais poisson.

... *T'aimes ça d'être un papillon ?*

En tout cas, toi, tu as la tête plus dure qu'une mule : tu ne lâches pas. À vrai dire, c'est pourquoi je t'appelle. J'ai besoin que tu me guides jusque dans les recoins les plus obscurs d'un pays qui, sous ses airs anonymes, ne ressemble à aucun autre. Dans une tapisserie, cette terre-là serait un nœud. Ne cherche pas à comprendre, contente-toi de te souvenir. Emmène-moi à la quête de mes personnages, Mariaagélas, Pélagie, la femme du docteur...

... *Carlagne.*

Qui?...

... *Carlagne!*

I

Radi n'est pas en mesure de me renseigner sur les événements du tournant du siècle. Et tous ceux qui sont aujourd'hui en âge de faire de la lumière sur un temps aussi dense que les années 1900 telles que les a vécues le pays qui s'étend entre la mer, la Miramichi et la rivière de Chocolat font le mort dès que j'aborde le sujet de Carlagne. C'est un mythe, une légende, une histoire inventée par les curés pour justifier leur rôle de gardiens des mœurs. On vous parlera de la Prohibition, du naufrage du *Titanic*, des ravages de la grippe espagnole, mais les plus infaillibles mémoires, les plus volubiles conteurs et défricheurs d'arbres généalogiques oublient jusqu'à la couleur de leurs chaussures qu'ils scrutent avec acharnement dès que je lève le coin du rideau qui voile le visage, la vie, la postérité de Carlagne.

J'allais renoncer. Un personnage, après tout, n'est qu'une figure parmi tant d'autres qui composent la vaste fresque qui se découpe entre les quatre points cardinaux de mon pays. Je me passerai de Carlagne comme j'ai dû par force enterrer Mimo à peine esquissée ; dire adieu à Katchou que, faute de souffle et de cran, j'ai abandonnée sur les routes d'une aventure qu'elle n'a sans doute jamais achevée ; envoyer aux orties la dernière des filles du barbier qui...

« Fille du forgeron, vous voulez dire. »

Mère Domrémy ? La première fois qu'elle a fait surgir devant moi le forgeron, c'était en rêve. Étais-je vraiment endormie, ou flottant dans un demi-sommeil plus propice à la création vagabonde que les songes profonds de la nuit ? Le forgeron. Bouctouche a connu plus d'un forgeron à l'époque où les chevaux couraient sur les pistes en plus de traîner les carrioles et les bogheys ou de s'atteler aux charrues. La famille des Gélas sur trois ou quatre générations a donné dans la forgerie. De même, le père de Philippe-le-mort, le premier amour de Radi, était forgeron.

J'en aurais le cœur net. Il me fallait retrouver mère Domrémy, lui secouer les puces, ou les perles de son chapelet, au fond de son couvent, et l'obliger à me confronter sur mes rêves, mes songes, mes étranges prémonitions. J'ai pris le taureau par les cornes, sauté dans le premier avion pour Moncton, et, sans m'adonner aux plus élémentaires politesses, je me suis fait annoncer au parloir.

« Mère Domrémy, s'il vous plaît, ma sœur.

— Elle vous attend. »

Ai-je bien entendu ?... Vous attend ?... vous attendait ? Comment pouvait-elle m'attendre ? Je suis venue de Montréal pour la voir, profitant ou prétextant ou... sautant sur une occasion qui n'en était même pas une pour venir lui arracher le nom d'un forgeron.

« Tiens, tiens ! te v'là, ça me fait grand plaisir de te voir. »

Et moi donc ! D'autant plus plaisir que je vois tomber les barrières : le vouvoiement, la langue châtiée, les distances qui séparent d'ordinaire l'aînée de la cadette et le maître du disciple.

« Qu'est-ce donc que tu écris maintenant? qu'elle s'empresse d'enchaîner, sûre que par ce biais elle nous empêchera l'une et l'autre de nous égarer dans les bretelles.

— Je n'écris pas, je flagosse.

— Hm, hm, tu flagosses. Me croiras-tu si je te dis que je flagosse moi aussi en ce moment? Je patauge dans la petite histoire de sacristie d'une Église qui a plus longtemps pataugé que... excuse-moi. Mon père m'a pourtant répété maintes fois de ne point mordre la main qui te nourrit. »

Elle rit du gosier en biclant de son mauvais œil, mais sans perdre le fil d'une pensée qui la hante autant que moi, à croire que nous aurions pu participer au même rêve la même nuit. Elle me relance sur l'écriture en poussant l'audace jusqu'à me brosser sa vision, sa vision de profane, se hâte-t-elle d'ajouter, d'une épopée vivante. Car cette érudite faite-maison sait distinguer l'épopée primitive de l'autre à laquelle se sont frottés les Hugo, Voltaire ou Agrippa d'Aubigné.

« La véritable épopée ne sait pas qu'elle en est, parce qu'elle se raconte avant de s'écrire, et même en s'écrivant, elle reste de la transmission orale. »

Si quelqu'un peut me parler d'oralité, c'est bien elle, qui m'en a transmis le virus à l'âge où je cherchais encore à greffer Lamartine à Boy à Polyte à Thomas Picoté. Mais je ne dois point la brusquer. Trop d'informateurs, et des plus solides, m'ont glissé entre les doigts, les oreilles et les yeux par ma trop grande anxiété à dévorer le passé dans une seule goulée. Doucement, Radi, ne poussons pas. Mère Domrémy est une mine souterraine aux veines si profondes que le roc qui les contient peut éclater à tout instant sous le moindre coup de grisou. Prenons le temps qu'il faut, tournons autour du pot assez longtemps pour l'entraîner à la forge...

« T'as pas connu, toi, un forgeron du nom de Jos à Benjamin à David qui sortait de Rogersville et puis qui s'est installé à Bouctouche au début du siècle... Il avait épousé une des plus belles femmes de Saint-Norbert, à ce qu'on racontait. »

...Joseph à Benjamin à David, voilà que nous nageons en pleine tribu d'Israël. La Bible qui entre à Bouctouche par la grande porte. Par la double porte de Rogersville et de Saint-Norbert.

Bouctouche, Rogersville, Saint-Norbert. Triangle biscornu. Trois villages à la fois plus dissemblables et ressemblants que des siamois séparés par un apprenti rabouteur.

Avec sa voie ferrée, son pont-levis et son double port de mer, le Bouctouche du tournant du siècle se croyait autorisé à lever le nez sur les quarante-six villages blottis entre les buttes et l'océan. Pourtant on comptait des havres, çà et là, sentant fort la saumure et les agrès, mais qui n'accueillaient point les steamers à la belle saison. Tout juste des quais en planches noueuses, couvertes de mousse et de goudron, qui boitaient jusqu'au chenal d'à peine cinq brasses de profondeur, de quoi laisser accoster les chaloupes, ou un brick à l'occasion. Mais les steamers, de la fin mai au début de septembre, c'était pour Bouctouche. Pour Bouctouche aussi le pont-levis qui s'ouvre en son milieu, lève deux bras gigantesques vers le ciel pour y laisser passer les goélettes qui se rendent jusqu'au quai des Michaud. Deux quais dans un seul village! gros village qui s'enfle de partout, allonge ses tentacules comme des racines qui risquent de déboucher un jour à Sainte-Marie ou à Cocagne.

En voie ferrée, toutefois, Bouctouche doit baisser le front devant Rogersville.

Pas ville pour un sou, Rogersville, village moyen, bourgade, agglomérat de maisons d'un seul bord d'une rue principale, l'autre cédant son horizon à la voie ferrée. Mais un vrai chemin de fer, celui-là, sans terminal, parce que ses embranchements lui font traverser le continent. Rogersville, n'en déplaise à Bouctouche, peut sans quitter ses dormants joindre Halifax à Vancouver. Bouctouche en rage avec sa ferraille de trente ou quarante milles qui relie la mer à Moncton. Un minuscule train de six wagons qui transporte deux fois par semaine des billots, de la marchandise sèche et la femme du conducteur qui a ses passes et en profite pour pratiquer un commerce illicite. Tandis que Rogersville...

Sa voie ferrée, seule supériorité de Rogersville sur sa prestigieuse rivale, pourrait raconter une certaine histoire du pays vue des rails, vue de la fenêtre d'un wagon-bar, d'un wagon-lit, d'un wagon-restaurant. Bouctouche en bave. Et se rabat sur ses steamers de la saison chaude, si chaude que les filles s'arrachent à toutes les buttes et buttereaux et dévalent jusqu'à l'un ou l'autre des deux quais. Deux quais! autant dire deux havres, deux bassins, deux prismes qui fracturent la vérité des côtes en ses multiples facettes et sauraient raconter, vue de la mer, une histoire plus ancienne, plus riche, plus inimaginable que tous les contes de toutes nos Mère l'Oie de Rogersville, Cocagne ou Saint-Norbert.

Ah ! là, par exemple ! Saint-Norbert ! Le souverain mépris que crache Bouctouche sur Rogersville est du crachin à côté de la nargue de Rogersville sur Saint-Norbert.

Bouctouche sourit du haut de son pont-levis. Car il sait que tôt ou tard, tous les villages à faire le tour viendront s'essuyer les pieds sur le perron de ses hôtels. Trois hôtels, quatre si l'on compte celui qui doit passer au feu au lendemain de la guerre, la Première Guerre. Des hôtels qui accueillent des voyageurs de commerce, des voyageurs de routine, des voyageurs tout court. Car Bouctouche avant tout est sur le chemin du roi. De l'Atlantique au Pacifique, la route qui relie les deux mers *a mari usque ad mare* passe par Bouctouche. Tous les chemins y mènent, tous les héros des côtes y aboutissent. Une histoire qui se tricote à Rogersville avec des défaisures de tapis de Saint-Norbert, Sainte-Marie ou Cocagne finira par venir grossir la légende dorée de Bouctouche. Une histoire qui commence toujours par être vraie, mais qui, rendue à Bouctouche...

Mère Domrémy m'a laissée divaguer seule pendant qu'elle furetait dans la poche la plus profonde de son habit de mérinos noir qu'elle continue, en dépit de Vatican II, à honorer. Elle en sort un mouchoir à l'ancienne et se mouche abondamment. Après soixante-dix ans de couvent et d'études bibliques et profanes qui englobent les mathématiques, la physique, l'histoire, la philosophie, les lettres et les sciences humaines, cette docte personne n'a rien perdu de sa nature la plus profonde : celle d'une paysanne. Cet alliage si peu assorti de métaux contraires en fait l'esprit le plus original et le plus solide qu'il m'ait été donné de fréquenter. Sa vision synthétique et globale de l'univers lui vient sûrement de ce paradoxe de base qui lui permet de lire en même temps l'envers et l'endroit d'une même page et d'en tirer les conclusions qui échappent aux plus futés.

« La femme de Joseph à Benjamin s'appelait Marie. »

Rien de moins ! La réalité tire l'histoire par les cheveux.

« Mais tout le monde l'appelait Marijoli, on se doute bien pourquoi. Une Thibodeau de Saint-Norbert. La famille Thibodeau aurait eu pignon sur rue si Saint-Norbert avait compté à la fin du siècle dernier d'autres rues qu'un chemin de terre qui serpentait de la façon la plus fantaisiste entre des champs picotés de maisons et de corps de logis et si les toits de l'époque avaient exhibé des pignons. Mais au pays, un pignon s'appelait une lucarne, un mot bien de chez nous. Ce qui fait que les Thibodeau passaient pour des gens comme les autres, avec le droit pourtant de cracher sur tout ce qui n'était pas de la parenté. »

Elle glousse et se hâte de tourner la tête du côté du jardin : ses mots l'ont trahie ; le goût de la formule encore un coup a trompé sa réserve acquise durant près de septante ans de couvent.

« À dire le vrai, personne ne crachait sur personne en ces années-là. Tout le monde était conscient de sortir des mêmes ancêtres débarqués à Port-Royal trois siècles plus tôt et partis ensemble vers l'exil lors du Grand Dérangement. Mais certaines familles d'en haut du champ... par exemple les Thibodeau... »

L'heure des vêpres ou de complies, je ne sais, l'appela à la chapelle et me frustra de la vraie supériorité des

Thibodeau sur le commun des mortels de Saint-Norbert. Les Thibodeau et les autres qui se partageaient le haut du champ.

En la quittant, ce jour-là, je savais que je reporterais mon voyage de retour, que sans qu'elle en sache rien, je lui donnais rendez-vous pour le lendemain.

Tais-toi, Radi, ne me fais subir aucun interrogatoire ni flot de reproches. Je n'ai pas menti à mère Domrémy ; tout juste lui ai-je laissé croire que je rentrais à Montréal où m'attendait un travail urgent. Mais l'urgent doit céder devant plus urgent que lui. Je m'installai pour une nuit dans mon phare du Fond de la Baie avec l'intention inavouée d'y rester le temps nécessaire : deux ou trois jours. J'entends ricaner Radi. Elle est plus avertie que moi sur le sens de « temps nécessaire ». Dans un conte ou une histoire, cette dévoreuse de temps pouvait laisser courir les heures sans les compter. Une histoire, on ne résiste pas à ça dans la famille.

... C'est pas parce que t'es grande...

C'est la première fois que je me fais traiter de grande. Et plutôt que de prendre ombrage de l'impertinence, je me rengorge.

Je retournerai demain sonner au couvent.

Mais auparavant, j'ai une bonne nuit à subir dans la tour d'un phare que les vents ont décidé d'éprouver. Des vents de mer qui ne font pas de quartier aux intrus. Octobre n'est pas la saison des vacanciers sur les bords de l'Atlantique. Sauf pour les nés-natifs. J'en suis, et je saurai me colleter avec ses effarés de nord-nord-

nordets. Avant de plonger sous la couette, j'ai passé la tête par un carreau de ma fenêtre et tiré la langue à une mer en furie. Une étoile m'a répondu... non, un feu, la lanterne d'un phare de dune qui bicle et calouette et s'éteint. Mauvais augure. Mais je ne crois plus aux augures. Je n'ai plus qu'une idée derrière la nuque : tirer jusqu'aux derniers vers du nez de cette conteuse encoiffée qui, à l'ombre des quatre murs de son cloître, a connu une vie plus riche que le plus aventurier des grands explorateurs. Car à l'exemple des créateurs de mythes, elle a vécu la vie de tous ces personnages qui se bousculent dans son inépuisable mémoire. Si j'étais sa supérieure, je me méfierais de ses heures de vêpres ou de matines qui doivent chanter une autre gloire que celle du Seigneur.

Je tourne et me retourne dans mon lit. De Rogersville, le forgeron Joseph à Benjamin à David va prendre femme à Saint-Norbert. La plus belle femme des terres d'en haut, selon le dire de mon informatrice. Mais elle s'appelait Marijoli et non pas Carlagne. Carlagne est encore à venir. Quel lien entre ces deux femmes qui surgissent de la fresque des côtes comme la Dame à la licorne ? Dame à la licorne...

... Une licorne se détache du vaste mouchoir de mère Domrémy, saute du dernier wagon du train qui traverse le pays d'un océan à l'autre et pénètre dans mon rêve. Une superbe bête à la corne unique, pattes affilées comme des tiges de roseaux, croupe large et ferme qui danse au-dessus des foins de prés et de dunes, l'œil fendu qui entre dans le mien et me brûle la rétine. Je frotte mes paupières qui s'ouvrent et laissent pénétrer une lueur, même pas, un reflet, un souvenir qui vient jouer sur la membrane intérieure de mon cerveau et me replonge dans le sommeil.

C'est Radi qui me réveille avant l'aube.

... C'est congé. L'Action de grâce. Dépêche, on va ramasser de la faîne au ruisseau du Docteur.

Je bondis du lit, puis me ravise. Non, Radi, on ne va plus au ruisseau du Docteur. On a depuis longtemps changé de docteur et laissé à peu près tarir le ruisseau... Quelle cruauté ! Je pouvais tout lui enlever, sauf ça. Le ruisseau du Docteur était intarissable ; la vie de Radi inconcevable sans le mystère d'un ruisseau qui prenait source dans l'inconnu et se prolongeait dans l'infini. Le plus sûr garant de la pérennité de l'enfance. Or justement, Radi, l'enfance... Taisons-nous.

L'enfance a peut-être malgré tout une sorte de pérennité. La preuve : Radi qui revient me hanter après toutes mes années de lutte pour apprendre à respirer seule, vivre ma vie propre, ce qui m'en reste... une éternité. Je ne veux rien de moins qu'une éternité par seconde, c'est elle qui m'a appris ce genre d'arithmétique.

... Tu m'as appris à mettre la charrue devant les bœufs, coquine, ou à me passer de bœufs s'ils venaient à manquer ; attraper la lune avec mes dents de lait ; manger le blé en herbe et les pommes vertes ; vivre chaque huit jours la semaine des trois jeudis : maintenant que je sais tout ça, tu peux t'éclipser. Ne rechigne pas, éclipser ne veut pas dire disparaître, mais retrouver ta place dans le temps ; nos temps ne coïncident pas, Radi. Je te parlerai, çà et là, ferai appel à ton intuition, tu as l'instinct le plus sûr que j'aie jamais rencontré, au point que je me suis souvent demandé si tu avais vraiment achevé ta sortie du règne animal, tant tes sens sont restés primitifs et... Mais non, mais non, tu n'es pas de la race des Sauvages, tu les précèdes tous !

... Tu me fais ch...

Radi !

Il est grand temps de prendre une douche, plutôt froide que tiède. Les vents se sont calmés. Et si vraiment c'est jour d'Action de grâce, profitons du prétexte. Un long congé donne le droit de se moquer des urgences et de camoufler mes vraies intentions à une mère Domrémy qui ne m'attend sûrement pas.

« Entre et asseye-toi du côté de ma bonne oreille. La cloche nous a interrompues comme nous entrions chez les Thibodeau. »

Hé ! Et j'avais cru la tromper avec mon camouflage ? Un seul œil lui suffit pour décortiquer les intentions les plus détournées. Je ravalai mon orgueil avec ma salive et me plaçai du côté de sa bonne oreille, qui, hélas ! n'est pas le même que celui du bon œil, ce qui m'oblige à une gymnastique qui me donne l'air complètement effarouché. Surtout ne point sortir le plus minuscule calepin, ou laisser paraître le bout d'un crayon. Deux ouïes, deux yeux, la mémoire. Si elle, la borgne dure d'oreille, a pu faire son profit avec la moitié...

« Trois lucarnes au logis des Thibodeau, si fait. Même cinq avec les châssis des deux côtés qui donnaient, l'un sur les champs d'avoine, l'autre sur la propriété de... T'es mal assise, approche ton fauteuil.

— La propriété de ?... »

Elle plante un œil dans la fenêtre, du bout des doigts frotte son crâne à travers son voile, puis replace ses mains à plat sur ses genoux. J'ajuste ma respiration à la sienne pour ne pas faire discordance.

« ... De Yophie. »

Yophie ?

Le fait-elle exprès de me détourner de Carlagne ?

« En quelle année est mort ton père ?

— Un 10 avril 1954.

— C'est ce que je croyais, le compte est bon. Le même jour que Yophie. Mais le chenapan était centenaire. Un Maillet comme ton père et le mien, qui s'en vient finir ses jours à Bouctouche... en bas de la traque. »

Me voilà garrochée sur une planète que je n'espérais pas. Sur la piste de Carlagne, je butte contre Yophie. Le congé de l'Action de grâce ne suffira pas à épuiser Rogersville et Saint-Norbert, ou à raccrocher l'un et l'autre à Bouctouche. Je décide de laisser tomber le masque et de prendre le bœuf par...

« Les cornes au front du petit Léon finiront par avoir la peau la plus coriace que les côtes aient connue. »

Ouf !!!

On s'habitue à tout, même à la télépathie. Je pourrai désormais me passer de questions. Je n'aurai qu'à suivre mon devin, le recharger de temps en temps, le redresser ou le ramener sur la voie principale, l'empêcher de me raconter six histoires parallèles...

« Cinq ou six villages qui ont cru vivre en même temps des histoires indépendantes les unes des autres se sont en fait trouvés à crocheter, sans s'en apercevoir, une seule tapisserie que tu n'as pas cessé de déchiffrer depuis que tu fais profession d'écriture. Le petit Léon, Yophie, Marijoli, Carlagne, le forgeron, Prudence, la femme du docteur... »

Mon cœur a fait un virage trop rapide et j'ai dû changer de posture dans mon fauteuil, dégager mes poumons pour les laisser pomper... et aspirer un air nouveau qui sentait le foin salé et les roses sauvages. Ma conteuse se berçait tout en enfilant les images qui enjambaient les saisons, parsemant le pays des odeurs et des sons dont Radi n'avait pas fini de dresser l'inventaire. Petit à petit, je trouvai la cadence et entrai à pieds joints dans la tapisserie.

... Je peux rester ?

Oui, Radi, tu peux rester. Mais tiens-toi tranquille. À partir d'ici, c'est mère Domrémy qui a la parole. Sache que tu as de la chance d'assister en première loge au déroulement d'une histoire complètement inédite et que tu cueilleras de la bouche même de la plus grande chroniqueuse du pays.

... Tu parles en grandeur.

Chut !

II

« Aujourd'hui, le dernier de classe en psychiatrie saurait mettre des mots savants sur le mal d'âme de Yophie. Mais au tournant du siècle, on était moins sophistiqué : Yophie était un démon. Et comme tout démon de son espèce, il sortait de l'enfer, c'est-à-dire de nulle part. Ce démon portait pourtant un nom, un patronyme et un sobriquet, comme tous ses compatriotes contemporains, mais personne ne mettait en doute que sa véritable origine dépassait de mille lieues et mille ans sa famille propre et prenait racine en un endroit que le plus hardi n'osait appeler par son nom. Mais tout cela, c'était du temps des charrues tirées par les bœufs, avant que Saint-Norbert ne connaisse le téléphone ou même la télégraphie sans fil. Impossible donc d'imaginer que la famille du dénommé Yophie ait pu envisager de faire traiter son démon. D'ailleurs, Yophie n'avait pas de famille proche. Il partageait les mêmes ancêtres que la moitié de la paroisse et le quart du comté, mais vivait seul dans sa maison à double cheminée, voisine de celle des Thibodeau, depuis la mort équivoque de sa seconde femme.

Ce décès avait bien sûr fait jaser. À une époque où les trois quarts des femmes mouraient en couches et le reste de tuberculose, une mort aussi subite que celle de cette seconde épouse, et qui suivait d'à peine trois ans la disparition non moins subite de la première, laissait planer une atmosphère nébuleuse sur un pays pourtant habitué au mystère. Aujourd'hui, la loi pourrait exiger l'exhumation... Est-ce bien le mot juste? Toi qui pratiques le métier de la langue...

— Hm-hm, c'est juste, la loi exigerait de déterrer le corps.

— Mais pas question de s'adonner à un sacrilège pareil en ces années-là. Le dessous de la terre appartenait aux morts qui avaient le droit inviolable d'y reposer en paix. Quant aux vivants, ils devaient s'en partager la surface. Là, en dehors de la propriété de l'Église, aucune terre n'était sacrée. Et à l'époque comme aujourd'hui, au plus fort la meilleure part. Tu imagines bien que la part de Yophie finit par empiéter sur celle des autres à une vitesse insurpassable. Sauf sur le terrain des Thibodeau. »

« ... Les Thibodeau, en trois générations, avaient réussi à défricher jusqu'à la dernière souche une terre de cinq cents arpents; remplacer l'ancienne charrue à bois par une lame en acier; planter des arbres fruitiers entre le potager et les champs de céréales. De sorte que du temps de notre histoire, les fils Thibodeau pouvaient aspirer chacun à un joli lopin de terre et les filles à un brillant mariage. Chaque année, l'un ou l'autre se rangeait. Hormis la cadette, Marijoli. Elle se maria, comme ses sœurs, mais...

— Elle épousa le forgeron Joseph à Benjamin à David.

— Ta mémoire est encore prime.

— J'ai été votre élève.

— Hé-hé. »

... Non, Radi, ne bouge pas.

« Certains prétendent qu'elle épousa Jos à Benjamin sur un coup de tête ; moi je dis que ce fut sur un coup de cœur. Mais allez savoir ! Et derrière les murs de mon couvent, je ne suis pas particulièrement équipée pour m'en aller vérifier. Surtout que tout ce brassage de sentiments se passait du temps que le siècle s'étirait encore les membres pour essayer de s'arracher à ses langes. »

... Mère Domrémy, le poète qui s'ignore.

« Donc Marijoli convole en justes noces et part pour Rogersville où Jos pratiquait son métier de maréchal-ferrant. À l'époque c'était un métier honorable et respecté, et aucunement en dessous de celui de cultivateur. Marijoli n'entrait pas en disgrâce par le seul fait d'épouser Jos, non, non... Mais on prétendait qu'elle aurait refusé une occasion de grimper encore plus haut. Un certain docteur ambulant avait cogné à la porte des Thibodeau durant trente soirs consécutifs, jusqu'à compromettre sa profession en s'attardant plus longtemps que de coutume dans une seule paroisse, et cela au détriment de Caraquet, Tracadie ou Shippagan. Au bout de trente jours, le médecin avait dû renoncer et disparaître à l'horizon. Et à l'automne, Marijoli épousait Joseph.

— Ce Joseph avait sûrement des charmes cachés.

— Cachés, sûrement. Parce que à l'extérieur, le forgeron sentait le cuir, crachait une salive noire de tabac à chiquer, avait la peau ridée par la chaleur de l'enclume. Mais apparence qu'il était l'homme le plus doux et attentif qu'on puisse imaginer. Marijoli avait-elle senti le besoin de se dégager d'une famille couveuse et trop amarrée à ses principes? Mais alors pourquoi ne pas profiter du passage du docteur ambulant?

— J'allais le demander.

— Si tu veux mon avis... »

Elle écarta les lèvres, se frotta le crâne, rit d'un seul œil et se tut. Elle n'avait pas d'avis. Ou refusait de le donner. À mon tour de pratiquer la science occulte de la télépathie. J'approchai mon front du sien et lui soufflotai sans ouvrir la bouche : Rogersville?...

« Si tu veux mon avis, quelque chose attirait Marijoli à Rogersville... » qu'elle enchaîna à la grande joie de Radi, encore loin de soupçonner sur quelle piste nous venions de lancer notre monture.

La religieuse en avait trop dit et chercha à se rattraper. Rogersville affichait mille supériorités sur Saint-Norbert : une voie ferrée reliée au reste du continent, une rue principale jalonnée de cinq ou six commerces florissants, une église dont le clocher à des milles à la ronde jetait de l'ombre sur tous les autres. Mais la conteuse se fourvoyait et savait pertinemment que Marijoli n'eût pas épousé Rogersville pour son clocher d'église. Elle savait, mais n'en laisserait rien paraître. Pas ce jour-là. Et j'ai compris que je ne rentrerais pas à Montréal tout de suite.

Mon phare était assez solide pour résister aux ouragans d'automne et ses fenêtres suffisamment calfeutrées pour me fournir un confort relatif. L'urgent pouvait attendre, je donnerais pour l'instant dans l'essentiel. Un essentiel que j'arrachais pourtant au compte-gouttes, deux ou trois heures à la fois, à une conteuse qui s'accordait le plaisir de faire durer le suspense jusqu'à en saliver d'expectative et me réduire à l'état de lave. Rien d'une sado-masochiste, mère Domrémy, ni d'une bégueule effarouchée qui sent partout l'odeur du soufre. Non. Elle ménageait ses effets, c'est tout, en artiste sûre de ses moyens et qui trouve autant de bonheur dans l'instant sublime de la création de l'œuvre que le témoin dans la contemplation de l'œuvre achevée. D'ailleurs, le conteur sent d'instinct que son œuvre n'est jamais tout à fait achevée : aussi longtemps qu'il raconte, l'œuvre est en progression ; dès qu'il s'arrête, elle fige ou se fixe dans une mémoire assez heureuse pour la capter sur le vif. Je sentais mère Domrémy plus enfiévrée que moi, si c'était possible, mais s'imposant la plus grande violence pour garder son sang-froid. Je devais de mon côté conserver le mien pour ne pas laisser mon esprit battre une autre campagne que celle qui liait Rogersville à Saint-Norbert.

« De la vraie campagne, en effet, un profond arrière-pays, à l'époque où la grange triplait la taille de la maison, et la maison doublait celle de l'école. Mais au fond de ces campagnes... une Marijoli qui épouse un forgeron dénué d'allure et de caractère, avec la seule et secrète ambition de se rapprocher du village d'à côté ! Que pouvait avoir de si attirant ce coin de pays pour séduire l'une des plus belles créatures du haut du comté, sinon... »

Elle fait semblant de se lever, mais se réajuste au creux du fauteuil.

« ... sinon une créature encore plus séduisante et qui allait faire chavirer, outre des cœurs, le pays tout entier ? »

Elle se détourne de moi, glousse, hoche les épaules pour bien me laisser entendre qu'elle n'accorde aucune importance à ce qui va suivre, que nous nageons en plein fait divers et que ni Yophie, ni Marijoli, ni Carlagne...

Voilà, le morceau est largué. Marijoli voulait se rapprocher de Carlagne. Nous sommes au cœur du triangle. Je plaque une main sur la bouche de Radi qui frétille de partout, je m'oblige à faire semblant de rien en regardant dans la même direction que ma conteuse qui regarde dans le vide, je ne bouge pas d'un cil. Va-t-elle parler ? briser le silence d'un siècle qui a plané sur une terre submergée par la pudeur et la moralité ? Comment ai-je pu imaginer qu'une religieuse voilée de pauvreté, chasteté et obéissance s'en viendrait allègrement me dévoiler le secret le mieux gardé du pays ? La nonne ne parlera pas, surtout pas à la seule de ses disciples qui fasse profession d'indiscrétion ; la nonne ne parlera pas, mais la conteuse...

Le soir tombe vite en octobre, et mère Domrémy est la plus couche-tôt d'une communauté qui va au lit de bonne heure. Si je veux lui arracher au moins l'amorce d'un récit qu'elle pourra étirer par la suite sur un temps indéterminé – je ne suis pas pressée – c'est aujourd'hui qu'elle doit casser la glace ; car jamais elle ne se retrouvera si près de la tentation, je le sens, Radi le sent, ne la laissons point nous échapper, pousse, Radi, pousse...

« Si Marijoli était la plus belle créature du haut du comté, Carlagne en était la seule. »

C'est parti. Démarré dans une formule comme mère Domrémy en détient le secret. Carlagne avait sur Marijoli la supériorité de l'unique sur le beau.

« En effet, une belle femme que cette Marijoli. Tout le monde qui l'a connue peut en parler. De taille moyenne, juste assez de rondeurs, la peau soyeuse et blanche, une bouche taillée fine, des yeux d'un bleu veiné qui avait l'air de prendre la couleur du temps qu'il fait et une chevelure de soie dont les vents raffolaient. Une splendide femme. Mais avec du caractère. Personne ne marchait sur les pieds de cette fille qui savait exactement où les poser. Tu comprends qu'avec un trésor pareil dans leur salon, les Thibodeau devaient ouvrir leur porte cinq ou six soirs par semaine. Tous les prétextes étaient bons pour entrer par hasard, pour cogner sans en avoir l'air, pour venir prendre des nouvelles. Et Pierre, Jean, Jacques, Télesphore ou Pacifique défilaient à la suite de François, Philippe, Albert ou Thomas à Gros-Jean. La mère Thibodeau n'en finissait pas de verser le thé, ou le père de passer le crachoir tandis que les sœurs aînées pomponnaient la benjamine et que les frères invitaient la visite à des parties de brasse-corps. Bras-le-corps comme le veut le dictionnaire. Mais entre nous...

— Continuez.

— C'est justement durant l'une de ces rixes qu'un certain Josué se serait démanché une épaule, apparence, et qu'on aurait fait appel au rabouteux. Le rabouteux du coin était porté sur la bouteille, comme tout le monde savait, et ce soir-là, il n'était point en état de redresser autre chose que deux yeux disloqués au fond des orbites.

« Ç'adonne ben, qu'aurait dit l'un des garçons de la maison, le docteur errant est de passage au pays. C'était le fameux docteur ambulant qui, par-dessus l'épaule du malheureux Josué, croisa ce soir-là les yeux de Marijoli et décida du coup de passer le reste du mois au fond des campagnes de Saint-Norbert. »

Les sœurs aînées ne comprenaient rien à l'entêtement de la benjamine.

« Tu le trouves point de ton goût ?

— Un docteur, voyons, c'est pas de la paille.

— Tu devrais point passer à côté d'une pareille chance.

— Un docteur, ça court pas les chemins.

La mère dut intervenir avec un : « Laissez la petite tranquille » qui rendit la paix à la maison et à Marijoli sa liberté.

La liberté : la plus grande ambition de Marijoli. Pour aucun trésor au monde, elle n'eût renoncé à cette richesse-là. Elle voulait vivre comme elle l'entendait, et elle entendait vivre d'une manière qui ne figurait dans aucun code connu. »

Ma conteuse s'arrête. Comme si le sol avait bougé sous ses pieds. D'un seul œil, elle retourne à la fenêtre, laisse filtrer un léger hé-hé et me fait comprendre que si je veux rejoindre mon Fond de la Baie avant la nuit... Radi en suffoque. Mais je la calme. Je sais que nous reviendrons. Plus besoin de prétexte ni d'excuses, plus de détours, la pudeur a cédé sous la pression de la mémoire, les muses ont triomphé. Au moins jusque-là. Nous verrons si la nonne réussira à vaincre une conscience forgée par la Bible, le droit canon, la règle et le coutumier.

« Je t'ai parlé du caractère indépendant de Marijoli. J'oserais même dire son besoin de suivre ses seuls instincts, quels qu'ils fussent. Chez une autre personne, c'eût effrayé la famille qui en avait la charge. Mais Marijoli manifestait, malgré les saillies de son caractère entêté, une nature foncièrement bonne et saine. Gâtée mais point égoïste, déterminée mais sans jamais chercher à faire de mal à personne. Dans la vie courante, si on évitait de la contrarier, c'était la créature la plus souple et enjouée du village. Pourvu seulement qu'elle en fît à sa tête. Aujourd'hui, on serait porté à blâmer les parents qui avaient si peu d'emprise sur une fille de seize ans. Eh oui, seize ou dix-sept ans, pas plus. C'était jeune. Elle avait dû naître en effet autour de... de 18... »

Nous venons de reprendre le fil d'un récit suspendu pendant quatre jours, et déjà je sens ma narratrice qui patauge dans les dates de naissance d'un personnage qui n'est même pas l'héroïne de son histoire. Pas étonnant que la nonne s'attarde sur des détails que Radi et moi jugeons insignifiants : elle ne sait pas comment aborder la suite.

La voilà pourtant qui se décide d'un coup sec.

« On dit que c'était tard en mai, le temps des lilas qu'on appelait cette saison. Au pays, et à cette époque, le calendrier portait plutôt des noms de fleurs ou de fruits que des mois de l'année : le temps des foins, des pommes, des feuilles rouges, des roulis, de la fonte des neiges, des outardes, des lilas. Marijoli adorait les lilas, pour leur couleur, mais... encore plus pour leur parfum. Je ne t'ai pas parlé du nez de Marijoli ? »

Je fais non de la tête, et impose silence à Radi.

« Un nez tout à fait droit, apparence, juste assez long, pas du tout arqué ni... comment dit-on ?...

— Épaté ?

— C'est juste, un nez aux proportions parfaites. Et pourtant, quelque chose surprenait, les narines sans doute, comme si elles étaient trop grandes, plutôt trop ouvertes, toujours trop ouvertes... Je viens de commettre une faute impardonnable en présence d'une femme de lettres : deux adverbes cousus l'un à l'autre, ça ne se fait pas. »

... Ah si ! dans votre bouche, ça se fait, belle conteuse, ne bâillonnez surtout pas votre verve.

« Vous dites que ses narines trop ouvertes toujours...

— ... donnaient l'impression d'absorber le monde par le nez.

— Voilà qui est joliment dit. Continuez.

— Hé-hé. On dit que si le poisson apprenait à garder la bouche fermée... Tant pis ! On peut se perdre de bien des manières. Ce qui ne veut pas dire que Marijoli... De toute façon, Marijoli n'était pas plus responsable de son nez que de l'ensemble de sa belle personne. Le tout était de savoir ce qu'elle en ferait. Ou ce qu'en feraient les autres.

Une autre.

C'était donc du temps que les lilas répandaient leurs plus forts parfums. Marijoli ne cessait du matin au soir de tourner autour des arbres en fleurs, d'écraser entre ses doigts les minuscules pétales pour s'en couvrir les joues et se les enfouir dans les narines. On avait pris l'habitude de lui passer tant de caprice, qu'un de plus n'avait alerté personne. Aussi longtemps que la jeune fée trouvait plaisir à voltiger autour des lilas en fleurs ! Mais voilà, un jour les lilas dévoilèrent une fleur sortie d'un tout autre arbre, l'arbre... »

... du bien et du mal ?

Vas-tu te taire, Radi !

« ... l'arbre dont descend la lignée, par les femmes, des Marteau de Rogersville.

Carlagne. »

Enfin !

« Personne n'a jamais pu expliquer la présence de Carlagne ce jour-là à Saint-Norbert, un Saint-Norbert qui n'était pas lié à Rogersville par la voie ferrée, et encore moins par la mer. Elle avait dû venir en boghey, ou mieux, à dos de cheval. Car Carlagne était une cavalière chevronnée. On prétend même que sa monture broutait non loin des lilas, peut-être la jument était-elle en train de se nourrir innocemment des fleurs de Marijoli quand celle-ci reçut l'apparition. On n'a jamais voulu appeler autrement la vision qui frappa les yeux de Marijoli ce jour-là. Pour la première fois de sa vie, la jeune beauté se colletait à plus beau que son miroir. »

Mère Domrémy s'arrête, sort son mouchoir et le porte à son front, puis à ses poignets. J'aperçois ses mains moites. Je sais que la lutte que se livrent la nonne et la conteuse est dramatique, mais son combat personnel disparaît pour l'instant derrière celui qui s'entame à l'ombre des lilas. De toute façon, le temps joue en ma faveur : mère Domrémy ne m'échappera pas. Arrachons-lui d'abord le conte ; je garde la conteuse pour mes vieux jours.

« Vous disiez que la beauté de Carlagne dépassait même celle de Marijoli ?

— Ma tante Marie, qui les a connues toutes deux, a eu une formule plus juste pour les décrire : Marijoli, c'était la grâce incarnée ; Carlagne, le charme à l'état pur. Et moi j'ajoute un mot que ma tante Marie ne connaissait sûrement pas : le charme de l'androgyne. »

... *Quoi c'est qu'elle a dit ?*

Attends, je t'expliquerai.

... *C'est quoi androgyne ?*

Chut !

« Tante Marie était en mesure de juger, comme tu auras occasion de l'apprendre si je réussis à terminer mon histoire. Mais je crains, au rythme où nous allons... »

... Y a rien qui presse, accordez-vous tous les détours

que vous inspire votre génie, ma mère, ne me passez aucun détail. Déjà, cette distinction entre le charme et la grâce est digne du meilleur romancier et je voudrais avoir connu la tante Marie.

« La rangée de lilas bordait le champ de trèfle, à la croisée des terres des Thibodeau et de celles de Yophie. Le jeune trèfle du printemps dégage un parfum encore plus envoûtant, si possible, que l'arôme des lilas. Marijoli, apparence, s'y roulait à s'en saouler des après-midi durant, comme un poulain encore sauvage. Lilas ou trèfle, une chose est certaine : Marijoli a reconnu Carlagne d'abord à l'odeur. Quand je dis reconnu, entendons-nous : elle ne la connaissait pas. Et ce jour-là, elle n'a pas pu reconnaître la femme sous l'apparence qu'empruntait de temps en temps Carlagne. La vision que reçut Marijoli entre les fleurs de lilas fut celle du plus beau jeune homme qu'une fille de seize ans pût imaginer. »

Ouf!

« Si fait, un homme. Carlagne – nous verrons comment ce goût lui était venu petit à petit – s'habillait volontiers en garçon pour chevaucher dans les champs, ou pour commander aux engagés de la maison, ou tout simplement pour décourager les courtisans trop assidus qui se battaient pour elle derrière la grange. Parce qu'il faut dire que si l'on cognait fort à la porte de Marijoli, chez Carlagne, on faisait la queue. Mais Carlagne avait une tout autre idée de l'homme que l'image qu'en montraient ces braves paysans en pantalon trop ample et bottes ferrées. C'est comme si cette femme sortie d'un autre âge avait entrevu le visage de l'homme éternel, une sorte de rêve que la réalité ne rejoint jamais mais qui ne cessera de hanter les cœurs insatiables. Carlagne était sûrement du petit nombre des élus qui n'ont pas réussi à combler le trou au cœur que leur a laissé Adam en mordant dans la pomme... »

Elle s'arrête sec et :

« Tu as tous les droits de rire si l'envie t'en prend. »

Continuez.

« Donc Marijoli a d'abord eu l'apparition de l'homme le mieux fait et le plus beau que la nature pouvait produire entre les champs de trèfle et d'avoine du haut du comté.

— Et ce fut le coup de foudre ? »

Elle éclate de rire.

« Le coup de foudre, accompagné d'éloèse, de grondements de tonnerre, et des mille tourbillons de la sorcière de vent. Le ciel se déchaîna au fond du cœur de cette ingénue qui avait dédaigné jusque-là les avances de toute une génération de jeunes mâles.

— Et quand elle apprendra son erreur...

— Erreur ?... »

Ma conteuse se tut. J'ai dû moi-même prendre le relais de sa pensée. Où était l'erreur ? Le chef-d'œuvre est-il une erreur ?

« De toute façon, même ma tante Marie n'a rien ajouté sur cette première rencontre des deux femmes. De sorte que je ne sais pas, pas même à l'heure où je te le raconte, à quel instant Marijoli a compris la véritable identité de Carlagne. Sûrement pas ce jour-là, en tout cas. Et si tu veux savoir comment la tante Marie a pu en connaître si long sur une rencontre en apparence sans autre témoin que les protagonistes... eh bien, c'est que justement, il y eut les protagonistes. »

Ici j'ai vu se rengorger, mais avec un grand effort d'humilité, une mère Domrémy qui venait de mesurer le bel effet de sa trouvaille.

« Voulez-vous dire que...

— Hm-hm... Marijoli elle-même, à la fin de sa vie, reviendra pour vider son sac... Tu sais, dans un pays comme le nôtre, on a l'habitude des cours d'eau avec ses embranchements, bifurcations, ramifications ; on sait que la rivière qui se jette à la mer sort d'un ruisseau jailli d'une source. Toutes nos histoires remontent à leur source, à la source même d'une unique et grande famille qui t'a transmis ton nom comme à moi, à Yophie, à Carlagne par sa mère, à Marijoli par un ancêtre du forgeron qu'elle épousera. C'est comme ça que tout finit par se savoir. »

Elle poussa un léger ricanement à mi-chemin entre la plaisanterie et la turlupinade, et :

« ... C'est comme ça que tôt ou tard tout finit dans les livres. »

Je lui rendis son rire sournois... et soufflai à Radi que je lui expliquerais plus tard le sens de « turlupinade ».

Je ne rentrais jamais à mon phare après le soleil couchant : d'abord parce que mère Domrémy, professeur à la retraite, avait des obligations communautaires ; de plus parce que je n'avais pas trop de mes veillées, surtout depuis que ma conteuse faisait appel à une deuxième narratrice, pour débroussailler les branchailles d'un récit qui allait s'amplifiant de jour en jour. Après cette petite phrase de rien « tout finit dans les livres » de la part de celle que j'avais cru leurrer, mes précautions devenaient ridicules et je décidai de laisser tomber mon dernier masque. Sans pousser la nonchalance jusqu'à prendre des notes sous son nez, je me promis de collaborer davantage à l'œuvre en gestation avec des questions, des corrections, des appels plus fréquents à Radi. Je savais que l'enfant est le plus grand rival du poète, parce que l'un et l'autre, chaque matin, découvrent le monde pour la première fois. Les deux flagossent, sans peur de se salir, en pleine fange d'un inconscient qui ne leur appartient pas en propre. En traversant avec moi les zones troubles des interdits, Radi saurait enregistrer l'essentiel de l'histoire, même sans la comprendre, sans deviner que le peuple dont elle descend est tissé de fils de chanvre autant que de soie.

Mais le lendemain, Radi et moi avons dû nous résigner à patienter quelques jours. La portière du couvent me transmit le message que mère Domrémy souffrait d'une grippe assez maligne pour la conduire à l'infirmerie, mais que si je voulais parler à sœur Arthémise, l'infirmière...

« Elle est revenue de ses pays de mission ? »

Sœur Arthémise est cette infimière qui avait arraché à tant de grippes la pensionnaire que je fus, enduit ma gorge de teinture d'iode, versé une huile camphrée dans mes oreilles et brûlé mes omoplates avec ses emplâtres de moutarde forte. Je voyais la pauvre Domrémy souffrir sous le camphre et les emplâtres et j'étais tentée d'en appeler à la supérieure. Mais quand j'ai vu danser jusqu'à moi dans son ample jupe-maxi une sœur Arthémise qui m'allongeait deux bras qui ne sentaient plus du tout l'iode ou le mercurochrome mais l'eau de Cologne, je me suis dit que les infirmeries de couvent avaient dû suivre la même évolution que leurs infirmières, et que ma conteuse ne courait aucun risque.

« Rien de grave, ma sœur ?

— Une simple grippe. Mais à son âge... vous savez qu'elle est née à la veille de la Première Guerre ?

— Mère Domrémy n'a pas plus d'âge que n'en avait mère Jeanne-de-Valois sur son lit de mort. »

J'aurais voulu me mordre la langue au sang. Je venais d'avouer, devant Radi, que même les personnages meurent. Non, ils ne meurent pas, ils s'éteignent. J'en tremblai. Si mère Domrémy devait s'éteindre, partir avant d'avoir achevé de vider sa mémoire ? Allons ! une mémoire ne se vide pas, elle se déverse et, ce faisant, ouvre les vannes d'un réservoir inépuisable comme la conscience collective et immémoriale de l'humanité.

... Tu vas pas la quitter avant qu'elle ait fini son histoire, la Domrémy ?

La Domrémy ! Radi, quand même ! Mais t'en fais pas, elle a une de ces constitutions capables de voir tomber les chênes et s'effriter les montains.

« Racontez-moi vos aventures de missionnaire, sœur Arthémise. »

L'oiseau-babillard n'attendait que l'invitation. Et Radi a compris en même temps que moi que les histoires d'Afrique rapportées par une nurse dénuée de style et de vision n'allaient point enrichir notre bagage littéraire. Je me désintéressai vite des récits de dispensaires dans des pays qui nourrissaient pourtant la plus pure et ancestrale tradition des griots, ces conteurs du Sénégal ou de Côte-d'Ivoire. Sœur Arthémise a pu passer dix ans à côté des griots sans voir autre chose que des vieillards atteints de sclérose ou de lumbago. Tandis que mère Domrémy a su découvrir nos griots sous la peau d'une vieille tante Marie.

... Allons la voir à l'infirmerie.

Non, Radi. Tiens-toi tranquille.

... Bah !

Le soir, enveloppée jusqu'au nez dans une couverture de laine à carreaux – je n'oserais jamais en présence de Radi lui donner son nom de plaid –, carguée dans ma chaise longue que j'approchai de la cheminée...

... la maçoune...

... d'accord, Radi, la maçoune...

... je laissai vagabonder ma mémoire où dansaient avec frénésie des images d'Afrique et de mort... dont l'association fit surgir un visage qui noya tous les autres.

Je ne pouvais taire plus longtemps le nom d'Horace. Et sans ménagements, j'ai tout dévoilé à Radi. Horace a suivi les traces de son destin que tout le monde avait dessiné pour lui, missionnaire plus missionnaire que sa mission, sans pourtant se laisser dévorer par les lions d'Afrique, selon ses rêves de petit Don Quichotte en culottes courtes, mais par les amibes qui ont mis trente ans pour avoir la peau de ses intestins. Une nuit j'ai rêvé que je me préparais à écrire le roman d'Horace : je me demandais même comment j'avais pu ne pas y penser plus tôt. Toi, Radi, qui connais ton frère mieux que personne, tu sais qu'il est déjà un tel personnage qu'au départ il embarrasserait le plus habile des romanciers. Par quel bout commencer Horace ? Tout en lui est bout à bout, bout-ci, bout-là.

... Bouciboulà ! V'là que tu vas forter dans la crasse des vieux mots.

Je te dirai que les vieux mots ne sont pas de la crasse. Et puis pour raconter Horace, j'aurais besoin de mots qui n'existent même pas. Une telle contradiction dans un seul homme ! Sous des dehors d'une totale indifférence, il est celui qui a compris le plus de choses incompréhensibles.

... I' passe son temps à faire enrager.

Il passe sa vie à courir après l'inaccessible.

... I' brise mes affaires.

Il cherche à refaire le monde inachevé.

... I' court tout le temps partout en bousculant tout ce qu'y a devant lui.

Il repousse constamment les murs d'un univers trop petit, trop étroit, insaisissable. Tout en lui est plus grand que nature : les défauts, les qualités, les vices, les vertus, les travers, les phobies qui flottent dans un humour enfoncé au plus creux de la gorge mais qui éclate comme une rose au soleil. Le paradoxe ! Il a eu une prodigieuse, singulière et longue vie. Horace jusqu'au bout. L'Afrique, bien sûr, il était né avec. Impensable d'imaginer Horace hors de l'Église, mais impossible de l'imaginer dedans. Il était le contestataire de lui-même. Je l'ai surpris un jour en train d'égrener son chapelet, lui, l'objecteur de Dieu et son père ! Ce serait plus facile de saisir entre ses doigts l'eau de la mer que l'âme d'Horace. Jamais je ne réussirais à en faire le tour. C'est ce qui le rendait si attirant, si séduisant...

Elle vient de comprendre. Ce plaidoyer pour Horace était son oraison funèbre. Ne pleure pas, Radi, il était assez vieux pour mourir, selon tes calculs à toi. Même si l'âge, à mon âge, n'a plus le même âge... Laisse tomber, je sais que tu ne peux pas comprendre. Mais Horace, lui, avait compris. Et toi, malgré tout ce que tu en diras... C'est pas pour rien qu'on t'a surnommée Radi-la-pire-qu'Horace. Toi seule aurais pu le raconter. Car le roman d'Horace devrait s'écrire en points d'interrogation, d'exclamation, de suspension, s'écrire en italique. À la fin, les mots viendraient à manquer. Je voudrais être peintre, mais le portrait d'Horace se rapprocherait trop de la caricature. Horace en musique ?... Un cri.

Requiescat in pace.

J'entends un sanglot s'engotter dans sa gorge :

... Dors en paix, Horace-ma-face-ta-face-sa-face...

Le lendemain, à l'heure du coq :

... Allons faire un tour du côté du cimetière.

Comment ? Pourquoi le cimetière ?

... Viens, je veux savoir.

Non, Radi, chaque chose en son temps. Tu en sais déjà assez pour ton âge.

... De toute façon, j'ai deviné.

Je connais tes dons de devineresse. Tu as trop fréquenté l'attique de la vieille Lamant et la hutte de cette sorcière de Prudence.

... Prudence ?

Eh bien oui, Prudence repose là, non loin de sa rivale ; les deux vieilles doivent se parler souvent d'une tombe à l'autre. S'entretenir sur le sort du monde dont elles se sont si joyeusement moqué durant quasiment cent ans. Dis-moi, Radi, Prudence... tu n'as pas entendu mère Domrémy la nommer l'autre jour, au nombre des figurants de... ?

Hâtez-vous de vous remettre de votre mauvaise grippe, mère Domrémy. Radi et moi avons des fourmis dans le cerveau.

III

« Excuse-moi de t'avoir fait faux bond durant trois jours consécutifs. C'était une grippe de rien, mais il n'y a pas pire tyran qu'une religieuse-infirmière : vieil atavisme d'hospitalière qui remonte au temps de la colonie... Avec tout ça, je sais même pas où j'en étais rendue.

— À Prudence, la sorcière du bas de la traque de Bouctouche. »

Ses quatre doigts sont restés supendus au-dessus du crâne, tandis que son œil fouillait les dernières feuilles du chêne qui trône au mitan du jardin. Mon audace l'avait complètement déboussolée et j'ai craint pour un temps d'avoir brouillé mes meilleures cartes.

« Prudence ? Non. Prudence arrive bien plus tard. Je crois que je t'ai laissée dans un champ de trèfles entre la propriété des Thibodeau et celle de Yophie. »

Elle avait retrouvé la piste. Je pouvais respirer.

« Un chien n'avait pas l'odorat plus fin que notre Marijoli. Et apparence que l'odeur de Carlagne précédait de quelques secondes son apparition. D'ordinaire, une odeur qui annonce quelqu'un n'annonce rien de bon. C'était pas le cas pour Carlagne. Personne, pas même ma tante Marie, n'a jamais pu me décrire ce parfum-là. Tout ce que j'ai retenu, c'est que Carlagne dégageait un arôme qui l'embaumait de partout... Hé-hé ! pas sûr que cette expression-là soit une trouvaille. »

Allez, allez !

« Disons que son charme tenait autant à cette auréole parfumée qui l'enveloppait de la tête aux pieds qu'à la perfection de son visage et de sa personne. Là, pourtant, je dois préciser. Le visage de Carlagne, selon le canon grec, viendrait derrière celui de Marijoli. On a trop parlé de son nez pour ne pas l'imaginer proéminent. Quoique parfait, il ne se faisait pas oublier, apparence. Sa bouche était grande, ses joues hautes, ses sourcils toujours en mouvement sur des yeux... Ah ! là, reculez, tous : les yeux de Carlagne n'étaient ni de la biche, ni du chat persan, ni de la chouette qui perce la nuit, mais des ancêtres communs à toutes ces bêtes qui nous ont précédés dans l'évolution. On a dit de Carlagne que son regard oblique était droit ; son œil fendu rond comme un soleil ; ses paupières lourdes plus agiles que ses lèvres qui pouvaient pourtant se passer de dire ce que ses prunelles avaient déjà exprimé. Mais on a dit tant de choses ! Le paradoxe Carlagne lui venait sans doute d'une mixture héritée de milliers d'années de croisements de tant de races différentes que... »

Le souffle lui manque. Elle fait semblant de tousser, mais je devine que son étouffement lui vient de l'âme, non des poumons. Engottée par la pudeur.

... *La pudeur, ça engotte ?*

Tu dois comprendre, Radi, ce que représente la pudeur chez une femme née en 1913, en haut des champs de Rogersville, et qui entre adolescente au

— La tante Marie était de Rogersville ?

— Née à Rogersville, mariée à Saint-Norbert. Mais veuve de bonne heure. Or dans un village aussi clairsemé que Saint-Norbert, tout le monde se dit voisin. Voisins, par exemple, les Thibodeau et Yophie. De chaque côté d'un vaste champ de trèfle. »

... *C'ti-là ?*

Bouge pas.

« La tante Marie avait vingt ans de moins que Yophie, mais environ quinze de plus que Marijoli. Ce qui fait que Marijoli avait grandi sous la terreur de croiser le Barbe-Bleue entre les pommiers ou les lilas. Je ne crois pas pourtant que Yophie s'en serait pris à une enfant. Il n'avait pas besoin de ça. »

Elle s'arrête pour rougir. Puis reprend :

« Apparence qu'y a jamais manqué de femmes pour s'approcher de la maison aux deux cheminées.

— C'est les deux cheminées qui les attiraient ? »

................!

Elle plante ses yeux dans les miens, et nous rions ensemble.

« L'une de celles-là s'appelait Carlagne ? »

Elle lève un bras et me montre le plat de la main.

« Tu vas trop vite. Le jour où Carlagne apparut à Marijoli dans le champ de trèfle ou les broussailles de lilas, elle ne serait pas venue pour Yophie, selon ma tante Marie, mais pour porter à Doce Thibodeau un message de son grand-père, Pierre Marteau. »

... *Marteau ?*

Radi glousse.

« En réalité, ce Marteau était un Maillet, de ta parenté et de la mienne aux sixième et cinquième degrés. Je t'ai dit que par sa mère, Carlagne avait du Maillet. »

... *Du Marteau !*

Vas-tu te taire !

« ... Mais je t'ai dit aussi que la vraie lignée de Carlagne remontait à la sortie du paradis terrestre. »

Pas un mot, Radi !

La conteuse prend son souffle et :

« J'imagine fort bien cette femme se dérouler de l'arbre de la connaissance et venir offrir sa pomme à... à Marijoli. »

Le silence qui suivit se prolongea durant de longues minutes. Je n'osais ni remuer la bouche ni cligner des yeux, pour laisser à son point d'orgue tout le loisir de faire ses ronds jusqu'au tréfonds de ma mémoire. Et puis j'avais besoin de comprendre. Je suppliai la voyante de vieille Lamant de m'aider, par-delà le tombeau, à lire entre les lignes. Carlagne avait tendu la pomme à Marijoli ; Marijoli venait d'exposer sa beauté toute nue au charme, à l'envoûtement, au sortilège de Carlagne. Je compris que ma nonne n'en dirait pas davantage ce jour-là sur notre héroïne ; qu'elle tenterait plutôt de faire diversion avec un exposé des plus tordus sur les liens de parenté entre les branches aînées et cadettes d'un même arbre qui n'avait plus rien à voir avec celui de la connaissance du bien et du mal. Autant la laisser se reposer et laisser à Radi une nuit complète pour digérer une nouvelle page de la petite histoire que j'avais cru si bien connaître !

Je rentrai juste à temps pour surprendre ma voisine de phare en train d'épingler un bout de papier sur la porte de ma tour.

« Ah ! vous v'là ! Comme vous répondiez point au téléphone, on m'a appelée pour vous donner le message. De Montréal. Je sais ben pas comment ils avont eu mon numéro.

— Excusez-moi, Flora, mais j'ai cru pouvoir me permettre...

— Sans façon, sans façon, faut pas vous gêner. J'ons point tous les jours des téléphones de Montréal. Tenez. J'ai essayé de noter tout ce qu'ils m'avont dit. Excusez l'écriture. »

J'excusai l'écriture, l'orthographe, la syntaxe, mais pas le message. Me rappeler pour si peu ? Cette fois je ne céderais pas. L'histoire de La Fondation canadienne du rein pouvait s'écrire sans moi, mais point celle de Carlagne. Flora me vit déchirer le message qu'elle avait mis tant de cœur à rédiger et... j'ai eu honte. J'ai bafouillé, trébuché et choisi la pire excuse :

« Vous pensez pas, Flora, qu'y a des choses plus importantes dans la vie que des dîners-bénéfices pour la recherche sur les maladies du rein ? »

Elle eut un drôle d'air. Je ne comprendrai que des mois plus tard sa réaction, quand on m'apprendra sa mort d'un cancer du rein. Ma mère, Pélagie, et maintenant ma voisine Flora ! Ce que la conscience collective d'un peuple doit peser lourd dans les reins de la femme acadienne pour ronger le ventre des meilleures d'entre elles avant la fin de leur ménopause ! Je les revois l'une et l'autre dans les champs de petites fraises, penchées sur une nature qui répondait en secret à leur discours prophétique. Flora, comme Pélagie, comme Virginie, était si attentive au moindre frisson d'un fruit sauvage qu'elle le cueillait sans le couper de sa tige, l'enfouissait au creux de sa paume, lui parlait comme à l'enfant qu'elle vient de mettre au monde. Une vie concentrée et vieille de milliers d'années, à cet instant, germait dans l'ovule d'une fraise des champs. Et Flora pouvait rêver pour un fruit, un gland, un chaton, une destinée qui ne s'éteindrait pas avec sa vie. Sans avoir jamais étudié les lois de la physique ou pénétré dans les méandres de l'évolution, elle savait d'instinct que rien ne meurt définitivement. Et elle continuait à remplir son panier de petits fruits en leur garantissant un bel avenir.

« Vous savez mieux que moi, qu'elle me dit, ce qu'y a de plus important pour vous. Moi j'ai rien de plus pressant aujourd'hui que mes citrouilles. Par rapport que la Hallowe'en s'en vient et que les enfants allont passer aux maisons. »

Je recollai assez de bouts du message pour composer le numéro de téléphone et arriver à un compromis avec La Fondation canadienne du rein : je ne me rendrais pas à Montréal mais à la ville loyaliste de Saint-Jean pour défendre une cause qui soudain m'interpellait. Pélagie, Virginie, et Flora, sans le savoir encore, parleraient par ma bouche.

J'ai raconté à mère Domrémy ma visite éclair à Saint-Jean, avec bien des précautions pour lui avouer que ma mère et Pélagie à cette occasion avaient dû faire leur plaidoyer en anglais.

« Les morts et les mourants ne s'embarrassent pas de ces riens », que j'entendis sans en croire mes oreilles.

Elle, le champion de la culture nationale, traiter la langue de rien !

Elle a dû me sentir, je l'ai vu à ses doigts qui ont cherché à rattraper une poussière invisible.

« Qui dit si, rendue là, moi qui passe pour la fanatique de la défense et illustration de ce que tu sais, j'aurai point d'autres préoccupations. Dieu qui sonde les reins et les cœurs...

— ... nous rappelle de temps à autre que nos reins ont gardé le souvenir d'une étape de notre histoire où nous parlions la langue des cavernes.

— Bien dit. La seule chose, c'est que les Anglais devraient s'en souvenir aussi.

— Hm, hm. »

Nous avons partagé un gloussement qui donnait le même message. Puis je me suis dit que les conteurs, chroniqueurs ou romanciers n'avaient pas de message pour personne, mais une vision d'un présent si large que le passé et l'avenir s'y noient. Je cherchais par des phrases de ce genre à remettre mère Domrémy sur les rails sans la brusquer. Je connais juste assez le métier pour me méfier des formules ampoulées. Et je connais l'originalité de cette femme qui m'a enseigné durant six ans à ne pas confondre les choux et les carottes, et encore moins les univers de ceux qui les racontent.

Racontez, mère Domrémy, j'écoute.

... *Moi itou.*

Tiens ! j'allais l'oublier, celle-là.

« Faudrait pas prendre à la lettre les réflexions dont je poivre un petit brin mon récit. Mais je te connais : si y en a une qui saura faire la part de la réalité et de la fiction... Non pas que je cherche à inventer, c'est toi l'artiste, pas moi.

... Ah çà... !

— Mais je crois bien que c'est impossible, après quatre-vingts ans, de garder la mémoire indemne de toute contamination. On a eu beau me décrire cent fois

Carlagne, me rapporter dans le détail la rencontre des deux femmes, je n'arrive pas à me défaire de certaines images... certaines images nées d'abord dans mon cerveau d'enfant, puis revues et augmentées par les superbes narrations de ma tante Marie. »

Ma main droite pour avoir connu la tante Marie !

« Et elle-même m'a avoué un jour qu'à la fin d'une vie, au lieu de diminuer, la mémoire s'amplifie, découvre des recoins d'histoires que l'histoire a oubliés, peut-être fait-elle se rejoindre des pans du temps que le temps n'a pas vus passer. Allez savoir ! Tout ce que je peux dire, c'est que la mémoire ne loge pas que dans la tête. Je sais, par exemple, que pour me rappeler certains événements, je dois faire appel à des associations d'odeurs, des sons oubliés, des mots que je n'ai jamais appris à prononcer, comme " dumeshui " ou " décalventrailler ". Je ne sais même pas qui m'a planté ce mot-là dans les ouïes, je sais seulement qu'il réveille en moi l'image d'une poitrine à moitié découverte et que, de fil en aiguille... »

Eh oui ! de fil en aiguille, nous voilà revenues à Carlagne qui toise de très haut Marijoli. Ma conteuse, sans me l'avouer, exigeait de moi le même exercice d'assemblage du casse-tête que la tante Marie lui avait imposé. La tante Marie n'avait pas dû tout dire, ni à une enfant, ni plus tard à une religieuse coiffée de chasteté. Je n'avais d'autre choix que de me livrer à la gymnastique de compléter les phrases, préciser les mots, en moi-même ou à haute voix.

« Quand vous dites " charmer ", mère Domrémy, est-ce dans le sens acadien du mot " tchômer ", jeter un charme ? ou simplement enjôler, séduire ?

— Tout ce que l'histoire rapporte, c'est qu'à partir de ce jour-là, Marijoli s'est mise à se moquer des hommes qui se pâmaient pour elle. Bien sûr, y en a qui ont accusé Carlagne de sorcellerie. Tu penses bien qu'à l'époque, on n'aurait pas osé appeler n'importe quoi par son nom.

— N'importe quoi ?

— Je sais à quoi tu penses, et tu as raison : l'amour n'a jamais été n'importe quoi. Personnellement, je crois que la femme que Marijoli a aimée, aimée à la folie, dépassait Carlagne. D'abord elle a cru aimer un homme ; puis par le temps qu'elle eut compris...

— Il était trop tard.

— C'est malaisé à dire. Je suis d'avis que certaines créatures qui ont fait leur apparition çà et là dans l'histoire n'étaient pas forcément définies par leur sexe. Elles étaient, comment dire, au-dessus de ça. C'est malaisé pour moi, tu dois bien t'en rendre compte, d'analyser un phénomène qui appartient à la psychologie des profondeurs. Même Freud... mais je vais pas me lancer là-dedans, sois sans crainte ; on a quand même au pays le sens du ridicule. Mon idée, si je devais la résumer, c'est que Carlagne représentait une sorte de parangon de l'être humain... la personne dans son intégralité. Et à ce titre, elle serait le prédateur de bien des cœurs. Le charme à l'état pur... n'a plus de sexe... Mais où diable est-ce que j'ai été chercher ça ? »

Elle se leva d'un bond, que sa robe en perdit tous ses plis.

Elle avait osé plus que je ne pensais. Elle pouvait s'arrêter et retourner à la fenêtre contempler le grand chêne qui faisait de l'ombre à la moitié du jardin.

J'avais posé les deux mains sur les oreilles de Radi. Mais il lui restait les yeux et les narines, juste assez de sens pour s'emparer du mystère nouveau qui flottait à l'intérieur des murs du couvent et en tirer ce qu'elle pouvait.

... Carlagne, c'était une manière de Mimo ?

La vérité en pâture aux enfants ! Ceux-là ne font pas tant de façons. Je ne pouvais pourtant pas me plaindre de ma nonne qui affrontait les tabous avec une audace que je ne lui connaissais pas. Après ça, j'étais sûre que Radi et moi allions devoir calfeutrer les dernières fenêtres du phare. Car j'étais bien résolue à y passer l'hiver.

Radi n'en demandait pas plus. Un phare ! et en plein Fond de la Baie, le paradis de ses glorieux étés ! Les étés d'avant la maladie de son père qui devait bouleverser les meilleurs jours de la famille. Mais du temps du Fond de la Baie, durant le retour à la maison grand-paternelle, Radi entrait au paradis terrestre pour quarante-huit heures. Elle les avait comptées. Même en dormant, elle les comptait : ne pas en perdre une, chaque seconde de Fond de la Baie était du bonheur concentré, de l'extase dont elle nourrirait le restant de son année. Or voilà que devenue grande, elle y avait droit pour la vie. Le Fond de la Baie pour soi toute seule, et dans un phare qui nous appartient, tu te rends compte...

... tu te rends compte ?... tu dis rien ?

Je ne dis rien parce que... Écoute bien, Radi, que je t'explique certaines vérités que tu comprendras bien plus tard.

Hélas ! plus tard, il sera trop tard. Radi ne sera plus.

Comment lui dire que je vois se réaliser presque tous ses rêves, mais qu'elle ne peut plus y goûter ? La vie est injuste qui m'offre à moi qui n'en ai plus envie les fruits exotiques qui ont tant fait saliver l'enfant. Les rêves se réalisent toujours trop tard, au moment où ils ont perdu leur éclat. Le halo qui couronne le rêve de mystère s'estompe à mesure qu'on s'en approche et ne laisse plus voir que sa banale réalité. Un phare qu'on habite perd un peu de sa magie.

J'aurais voulu, comme toi, entrer dans le prochain millénaire en bas courts et jupe en haut des genoux. Si seulement je pouvais te prendre sur mes épaules pour te laisser voir au-delà de l'horizon le plus loin possible ! Je cherche tous les matins à troquer mes yeux contre les tiens, à retrouver ton âme au fond de la mienne pour mieux conjurer la grande peur de l'an 2000.

... De quoi t'as peur ?

De perdre le sens du merveilleux.

... Tu déparles.

En effet.

... Et t'es dans les patates.

En rajoute pas.

... C'est l'âge qui te fait ça ?

Peut-être bien.

... Mère Domrémy, elle est-i' pas pus vieille que toi ?

Elle pourrait être ma mère.

... Et Prudence, ta grand-mère. Et pourtant, ces deux-là...

Dis-moi, Radi, Prudence... d'où vient Prudence ? Ou la centenaire Ozite ? D'où sortent ces vieilles ratoureuses-moqueuses-diseuses-de-bonne-aventure qui pointent le nez si effrontément entre l'imbroglio de fils d'araignée qui m'encombrent le cerveau ? Des fils qu'elles tissent elles-mêmes en broyant la membrane gélatineuse de ma moelle épinière. Je les vois qui embrouillent à plaisir mes rêves et mes désirs, mes pensées, mes souvenirs, ma mémoire et mes prémonitions.

... Parle ma langue, si tu veux que je comprenne.

Merci. Que vient faire Prudence dans l'histoire de Yophie et de Carlagne ?

... *Prudence, c'est une voyante. Mais c'est pas yelle qui raconte.*

À moins que Prudence... Ai-je bien entendu mère Domrémy insinuer que Yophie serait mort centenaire en bas de la traque ? C'est petit, le bas de la traque, Prudence a dû le connaître. Le connaître et le fréquenter.

... *Faut parler à Prudence.*

Tu oublies que Prudence est enterrée pas loin de la vieille Lamant, de Thaddée et de tes père et mère.

... *Quoi c'est qui t'empêche de carrément le demander à la Domrémy ?*

La conteuse prend son temps, t'as pas remarqué ? Elle n'est pas rendue à... Où vas-tu, Radi ? Radi !...

... *Je m'en vas parler moi-même à Prudence.*

Je n'ai pas eu d'autre choix que de la suivre. Au cimetière. À l'heure où le soleil d'octobre vient faire danser les noms et les dates sur les tombes. 1918-1993. Je voudrais contourner cette pierre, mais Radi ne me lâche pas.

... *Ça dit Sophie, ça dit Sophie !*

Si fait, Radi, Sophie.

... *On me dit rien à moi ?... Et les autres ? Geneviève, Anne, Céline ?*

Non, pas d'autres.

... *Léopold, Pierre ?*

Non.

Elle huche :

... *Et moi, et moi, je suis-t-i' là itou, moi ?*

Non, Radi, nous, on n'est pas encore là.

Je la vois si affolée que je la serre dans mes bras et l'entraîne de force dans le vieux cimetière, du côté de Prudence. Comme je m'y attendais, la curiosité chez elle l'emporte sur la peur ou tout ce qui s'appelle sentiment. Elle se dégage de moi et saute à pieds joints dans le foin sauvage qui cache la moitié de la croix de bois. Puis elle s'arrête. Penchée sur un carré de terre envahi par les ronces, elle murmure et chuchote et grimace. Je voudrais entendre, mais un temps trop long nous sépare. Radi me cache encore tant de choses !

J'ai conscience que je n'aurai jamais fini de l'apprivoiser.

En attendant, je l'emmènerai chez mère Domrémy.

IV

Plus de soixante kilomètres séparent le phare du couvent. En route, j'aurai tout le temps de répondre au jacassement d'une Radi qui se délecte de sa position au volant d'une décapotable – son rêve!

Non, Radi, on n'ouvrira pas le toit en plein mitan d'octobre.

... *Mais c'est l'été des Sauvages.*

C'est vrai, l'été des Indiens. Le soleil nous l'a annoncé dès ses premiers rayons sur une mer qui se trémousse sous les chatouilles et s'en vient rigoler sur les cailloux bleus et mauves qui jalonnent le sable encore chaud. Si j'osais, je plongerais une dernière fois dans cet océan qui se donne des airs de dame empesée. Ce n'est pas le moment, mère Domrémy est une lève-tôt.

En passant devant la maison de l'enfance à gauche de l'église, je ralentis. Je m'arrête deux secondes pour aspirer l'odeur du tremble où pendait l'escarpolette...

... *La galance.*

Va, va, la galance. Le chêne chargé de glands, les hêtres, les peupliers...

... *On va même pas sauter dans les feuilles?*

Même pas, tais-toi, Radi. Les feuilles tombent chaque automne, mais l'automne qui vient, où seront rendues mère Domrémy et son intarissable mémoire ? Pas de risque à prendre. Hop ! en voiture.

... *Des feuilles jaunes et rouges qui revolent au vent.*

Il ne vente même pas, tu triches.

... *Y en a partout dans la cour d'en avant. Tu te souviens vraiment de rien ?*

Je me souviens de tout. Les feuilles qu'on ramasse en tas...

... *qu'on empile en muleron pour jouer à l'ours...*

... et l'ours caché sous le tas qui sort soudain pour dévorer le premier qui frôle son nid de feuilles. Et voilà le dévoré devenu à son tour dévorant. Le plus beau jeu inventé par les primitifs et qui a traversé les temps jusqu'à nous.

... *Cache-toi, j'arrive !*

Et Radi me jette à la figure une brassée de feuilles encore humides de rosée qui m'arrachent à ma rêverie. Remonte, que je dis à mon tyran, au couvent !

En route, je veux préparer Radi aux multiples surprises qui l'attendent. Mais l'enfant est bien trop occupée à apprivoiser une vraie voiture, celle que j'ai ramenée de Montréal, elle qui depuis ses cinq ans apprend à conduire deux caisses d'oranges montées sur des roues de carrosse de bébé. Brrr, brrr !... qu'elle fait en tournant inlassablement son couvercle de gallon de saindoux. Elle adresse à Robert-le-bout-de-diable la plus formidable grimace du haut de son siège de cuir fauve. Elle est là, projetée dans sa vraie vie, des décennies plus tard... des décennies plus tard... Elle est donc grande ? Ses rêves, elle ne les réalisera vraiment que... Elle songe aux vilaines prophéties qu'elle a entendues hier : « Les rêves se réalisent toujours trop tard, au moment où ils ont perdu leur éclat. »

... *Je joue pus !*

Pour la distraire, je lui rappelle que mère Domrémy passe quatre-vingts. Et plus des trois quarts de sa vie se sont déroulés derrière les murs, n'oublie pas. Elle a été professeur, d'accord, étudiante à Rome et à Paris, déléguée à de nombreux colloques ou sociétés savantes ; mais religieuse avant tout. Non, avant tout, je t'ai dit que mère Domrémy avait l'âme d'une paysanne. Je corrige : d'abord et avant tout, elle est un témoin. Dans les temps bibliques, on l'eût appelée prophète. Plus tard, visionnaire. On est plus modeste au pays : on dit conteur. Radi en oublie l'ours caché sous le tas de feuilles. Un beau conte vaut tous les jeux.

« Je t'attendais. »

Bien sûr, vieil atavisme de professeur qui commence à compter les secondes de retard cinq minutes avant l'heure du cours.

« C'est qu'aujourd'hui, j'ai des nouvelles fraîches pour toi. »

Mais je n'en veux pas de ses nouvelles, je veux la suite de la rencontre Carlagne et Marijoli.

« J'ai fait un bout de veillée chez sœur Diogène, hier soir. Malgré ses quatre-vingt-dix-huit, elle est encore en pleine forme. Elle ne voit quasiment plus, n'entend pas très bien, voyage en fauteuil roulant, mais l'esprit est clair. »

Voilà ce que mère Domrémy qualifie de pleine forme : l'esprit clair. Attendons voir.

« Il me manquait quelques petits éléments concernant la soirée de noces de Noémi, la propre sœur de Carlagne. Et comme sœur Diogène était de Saint-Norbert, j'ai cru que... »

Ah ! ce genre de nouvelles, je les prends. Des nouvelles qui datent d'un siècle, mais un bon conteur sait abolir le temps.

« Noémi passait pour fière. Elle n'avait ni la beauté ni la personnalité de son illustre sœur, mais c'était quand même un beau morceau de fille, comme on disait à l'époque. Et le chanceux qui l'épousait ce jour-là en justes noces faisait l'envie de bien du monde. Entre toi et moi, pourtant, j'ose croire que n'importe quel homme qui réussissait à se faufiler sous le toit des Marteau – Marteau par la mère – mesurait sa chance à la distance qui le rapprochait de Carlagne.

Sœur Diogène n'a pas voulu commenter là-dessus, mais personnellement je suis d'avis que tout Rogersville, disons une bonne partie de Rogersville, était tombé sous le charme d'une femme qui fera parler d'elle bien au-delà des frontières de son comté.

Toujours est-il que le soir des noces, on dansa. Certains curés de paroisses environnantes avaient déjà commencé à dénoncer la danse comme une occasion de péché. Point Rogersville qui avait connu des prêtres aux idées libérales, comme on dirait aujourd'hui. Monseigneur Richard, par exemple, avait trop à faire à fouetter le nationalisme naissant d'une Acadie qui sortait tout juste du bois pour s'amuser avec des niaiseries pareilles. Pardon. »

Mère Domrémy se gratte la tête et me jette un œil de reproche, un reproche qui ne m'est pas destiné, mais qui se retourne sur elle. Je sens toutefois qu'un si léger accroc aux convenances ne l'arrêtera pas, elle est bien en selle. Et au galop !

« On dansa une partie de la nuit. Et c'est aux petites heures du matin, apparence, que l'événement se serait produit. Je te demande seulement de te transporter en 1906, au fond des terres du haut du comté. L'Acadie avait son propre drapeau et son hymne national depuis vingt ans à peine, et venait de se mettre sous la protection de la Vierge de l'Assomption. Essayons de nous replacer dans le contexte. Un peuple sous la seule férule de l'Église catholique romaine et qui eût montré au reste du monde, si le reste du monde s'était intéressé à lui, le visage le plus pur et le plus propre qui soit. On ne connaissait même pas le terme à l'époque de famille... comment c'est déjà ?

— Famille éclatée.

— Comme tu dis. Le divorce était inconnu, et on se mariait en communauté de biens. Ce qui ne veut pas dire, naturellement, qu'aucune fille n'avait fauté ni avorté en cachette. Chaque paroisse, ou à peu près, comptait ses faiseuses d'anges. »

... ???

Tu comprendras plus tard.

Je ne peux quand même pas expliquer déjà à Radi l'avortement.

« Noémi se mariait obligée, c'est ça ? »

Même pas. Le scandale ce soir-là ne vint pas de Noémi.

Mère Domrémy recommença plusieurs fois son récit, bredouillant, bafouillant, farfouillant dans un vocabulaire qu'elle réinventait pour les besoins de la cause : une cause que je finis par lire entre les lignes avec l'aide de la vieille Lamant qui gloussait à en faire vibrer les pierres de sa tombe. J'ai compris que la suite de l'événement qui avait marqué les noces de Noémi, je devrais la recomposer moi-même avec les bribes de phrases incohérentes qui tombaient de la bouche de ma nonne octogénaire.

... Marijoli s'était fait inviter chez les Marteau par nul autre que le forgeron, le dénommé Joseph à Benjamin, qui se pâmait d'amour pour la cadette des Thibodeau depuis qu'il était venu, comme tant d'autres, tenter sa chance à Saint-Norbert. Il avait même réussi à entraîner sa compagne dans un quadrille écossais appelé danse carrée, la faire tourner sur elle-même à l'appel du câleur officiel, la serrer contre lui à en étouffer de bonheur, et, au moment de l'annonce « échangez votre compagnie », lui lancer un dernier regard avant de la céder à son voisin de gauche, un voisin qu'il reconnut sous l'habit... on dirait aujourd'hui d'un dandy : Carlagne. Il avait ses entrées chez les Marteau, le pauvre Joseph à Benjamin, et était habitué aux frasques de l'amazone. Mais jamais Carlagne n'avait poussé l'audace jusqu'à s'emparer de la place de l'homme dans une danse carrée. Le forgeron en pâlit et conçut cette nuit-là la seule rancœur qui devait assombrir l'âme la plus pure du pays. Quand les autres se furent aperçu de la présence de Carlagne à la noce, Carlagne avait déjà bâsi. Disparue, avec Marijoli.

Si les murs d'un parloir pouvaient résonner, le couvent tout entier eût tremblé durant le silence qui suivit. Mais ni Radi ni moi n'avons bougé le moindre cil. Et je crois que mère Domrémy elle-même cessa de respirer. Puis :

« Je pense bien qu'il est temps de raconter le peu que nous savons des débuts dans la vie de cette femme hors du commun. Je dis bien le peu que nous savons, parce que, comme disait tante Marie, beaucoup d'ombre plane encore sur la nature, l'éducation, le comportement d'une créature qui a dû chercher toute sa vie sa véritable identité.

Elle fut élevée par sa mère, femme forte s'il en fut, capable de mener une maison sans l'aide de personne, encore moins d'un mari alcoolique et feluet, et finalement disparu. Elle n'eut qu'une sœur, la Noémi en question, sa cadette de quelques années. Mais apparence que la plus décisive influence sur l'enfance de Carlagne vint de son grand-père Marteau, un Maillet comme de raison. Sans vouloir te plagier, je dirais que ce Pierre Marteau pouvait se rapprocher en esprit et en sagesse de ton cousin Thaddée, celui que tes livres racontent avec tant d'émotion. Il avait une largeur de vues peu commune pour son époque et son milieu. Mieux que ça, il respirait une sorte de santé morale et intellectuelle dont les gens du pays n'arrivaient pas à déceler l'origine ou la portée. On le respectait, mais sans le comprendre. C'est peut-être pour ça qu'il se rabattait sur l'enfant qui, à huit ou dix ans, dévorait les leçons de l'aïeul comme si elle avait des siècles à rattraper. Il lui parlait des ancêtres, lui défrichait son arbre jusqu'à la Bible, l'initiait à l'astrologie. Surtout, il la confiait à la seule école capable de lui apprendre autre chose que ses chiffres et ses lettres : la nature. La nature sauvage des bois et des champs, du ciel étoilé, des bêtes.

Bien vite, Carlagne se prit d'un attachement pour les chevaux, les chiens, les animaux de la forêt qui la consolaient de la banalité de son entourage. Ma tante Marie, qui avait dix ans de plus que Carlagne et qui l'a bien connue, prétend qu'aucun enfant du voisinage n'a partagé ses jeux. On la trouvait étrange, hautaine, trop avancée pour son âge. Je n'en suis pas si sûre. Ailleurs on m'a parlé de l'ascendant qu'elle exerçait déjà sur une quantité de disciples qui la suivaient dans ses expéditions en forêt. Nos enfants de la fin du siècle dernier n'avaient vraiment rien vu, ne connaissaient que leur abécédaire et des histoires rapportées par les conteurs. Or voilà qu'une des leurs, plus intelligente et plus délurée, par-dessus tout souverainement indépendante, pouvait les éblouir des après-midi durant avec la mémoire ancestrale enfouie dans le cerveau d'un grand-père. La vérité, comme c'est souvent le cas, pourrait se situer entre les deux : j'imagine très bien Carlagne enfant tenir en respect une bande de gamins éblouis par son génie inventif.

J'ai pour mon dire que ce grand-père devait nourrir sa petite-fille d'histoires inconnues des conteurs traditionnels. Car de tous les clients du petit Syrien qui fut un célèbre colporteur ambulant, Pierre Marteau était le seul qui lui achetait ses livres. On a trouvé dans son attique, bien plus tard, la série complète de la Bibliothèque Bleue. Carlagne avait sûrement fréquenté les héroïnes des temps les plus reculés : les Blanche de Castille, Geneviève de Brabant, peut-être même... je ne sais pas... je ne sais pas si elle a pu de quelque façon entendre parler de George Sand, non, c'est impossible, n'extrapolons pas. »

Mère Domrémy s'arrête pour reprendre son souffle, puis me lance un œil en coin :

« Qu'est-ce que tu en penses ?

— Je pense que George Sand n'entrait pas dans la Bibliothèque Bleue ; mais Carlagne a pu la connaître sans l'avoir lue. »

La nonne me dévisage et hoche la tête. Après tout, on n'en est pas à un mystère près dans cette chronique invraisemblable. À mon tour d'extrapoler :

« Sans parler de réincarnation, certains types humains font périodiquement leur réapparition dans l'histoire de l'humanité. Les Don Quichotte reviennent, comme les Judith ou Cléopâtre. Je commence à sentir, derrière votre Carlagne, toute une galerie de femmes qui ont traversé leur siècle sur la pointe des pieds, pour finalement se tailler une niche dans l'histoire.

— Si Rogersville avait su qu'il sortait du bois pour entrer dans les manuels scolaires ! »

Je n'ai pas assez de deux sourcils pour témoigner de ma surprise et de mon incrédulité.

« Je sais bien, va, que tu finiras par y caser notre Carlagne. »

Radi me tire la manche.

... *Quoi c'est que ça veut dire ?*

Ça veut dire que notre informatrice n'est pas dupe.

... *Et ça, ça veut dire quoi ?*

Qu'elle se moque de nous autres.

... *Demande-y de nous amener voir sœur Diogène.*

Quoi ?

... *Demande-y, peureuse.*

Mais non, Radi, c'est impossible, elle est à l'infirmerie, elle est très très vieille.

... *Depis quand c'est que t'as peur des vieilles ?*

« Si ce n'était pas de l'heure que les vieilles vont à la messe, je serais tentée de t'emmener faire une petite visite chez sœur Diogène. »

C'est bon, Radi, c'est bon, t'as gagné, arrête de gigoter.

« Tu ris, mais je ne me classe pas encore parmi les très vieilles dans une maison où la moyenne d'âge passe quatre-vingts, même si je les ai depuis cinq ans.

— Je serais enchantée de revoir sœur Diogène. »

La visite chez les vieilles eut lieu le lendemain.

Sœur Diogène avait l'esprit clair, en effet, mais les oreilles si ensablées que notre histoire s'égarait souvent dans des bretelles et chemins de traverse. Puis elle prenait un tel plaisir à revoir son enfance à Saint-Norbert ! Tout y passait : ses frères et sœurs, la vieille tante, le cousin vendeur de moulins à coudre, le temps des foins et des métives, les voisins qui s'amenaient pour la corvée quand par malheur une grange passait au feu.

« Vous êtes de Bouctouche ? Bouctouche aussi a eu sa part d'incendies. Mais un village aussi important ne se bornait point à des feux de granges... ! »

J'ai vu frétiller mère Domrémy. Elle cherchait à détourner la conversation. Sœur Diogène était-elle sur le point de lui voler son scoop ? En quoi les feux de granges...

« La maison de Yophie, sœur Diogène, était-elle bien loin de la vôtre ?

— Comment ?

— Yophie, vous avez bien connu Yophie, Théophile Maillet...

— Maillet ? Tout le monde a son petit degré de Maillet à Saint-Norbert. Comme vous, ma sœur.

— Et comme le dénommé Théophile, qu'on appelait Yophie.

— Yophie ! Un démon. Pourtant un bel homme. S'il n'avait pas eu la peau si sombre. »

... Un nègre ?

Tais-toi.

« Des yeux en dessous, mais si par malheur il les posait sur toi, tu sentais brûler ta peau. Jusqu'aux os. Mon père a eu pour son dire que le Yophie avait dû vendre son âme au diable. Mais ma mère le faisait taire. Je pense que, dans le temps, les femmes avaient plus de sympathie que les hommes pour le pauvre Yophie. De sympathie ou bien donc... Mère Domrémy, vous l'avez point connu, vous ?

— J'étais bien jeune quand le démon a quitté Saint-Norbert. Et puis moi j'habitais l'arrière-pays de Rogersville. Je ne vivais point comme vous à l'orée de l'enfer. »

L'éclat de rire qui fusa à l'unisson des deux gorges me ravit. L'esprit n'a pas d'âge, Radi.

Cette fois mère Domrémy articula exagérément :

« Et Carlagne ? Carr-la-gne ? »

Sœur Diogène plissa ses yeux presque aveugles comme si elle cherchait à lire les lèvres de son amie... et se tut.

Mère Domrémy me présenta un visage d'excuses et haussa les épaules. J'ai compris qu'une sœur Diogène veut bien commenter sur les démons, mais point sur une Carlagne. Je m'étais levée, je serrais déjà la main de ma quasi-centenaire, quand ses jointures tordues ont pressé les miennes. Elle attira mon visage contre ses lèvres et, au lieu de m'embrasser, elle me souffla pour que l'autre n'entende pas :

« Puisque tu viens de Bouctouche... va donc faire une petite visite à la femme du docteur. »

Mère Domrémy, si elle a entendu, n'en a rien laissé paraître. Elle lui a dit au revoir de la plus courtoise manière, en lui promettant de revenir le même soir lui faire la lecture.

Radi, bien entendu, avait tout enregistré. J'ai compris que je n'étais pas sortie de l'auberge.

... Du bois.

Pas sortie du bois. Et que nous finirions bien, toutes deux, chez la femme du docteur. Pas tout de suite, toutefois. Pas encore. J'avais besoin de sortir d'abord de la noce de Noémi à Rogersville.

... Les noces sont finies.

Non, justement, les noces ne se sont pas terminées sur la disparition de Marijoli dans les bras de son cavalier équivoque. Petit à petit, je devais soutirer de ma nonne conteuse des détails qu'elle me refuserait d'abord, mais qu'elle finirait forcément par laisser couler au compte-gouttes. Et comme pour se récuser, elle mettait tout dans la bouche de la tante Marie qui, elle, n'avait jamais porté le voile. Sans l'avoir connue, j'entendais par-delà le siècle conter la tante Marie. En comblant moi-même les trous de mémoire, j'apprenais comment Carlagne au début avait simplement voulu s'amuser de l'engouement naïf de la plus célèbre beauté de Saint-Norbert; puis comment la toquade de Marijoli s'était révélée soudain de l'étoffe de la passion. Homme ou femme, Carlagne était devenue l'objet d'un culte.

J'entends très bien l'échange de douceurs vaporeuses à peine susurrées; je sens le parfum de l'amazone envelopper tout entière la néophyte qui ne connaît de l'amour que les soupirs maladroits de ses courtisans de galerie; je vois les yeux de Carlagne pénétrer cette enveloppe si fraîche que la peau de l'âme en craque. Le charme, le charme qui ensorcelle! Marijoli ne s'en sortira jamais.

Par égard pour Radi, je n'ai rien fait dire de plus à la tante Marie. D'ailleurs, ni la tante Marie, ni sœur Diogène, ni mère Domrémy ne pouvaient savoir ce qui se passait dans le cœur d'une jeune fille qui découvrait, en même temps que l'amour, l'ampleur des maléfices que traînait la tache originelle. Mais dans le cœur de Carlagne? Toute l'ambiguïté qui avait régné sur sa vie devait bien finir par déteindre sur son âme. Pourtant personne n'avait encore touché aux mœurs de Carlagne. Les soupirants éconduits n'accusaient que leurs gaucheries, leur indignité; et ils se rabattaient sur Noémi tellement plus avenante.

Carlagne effrayait. Les hommes savaient d'instinct qu'aucun d'entre eux n'imposerait sa loi à la femme qui réunissait dans son être les puissances du jour et de la nuit.

Mère Domrémy fit ses délices de la théorie de Jung qu'elle prétendit ne pas connaître, mais à seule fin de ne pas devoir l'appliquer à Carlagne. J'ai compris que ma conteuse me guiderait sans réticences dans la vie de Carlagne, mais point dans les méandres de son âme. À moins que... que je ne trouve dans la tapisserie qu'elle était en train de tisser le sens du biais. Et sans la regarder :

« Je serais curieuse de savoir ce que penserait aujourd'hui un Pierre Marteau du comportement de sa petite-fille. »

La réponse fut tellement rapide que mère Domrémy n'eut pas le temps de la rattraper :

« Le comportement de Carlagne aujourd'hui ne choquerait personne. »

Elle eut quand même le réflexe d'ajouter en se grattant la tête à travers le voile :

« Du moins, jusqu'à sa rencontre avec Yophie. »

On ne jugeait donc pas le caractère androgyne de Carlagne, trop ambigu pour un pays en train de se tailler sa part du siècle nouveau, mais... mais quoi? Quels furent les vrais rapports Yophie-Carlagne? Nous approchons de plus en plus de la Dame à la licorne.

Quand j'ai expliqué à Radi que le lendemain je rentrais à Montréal et que je l'emmenais, je l'ai vue déchirée entre la tentation de son avenir et celle de son passé ; entre les splendeurs de la métropole française d'Amérique qu'elle serait appelée à connaître un jour et les merveilles d'une histoire qui narrait la sortie du bois de ses ancêtres d'une ou deux générations. Mais elle-même m'avait appris à choisir tout. Nous irions à Montréal régler les urgences mais pour quelques jours seulement, le temps de prendre nos affaires pour passer l'automne dans un phare au bord de l'Atlantique. Car au rythme qu'avait adopté notre conteuse pour nous introduire dans son roman épique, je voyais bien qu'une saison ne suffirait pas.

Et puis je t'emmènerai au musée voir une vraie tapisserie. Comme ça tu pourras comparer.

... Comparer quoi ?

Comparer l'art du tableau et celui de l'écriture. Comparer l'histoire qu'on tisse avec des fils de soie et la même qu'on tricote avec des mots.

Les mots. Si peu de mots pour échafauder une pareille cathédrale ! Souvent je la voyais buter contre un verbe étriqué, une image rachitique, une phrase filiforme. Alors elle plongeait au plus creux de sa mémoire à la quête d'un trésor disparu depuis que Malherbe vint nous interdire la moitié de Montaigne et les trois quarts de Rabelais.

« Mais Malherbe ne vint pas chus nous, qu'elle laissa tomber un jour dans un éclat de rire qui fit dégringoler dans mes ouïes les plus belles pages des fabliaux et des contes drolatiques. »

Je pouvais donc compter sur elle pour piger dans le répertoire vieilli, désuet, interdit par l'Académie. La seule notion d'interdit dans la langue fouettait l'imagination de cette femme par ailleurs soumise à la règle de son ordre. Elle s'interdisait de marcher les bras ballants ou de jacasser dans les couloirs, mais pas de farcir son langage de mots anciens. À mon grand profit.

... Montréal est pas si beau que je croyais. C'est quoi une licorne ?

Une licorne est un animal de la mythologie.

... C'est quoi la mythologie ?

C'est une histoire que tu comprends pas mais que tu dois croire parce que c'est moi qui te l'ai révélée.

Elle me fait son plus bel air de travers, puis enfile une demi-douzaine d'expressions vieillottes qu'elle garde en réserve pour ses heures de grande colère, mais dont elle ne comprend pas le premier mot. Par dépit, elle boude Montréal, les musées, la Dame à la licorne. Une jumente flanquée d'une caboche de chevreu avec une corne au-dessus des usses ! Ça vaut pas le voyage.

Tu m'en reparleras à la fin du récit de mère Domrémy, Radi. Notre conteuse est en train de faire surgir des fouilles du répertoire oral un coffre au trésor.

... Le coffre au trésor du capitaine Kidd ?

Mieux que ça. Mais attends la suite.

... Attendre, tout le temps attendre !

Demain, on rentre.

Tiens ! en quittant ma maison de ville que j'habite depuis plus de vingt ans, voilà que je parle de rentrer chez moi. Ma vraie vie loge donc là-bas, entre les bras de mer et les buttes, au beau milieu d'un village qui a posé dans mon berceau le plus beau cadeau de naissance ? Une histoire inédite venue du fond des temps et transmise d'aïeul en grand-père, en père, en fils et qui, rendue à mère Domrémy puis à moi, prend le visage d'une Carlagne et d'un Yophie, d'une Marijoli, d'un forgeron, du petit Léon.

Allons, Radi, on n'a vraiment pas de temps à perdre. Demain c'est déjà la mi-novembre.

V

« Je vous ai apporté votre fromage favori, mère Domrémy. Et pour vous permettre d'en découvrir encore un meilleur, un reblochon des montagnes de Savoie. »

D'un air incrédule :

« Tu n'arrives pas de la Savoie quand même ?

— De Montréal qui a les meilleurs comptoirs de fromages au pays.

— C'est qu'avec toi, on ne sait jamais. Depuis que je te connais que tu as des fourmilles dans les jambes. »

... Dans le cerveau, ma mère, dans le cerveau. Hâtez-vous de me ramener dans les terres du haut du comté. Mais ma conteuse n'est pas du tout pressée aujourd'hui. Ces quatre ou cinq jours d'un repos salutaire lui ont rendu son flegme de nos premières rencontres, il y a tout juste un mois. Un mois déjà ?

... *Dépêchons-nous.*

Soudain je prends conscience que Radi aussi voit couler le temps à grande allure. Cette histoire, elle veut l'entendre jusqu'au bout. J'ai l'impression qu'elle est en train de saisir que son temps est limité par le mien et qu'elle s'acharne à dévorer le monde à grandes goulées.

Mère Domrémy a retrouvé son fauteuil à bascule non loin de la fenêtre. Cette femme qui a toujours su plonger dans les plus sombres profondeurs de l'âme humaine a besoin de lumière pour converser, lire sur le visage de son vis-à-vis, reprendre le fil d'un récit qu'elle allonge avec un plaisir malicieux.

« Aide-moi à me situer. Nous étions rendues aux noces de Noémi, la sœur de Carlagne.

— Plus loin : à la rencontre de Carlagne et de Yophie.

— Ah oui ? »

J'ai vu son bon œil dépouiller le grand chêne de ses dernières feuilles, errer sur l'horizon brisé par la clôture du couvent, puis revenir vers ses mains à plat sur ses genoux. Quels dieux, quelles muses implorait-elle ? La conteuse avait besoin de calfeutrer les oreilles de la nonne avant de rassembler les pièces éparses de son puzzle et laisser la bride sur le cou à son intarissable mémoire. Carlagne, Yophie, Marijoli, Saint-Norbert, Rogersville, le forgeron.

« Je t'ai dit que le forgeron se dénommait Joseph.

— ... à Benjamin à David.

— Un bon homme, le forgeron, toute sa vie, il se révélera de la meilleure pâte d'homme ; mais trop faible devant une femme qui le fera manger dans sa paume, comme nous allons voir.

Joseph à Benjamin avait été le premier à reconnaître Carlagne sous ses habits d'homme le soir de la noce, et le premier à en éprouver du ressentiment. En réalité, si les yeux de Marijoli n'avaient pas trahi un enthousiasme démesuré du côté du beau cavalier, le forgeron n'aurait pas prêté attention à une autre fantaisie de

Carlagne qui n'en était pas à ses débuts. Pierre Marteau était son troisième ou quatrième voisin, et Carlagne avait fréquenté l'unique école du village en même temps que lui. Sans doute Joseph avait-il fait partie de la bande qui courait les bois sous la houlette de la garçonne. Mais sa cavalière d'un soir lui avait glissé des bras dans l'échange des compagnies pour aboutir comme l'on sait dans ceux de Carlagne. Cet homme simple et bon a-t-il pressenti le drame ?... Si l'on peut appeler drame la tournure des événements que dans l'âge où l'on vit on qualifierait tout au plus d'aventure piquante. »

Elle me dévisagea. Je ne l'ai pas vue rougir, sa peau ne s'y prête pas ; mais ses yeux me disaient que je devais moi-même achever l'idée qu'elle n'osait pas élaborer.

« Cette Carlagne était une sacrée bonne femme, que j'ajoutai pour lui donner du courage. Ce que j'aurais donné pour que nos temps et nos chemins se croisent !

— Toi, en effet, tu aurais su en tirer une belle histoire. Mais je suis mal placée pour broder sur une réalité déjà assez pimentée comme ça. À vrai dire, je pense que personne ne fut témoin de rien de plus chez Marijoli qu'un béguin de jeune fille pour la femme qu'elle rêvait d'être. »

Non, mère Domrémy, vous n'allez pas vous en tirer à si bon compte. Votre œil imprudent m'en révèle plus que vos lèvres. Et mon œil à moi vous dit que vous pouvez y aller, qu'à un certain niveau, l'amour est toujours pur.

Elle se détourne pour enchaîner :

« L'amour, dit-on, peut atteindre un certain niveau où l'objet aimé s'identifie à l'amour même.

— Au point d'épouser le forgeron de Rogersville dans le seul but de se rapprocher de cet objet-là.

— Sans doute que l'engouement de la jeune fille a évolué au cours des années vers quelque chose qui deviendra la passion de sa vie. Pourtant l'attachement de Marijoli pour Carlagne ne sera rien à côté de l'amour de Carlagne pour Yophie. »

C'est reparti.

« Car si Marijoli se sert du forgeron pour s'installer à Rogersville, Carlagne se servira de Marijoli pour se glisser dans Saint-Norbert. Mais je brûle les étapes. Ça ne s'est pas fait si vite ni aussi simplement.

On a dit de Carlagne que sa beauté altière et hors du commun produisait un double effet chez tous les hommes qui osaient l'affronter : la séduction et l'épouvante. Elle était de trempe à terrifier les braves et à rabattre le caquet des blancs-becs. De sorte qu'après cinq ou six tentatives, les plus courageux démissionnaient. Carlagne y prenait-elle plaisir ? Son âme androgyne cherchait-elle délibérément à décourager les courtisans ? L'un d'entre eux pourtant sembla attirer l'attention de Carlagne, assez pour se croire l'homme le plus heureux du monde. »

... *Yophie ?*

« Yophie ?

— Pas encore. Un homme bien plus pâle de figure et humble de sa personne que le démon de Saint-Norbert, et qui occupe une place bien moins éclatante dans la fresque du pays des côtes. Et pourtant, il fera parler de lui, le petit Léon, au-delà de son siècle. Car de tous les protagonistes de notre histoire, lui seul a laissé sa marque gravée dans le bois, lui seul est reconnu pour son génie.

— Du génie ?

— Un artiste de grande qualité, l'un des rares à parcourir le pays, à l'époque, pour achever la décoration de nos églises. Autant Carlagne domina son entourage par sa beauté et sa personnalité irrésistibles, autant le petit Léon s'imposa à Carlagne par sa vision d'un univers caché sous les apparences. Ma tante Marie fut témoin plus d'une fois de la description que donnait l'artiste d'une simple planche, par exemple, ou d'un bloc de bois. À l'intérieur d'une vulgaire bûche, qu'il expliquait, grouille un monde qui raconte nos vies : il prétendait que son couteau avait le pouvoir d'aller dénicher entre les veines du bois la vie qui se reflète sur nos visages et dans nos gestes. Tu comprends, que me disait ma tante Marie, qu'aucun bûcheron ou coureur de bois n'avait tenu de pareils discours devant les gens du haut du comté. Ni devant les gens, ni devant Carlagne. Et alors que tous ouvraient toute grande la bouche, Carlagne la fermait, mais agrandissait les yeux : l'artiste lui révélait une autre facette du mystère que lui avait fait entrevoir son grand-père Marteau. Le petit Léon ne comprit son effet qu'au sourire enfoncé dans les joues d'une tante Marie qui disait à l'artiste qu'il venait peut-être d'avancer un pion sur l'échiquier, que la reine, sait-on jamais...

Pauvre petit Léon! lui non plus ne s'en remettra jamais. Pourtant, le décorateur d'églises et de chapelles de couvent laissera sa marque ailleurs que sur les chapiteaux. Carlagne ne l'oubliera pas. Yophie non plus.

— Ah non ?

— Non. Nous verrons que non. »

Elle essuie ses lunettes, se gratte la tête, cherche au fond de son fauteuil une position qui lui permettra d'oublier une petite heure sa colonne et sa hanche ravagées par l'arthrose, et plante ses yeux dans les miens.

« C'est sûr que Carlagne avait entendu parler de Yophie. Le démon était connu par tout le comté.

Surtout depuis la mort inexpliquée de sa seconde femme. Une mort de trop pour une seule maison, qu'on disait. Et ce n'est point notre Yophie qui allait se prêter aux investigations. D'autant plus qu'en ce temps-là, les enquêtes policières étaient confiées à la Gendarmerie royale qui venait à cheval du Canada. »

Elle rit de son calembour.

« De toute façon, ça n'était pas dans les mœurs du pays de mettre la loi dans nos affaires, quand on pouvait se faire justice soi-même. Et dans l'art de la sanction populaire, nos gens étaient passés maîtres. Pas maîtres de sanctionner le démon, toutefois. Chaque tentative pour pénétrer le mystère Yophie avait échoué. Car en plus d'être redoutable, l'homme était rusé. Il combinait dans sa seule personne les attributs du renard, du chat et du lion. C'est malaisé de venir à bout d'un pareil animal. Et après quelques efforts infructueux, on abandonna le monstre à son antre et la défunte à son repos éternel.

La question qu'il reste à poser : Yophie connaissait-il Carlagne ? Là encore je dois faire appel à la science de la tante Marie. N'oublie pas que ma tante a connu Yophie de fort près. »

J'ai compris que ce « près » appuyé de l'adverbe inusité de « fort » devait en effet prendre une importance non négligeable dans la bouche d'une conteuse qui de plus en plus pesait ses mots. Donc tante Marie est le témoin qu'il faut suivre.

« Ma tante Marie ne s'est rapprochée de Yophie que plus tard dans la vie. À l'époque des événements, elle était la femme de mon oncle Damien qui n'allait mourir qu'en 1912. Et c'est au début de son veuvage qu'elle déménagera chez Yophie.

— ..... ?

— Non, elle ne deviendra point sa troisième femme, n'aie pas peur, mais sa femme de maison. En ces années-là, on n'aurait point appelé servante une femme qui tient la maison d'un homme solitaire. Donc ma tante Marie a bien connu Yophie, mais plus tard. Après le départ de Carlagne. Avant de te parler de son départ, je crois bien qu'il est grand temps de te raconter son arrivée, son entrée dans la vie de Yophie. »

Il était grand temps, en effet, Radi frétillait. À mon avis, la conteuse avait elle aussi des fourmis plein son imaginaire. Trop plein. Je sentais son inspiration fuser par tous ses pores, lançant des fléchettes qui, captées par la lumière comme les poussières dans un rayon de soleil, eussent ébloui le ciel d'un fabuleux feu d'artifice. Elle avait lentement préparé le terrain, disposé toutes les mèches, retardé autant que possible l'instant d'y mettre le feu.

« L'année qui suivit les noces de Noémi, Marijoli épousait le forgeron, comme nous savons, dans le but inavoué mais ignoré de personne de s'installer à Rogersville. Seul le premier intéressé, le forgeron lui-même, a semblé fermer les yeux. Certaines gens sont faits pour un petit pain, qu'on répétait tout autour. Non pas qu'on qualifiât Marijoli de petit pain, mais tout le monde savait que le forgeron n'en aurait que les miettes. Marijoli elle-même fut-elle dupe ? A-t-elle un seul instant imaginé que Carlagne lui accorderait assez d'importance pour lui sacrifier son destin ?

Je crois que le fin mot de l'affaire, je viens de le lancer sans trop m'en rendre compte. Carlagne croyait à son destin. Nous y avons tous cru... bien après qu'il eut dévoré sa vie. Et ce destin ne logeait point à Rogersville, n'en déplaise au village qui m'a vue naître, mais à Saint-Norbert. Le destin de Carlagne s'appelait Yophie. »

« Quand je le voudrais, je ne saurais te rapporter l'enfance de Théophile dit Yophie Maillet, né en 1854 sur une terre que ses ancêtres avaient dû essoucher puis labourer à la charrue de bois. On sait qu'il a eu des frères, dont l'un n'est nul autre que l'arrière-grand-père par sa mère de... quelqu'un que tu as bien connu sur les bancs du collège. Très vite, toutefois, le démon s'est démarqué de sa famille. Et de ses voisins. Quelque chose de trouble l'habitait. Mon oncle Damien a toujours prétendu que si on avait réussi à l'exorciser, il serait devenu le plus accompli des hommes. Car point de doute qu'il avait grande allure ; une personnalité qui s'imposait de loin ; et je crois même qu'il entretenait une sorte de rêve inaccessible et transcendant. Autant d'atouts qui lui furent plus néfastes que bénéfiques, cependant, parce qu'ils étaient assombris par un cœur de charbon. »

Elle sourit, puis ajoute :

« Je viens de l'inventer, cette image-là ; on devrait dire un cœur de pierre, mais la pierre ou le bois qui brûle et pourrit longuement sous la terre devient charbon. C'était ça, Yophie, un être de feu et de putréfaction. « Si tu changes pas, tu mourras dans les chemins », que lui aurait prédit mon oncle, apparence, le jour qu'il apprit les fréquentations de Yophie et du sorcier de Sainte-Marie. Je ne t'ai pas parlé du sorcier de Sainte-Marie ?

— Non, mais je le connais par la rumeur populaire. Seulement j'ignorais que Yophie et lui... Est-ce qu'ils sont contemporains ?

— Nés à quatre ou cinq ans de distance, si l'on en

croit la tradition, parce qu'aucun registre paroissial n'a gardé de traces du sorcier. On pense même qu'il sortait des vieux pays.

— La France ?

— Sans doute. On parle aussi de la Suisse ou des Flandres. Vraisemblablement, le sorcier était Français. Qu'importe ! Il se distinguait par un grasseyement qui n'était pas d'ici et par son comportement étrange.

— Il pratiquait la sorcellerie pour vrai ?

— Allez savoir ! A-t-on jamais pratiqué vraiment la sorcellerie ? Il en connaissait tous les trucs, en tout cas, affichait une science occulte qui éloignait les plus braves et s'attirait la foudre de l'évêque et des curés. Des curés qui ne finissaient pas de faire pleuvoir les anathèmes sur sa tête. Mais tu peux imaginer ce que pense un sorcier de l'anathème. À chacune des condamnations, le sorcier répondait par un autre de ses tours pendables qui faisaient rager le prêtre de la paroisse et se tordre les paroissiens. Parce qu'il faut ajouter que le sorcier de Sainte-Marie réservait ses méchancetés aux personnes en autorité ; aux innocents, il ne jouait que des farces divertissantes. Si on avait cessé de lui accorder toute cette importance, l'homme se serait sans doute tenu tranquille. Mais son esprit indépendant dérangeait. Il a surtout dérangé le curé de Bouctouche, né au Québec, et particulièrement chatouilleux sur la question de l'autorité. Et on a fustigé le sorcier du haut de la chaire une fois de plus. Une fois de trop. C'était de la provocation. Parce que figure-toi que... J'anticipe : la lutte à finir entre le curé étranger et le sorcier des vieux pays vient un peu plus tard dans notre histoire. Retiens seulement que le sorcier jurera de se venger sur l'Église et que sa vengeance aura des conséquences qui précipiteront les événements qui nous intéressent au plus haut point. Ma parole, me v'là rendue à parler comme un livre. Excuse-moi. La petite histoire du comté de Kent réveille en moi tant de souvenirs que j'en oublie le respect que je te dois.

— Vous m'avez manqué de respect ?

— J'ai tendance à me substituer à ton rôle. J'écris ton livre, oralement. »

Je n'ai rien trouvé à répondre. Cette histoire ne m'appartenait pas. Et sans doute que dans un livre, elle n'atteindrait jamais à la beauté primitive et virginale de son oralité. Mais mon assiduité au parloir de son couvent, mon attention passionnée devaient bien me trahir. Mère Domrémy ne pouvait ignorer que de laisser s'éteindre son histoire serait un crime contre la mémoire. Et je me suis entendue lui dire étourdiment :

« Vous savez comme moi, mère Domrémy, qu'Homère était sans doute aveugle et que son *Iliade*, il l'a racontée. »

Elle enchaîne sans réfléchir plus longtemps que moi :

« Comme les Grecs, nous commençons par l'oralité. Mais notre épopée à nous ne se déroule pas au carrefour de deux civilisations, n'oppose pas deux peuples fondateurs de l'Occident.

— Tout juste Rogersville et Saint-Norbert. »

Radi a joint son rire au nôtre : ça, elle l'a compris. Fallait pas la prendre pour une idiote.

La longue digression autour du sorcier de Sainte-Marie nous avait éloignées du couple Yophie-Carlagne, et ma conteuse cherchait à s'y raccrocher. Yophie s'était frotté au sorcier, avait pu même se faire son disciple, chercher à lui arracher les secrets de sa magie.

« Ma tante Marie m'a confié que le livre du Grand

Albert traînait certains jours dans la pièce centrale où Yophie passait ses plus sombres veillées d'hiver au pied de sa plus haute cheminée, celle où il brûlait des bûches de bois franc. Le meilleur bois, le cèdre, le chêne, le teck. Je sais à quoi tu penses : le teck ne pousse pas dans nos forêts. Mais Yophie n'était point bûcheron. Il dénichait son bois dans les endroits les plus inattendus : les cales de bateaux naufragés, par exemple. Ce démon semblait chercher à anéantir de ses mains les choses les plus précieuses. C'est comme ça qu'il pouvait faire quelque dix ou quinze milles de voiture à cheval pour fouiller le squelette d'un navire échoué sur la dune de Bouctouche. Du chêne, du teck pour allumer son feu de foyer. Un tel homme eût été capable de brûler de l'acajou ou de l'ébène si le pays lui en avait fourni. On pourrait dire qu'il possédait au plus haut degré le sens de la beauté de l'univers, mais l'instinct le plus sauvage de la réduire à néant.

— Un artiste avorté ?

— Un archange déchu. Parce qu'il était beau, le vaurien. Un dieu tombé...

— ... qui se souvenait des cieux.

— Justement, ç'a dû être là son problème. Si tu veux mon dire, il ne s'en souvenait pas. Je serais portée à penser que si Yophie se souvenait de quelque chose... si Yophie venait de quelque part... »

Elle se tut. Mais je la vis entrer dans son for intérieur, dépasser le siège de la mémoire, s'en aller sonder les voix d'un inconscient immémorial, comme si elle cherchait à déchiffrer une image qui s'y était fixée au-delà du temps. Yophie, par-delà un siècle, continuait de la séduire.

Puis elle secoua les plis de sa jupe de mérinos et se leva. La rencontre de Yophie et de Carlagne, ce sera pour demain.

Tiens-toi tranquille, Radi.

Mais non, Radi ne se tient pas tranquille, ne me lâche pas le bras qu'elle tire à m'en arracher la plus grossière indiscrétion :

« Mère Domrémy, y a quelqu'un que votre dernière phrase laisse sur sa faim et qui n'en dormira pas cette nuit. »

Elle me jette un œil si attentif et attendri que je craque :

« L'enfant qui a fait son gîte au fond de moi et qui ne sera jamais rassasiée de vos histoires. »

Je venais de livrer le mieux gardé de mes secrets et m'en mordis les lèvres. J'allais demander à Radi de me pardonner et à mère Domrémy d'oublier l'aveu que je venais de lui faire, quand j'ai entendu le même rire éclater en même temps sur deux octaves. Une octogénaire et une enfant se liguaient pour se moquer de mes scrupules : Radi, gonflée d'importance d'être enfin reconnue, qui rêvait déjà d'une place dans le cercle de la création collective ; mère Domrémy qui voyait se répercuter chez son élève et disciple ses propres fantasmes.

« Tu as bien raison, va, les plus belles histoires sont d'abord celles qu'on peut raconter à l'enfant qu'on a été. »

Et confidence pour confidence, elle m'avoua que le roman de Yophie et Carlagne, elle ne l'avait connu que des années après les événements qui s'étaient déroulés pourtant presque sous ses yeux au cœur du triangle Rogersville-Saint-Norbert-Bouctouche. Entrée trop jeune au couvent, elle avait dû attendre que sa tante Marie achève de tisser pour elle une toile que tout un peuple avait déjà posée sur le métier.

« Je ne dis pas que je n'avais entendu parler de rien.

Des bribes de Yophie, Carlagne, Marijoli, le forgeron, même le petit Léon revolaient au moindre vent qui balayait nos prés et nos mocauques. J'en connaissais juste assez pour emporter dans les murs de mon couvent de quoi nourrir mon imagination de novice. J'ai dû à quelques reprises m'en confesser. N'oublie pas que nous sommes au début des années trente, qu'on en est encore à étudier la création du monde à partir de la Genèse, qu'on commence tout juste à parler de l'évolution qui nous fait sortir du singe et que des idées comme celles qui hantaient mon esprit avaient de quoi effrayer le confesseur d'une jeune religieuse. C'était pourtant l'époque où mes études de physique et d'astronomie m'amenaient à découvrir une toute nouvelle dimension de l'univers. Et comme j'ai toujours, au péril de mon âme... ne prête pas attention à ce genre de commentaires...

— Je n'ai rien entendu.

— ... j'ai toujours su qu'un jour l'Église devrait bien réhabiliter Galilée, de même que j'ai eu très tôt tendance à renifler du côté de l'avant-Genèse. Et disons que c'est là que je voyais surgir la tête enflammée de Yophie. Quelque part il devait appartenir à un temps de passage, sans doute le passage du reptile au quadrupède. Si jamais animal préhistorique a survécu dans l'homme... »

Je la sens troublée par sa propre audace. J'en suis flattée au plus haut point : les confessions qu'elle n'avouerait aujourd'hui à aucun aumônier de son couvent, elle me les confiait à moi. Et de toute la force de mon âme, je l'absolvais. Alors elle reprit :

« Tout ceci n'est peut-être que chimère de vieille femme enfermée trop longtemps dans ses murs, mais je ne peux m'empêcher de penser qu'un être aussi extraordinaire que Yophie prenait racine à la bouche des cavernes. Si Carlagne pouvait après mille ans sortir de l'amour impossible de Tristan et Yseult, pourquoi pas Yophie de Cro-Magnon ? »

Cette fois elle se lève tout de bon. Avant de la quitter :

« Dites-moi, mère Domrémy, que diriez-vous de venir faire une petite visite à mon phare, l'un de ces jours ? La saison du homard est terminée, mais il me reste du crabe du printemps dans mon congélateur. Et si sœur Diogène veut vous accompagner...

— Tu oublies que sœur Diogène ira l'an prochain sur ses cent ans. Mais moi, à quatre-vingt-cinq, on ne m'accorde pas encore le statut ni les privilèges des vieilles. Autant en profiter. »

Elle en a profité durant tout un après-midi. Jamais je n'ai vu meilleur bec faire un tel honneur au crabe des neiges. Et au muscadet. Et aux poutines à trou. Et au souvenir de mère Jeanne-de-Valois, sa grande amie et mon mentor. Et nous voilà revenues à la belle époque de Memramcook, de la fondation du collège pour filles, des luttes contre une partie de l'élite acadienne et la moitié du clergé pour imposer nos idées de chances égales pour tous. Petit à petit, je glissais dans le temps et la ramenais dans le cercle de l'épopée qui s'est déroulée au tournant du siècle. Motus. Elle avait tout oublié. Plus rien. Elle contemplait la mer gonflée des débris de l'été, m'interrogeait sur l'effet des glaces qui bientôt s'en prendraient à mon escalier extérieur pendu au-dessus du vide, s'amusait de voir la coque renversée des bateaux de pêche en plein champ. Je fis une dernière tentative :

« Mais ces bateaux-là ne sont pas construits en bois de teck.

— Sûrement pas. Le teck servait dans les anciennes constructions navales. Mais nos modestes pêcheurs côtiers, j'imagine, doivent se contenter de mélèze ou de pin. »

Hameçon perdu, elle ne mordait pas. Radi avait beau s'agiter et me tirer la manche. Rien. D'ailleurs le soleil avertissait déjà la nonne que l'heure des vêpres était largement dépassée et qu'il fallait rejoindre son couvent.

Pas un mot sur Yophie, Carlagne, Marijoli et son forgeron, pas un souffle des muses durant tout le voyage de retour. Elle prenait plaisir à lire à haute voix les enseignes qui bordent la grand'route... Tiens, tiens! Cocagne a ses courses de régates internationales et Shédiac est rendu la capitale mondiale du homard, t'as qu'à ouère!... J'en avais la gorge serrée. S'il fallait que sa mémoire tarisse d'un seul coup.

J'ai connu ma première nuit blanche depuis mon retour, refusant le sommeil qui pouvait m'envelopper dans des cauchemars prémonitoires. Peut-être devrais-je la laisser se reposer quelques jours? À son âge... Son âge! elle s'en moquait mieux que personne. Tout de même, depuis plus d'un mois que je la pompe et la remonte...

... *Tu la crinques...*

... la pauvre a sûrement besoin de refaire son plein d'endorphine. Je ne retournerai pas cogner au couvent, pas tout de suite... je patienterai...

Mais le lendemain, au petit jour, je hélai Radi et

hop ! en voiture. Tant qu'à se noyer, que ce soit dès la première gorgée.

Et c'est là, tout à coup, quand je l'ai vue se carguer dans son fauteuil, jeter un œil au grand chêne de plus en plus effeuillé, puis reprendre la phrase où elle avait laissé Yophie à Cro-Magnon, que j'ai compris : ma conteuse est une artiste qui a besoin de son cadre pour refaire le monde ; mère Domrémy entrait dans son parloir comme Balzac dans sa robe de chambre.

J'ai pu respirer un bon coup.

VI

« Oublions les ancêtres dinosaures de Yophie. Pour l'instant, tout un pays l'a connu tel que l'on vivait à la fin du siècle dernier. Il se nourrissait de bœuf et de porc comme tout le monde, mais lui en mangeait le vendredi parce qu'il n'y avait pas plus mécréant. Il s'habillait comme à l'époque, mais en noir. Il avait de bons chevaux, de nombreux chiens, et habitait une maison qui en imposait par ses proportions et ses deux cheminées. Tout ce qui constituait le monde de Yophie pouvait paraître normal à l'œil du passant, mais le passant évitait de passer par là.

— À cause des chiens ?

— Non. Quelque chose suintait des murs, des arbres de sa cour. Yophie n'avait pas besoin de chiens pour éloigner les curieux. Si j'osais, je dirais qu'il avait dessiné autour de sa propriété le cercle de craie dont parlent les légendes. Quoique les gens de Saint-Norbert l'appelaient plus volontiers le premier cercle de l'enfer.

— Et ceux de Rogersville ? »

Elle m'a vue venir. Le cercle se refermait aussi sur elle. Depuis des jours qu'elle tournait autour du drame, elle avait fini par rétrécir le cadre de l'action qui risquait d'éclater tout seul. Or la conteuse qui étirait si manifestement son plaisir ne craignait rien tant que de voir le conte lui échapper.

« Tu sais comme moi que les légendes ne naissent pas de l'air du temps. Les mythes non plus. Derrière chaque conte universel, se cache tout un pan de notre histoire. Va-t-en fouiller nos marais et nos bois, entre dans les cahutes, dans les cuisines, et tu verras surgir une Cendrillon et un Petit Poucet. On connaît de même bien des Barbe-Bleue. Barbe-Bleue... »

... C'est étrange comme est fascinant l'œil du cyclone. Le centre de l'entonnoir donne le vertige.

Mère Domrémy sort son mouchoir de coton et s'éponge le visage. Radi me pigouille les reins. L'image de l'entonnoir nous ramène elle et moi à notre plongeon dans le ventre maternel qui nous a fait retrouver les entrailles de la terre. En abordant cette histoire, dans les premiers jours d'automne, avant même d'y incorporer mère Domrémy, j'ai eu l'impression de glisser au creux d'un entonnoir. Un cercle après l'autre m'entraînait à une vitesse vertigineuse vers le vide qui tournoie et tourbillonne et...

« Carlagne, en rencontrant Yophie, fut réduite en poussière. »

Je perds pied, perds le souffle. À des villes et des mois de distance, elle complète mes phrases. Les connaissances inconscientes de mère Domrémy logent au même niveau que les miennes. Dans les reins, les gènes, le subconscient, nos âmes se promènent, et se rencontrent, et s'accordent. Carlagne vient de toucher le fond de l'entonnoir, comme moi en mettant le pied dans une histoire qui, sans que je le sache, allait parler de cette femme.

« Je te dirai donc ce que je sais de cette rencontre : les faits que ma tante Marie tient de Yophie lui-même.

Et par le temps que Yophie les a révélés, il n'avait plus aucune raison de les taire, ou de les modifier.

Yophie n'était pas insensible à la beauté, la beauté féminine moins que toute autre. Mais il avait sa façon à lui d'apprécier. Je suis persuadée qu'il avait l'âme d'un artiste et qu'aujourd'hui, ou plutôt ailleurs, Yophie aurait pu devenir sculpteur. Il y avait du Pygmalion dans cet homme. Car la beauté, il la lui fallait vivante. Or aucune créature vivante n'allait à la cheville de Carlagne, nous l'avons vu. Mais Carlagne n'était pas femme à se laisser modeler par aucun Pygmalion. Et puis artiste pour artiste, elle connaissait déjà le petit Léon.

— Tout de même !

— En effet, le petit Léon n'avait point, lui, séjourné dans le premier cercle de l'enfer. Il ne pouvait pas exercer sur Carlagne le même genre d'attraction. Pourtant c'est nul autre que le petit Léon, figure-toi, qui les a poussés... non, qui fut l'occasion d'une rencontre qui tôt ou tard devait bien se produire. Avec ou sans lui. »

« C'était l'automne. Et vous savez que les vents de la fin octobre sont féroces en haut des terres. Les champs et les bois de Yophie s'étendaient sur plusieurs centaines d'arpents. Forêt vierge et terres en friche pour la plupart. Univers sauvage, comme lui. Il cultivait juste assez grand de lopin pour se nourrir et satisfaire à ses besoins, et refusait de vendre ou de louer le reste pour en faire du foin. De toute façon, sur l'empremier, ce n'est pas la terre qui manquait au pays. Yophie pouvait garder la sienne en friche si ça lui plaisait. Ce qui lui plaisait surtout, c'était ses longues promenades à cheval dans les contrées sauvages, comme s'il était éternellement en quête des temps les plus reculés. Un homme qui n'aurait pas oublié son époque paléolithique. »

Elle glousse et se gratte la tête.

« Ce jour-là, bête et cavalier galopaient le long de la rivière qui longe Acadieville, traverse Saint-Charles et se faufile entre North, South et Coal Branch, à mi-chemin entre Rogersville et Saint-Norbert. Nous sommes au cœur du comté de Kent, au centre géographique du triangle qui nous intéresse. Pays de mocauques, de cours d'eau, de ponts couverts. Les ponts couverts ! Tu ne leur trouves pas quelque chose de primitif, de quasi préhistorique ? Couvrir, habiller un pont pour protéger son tablier de bois contre les amas de neige, c'est à la fois d'une autre époque et...

... et bien de chez nous.

— Hm, hm ! il n'y a qu'un pays comme le nôtre pour inventer ça. Les plus longs sont dans le nord, mais les plus beaux, à croire que le petit Léon en personne les a travaillés au couteau de poche, viennent coiffer les coudes de nos rivières qui strient le comté de Kent. »

Elle me dévisage soudain de son œil le plus perçant :

« Mais la scène qui suit, tu as dû l'entendre raconter, Dieu sait par qui, puisque tu l'as toi-même rapportée dans ton *Oursiade* ? la rencontre de Carlagne et de Yophie dans le tunnel du pont couvert ?

— Je ne connaissais ni Carlagne, ni Yophie. »

... Menteuse !

« C'est-à-dire que j'ignorais tout de leur rencontre dans un pont couvert, de leur rencontre tout court.

— Quelle sorte de sorcière es-tu donc ? La scène que tu décris dans ton livre, où se confrontent sous la voûte d'un pont couvert les deux plus royales bêtes de la forêt, l'ours et l'orignal, tu es allée la chercher où ?

— ... ?

— Tu ne sais pas, ta mémoire ne le sait pas. Mais quelque part une grand-mère a dû la rapporter à ta mère qui te nourrissait encore par le cordon ombilical. Tu aurais pu l'entendre à un âge et dans un lieu qui défient toute logique rationnelle. Mais tu sais ce que je pense de la logique rationnelle. J'aime citer Hamlet qui dit à je ne sais plus qui... Je ne sais même plus tout à fait ce qu'il disait ! hé-hé...

— *There are more things in Heaven and Earth, Horatio, than are dreamt of in your philosophy.*

— C'est bien ça : on apprend plus de vérités au fond des entrailles de sa mère que sur les bancs d'école. Tu possèdes donc déjà tous les éléments du drame. Un ours et un orignal, tous deux rois de nos forêts, chacun voulant affirmer sa suprématie, se font face au milieu d'un terrain neutre. La monture de Yophie s'y était engouffrée pour franchir la rivière ; celle de Carlagne pour reprendre son souffle à l'abri des vents de noroît qui faisaient rage ce jour-là. Or tu sais que les ponts couverts sont les plus étroits des ponts. Pour la raison toute simple qu'ils datent tous de l'époque qui a précédé l'automobile. Le cheval en général regimbe devant le pont couvert qui s'apparente trop à une grange, mais une grange étrangère. Pas le cheval de Yophie, brisé à tous les interdits, comme son maître.

— Et celui de Carlagne ?

— Forcé d'y entrer prendre abri. Apparence que les vents de nord-noroît en cet endroit sont particulièrement vicieux. À cause de la croisée de deux creux de vallées, des tourbillons s'en prennent à la crinière des chevaux et les affolent. Ou est-ce que ce jour-là, la tourmente jaillissait de plus creux encore, comme le veut la rumeur populaire?... Quoi qu'il en soit, Carlagne mena son cheval dans le tunnel, et c'est là que la bête soudain se cabra. J'imagine la scène comme tu l'as toi-même décrite dans ton *Oursiade.* De loin les regards se croisent, les museaux se reniflent... bêtes et hommes se mesurent et se sentent. Même si les maîtres l'avaient voulu, c'eût été impossible de faire reculer ou virer de bord dans un emplacement si étroit une monture cabrée ou prise de panique. De toute façon, ce n'était pas le genre de Yophie, et sûrement pas le style de Carlagne, de céder un pouce de terrain une fois qu'on s'y était engagé. Donc on se toise et on attend.

J'ai mentionné plus tôt le rôle que joua le petit Léon dans cette rencontre. J'imagine que tu dois te demander... »

...Je me le demande...

« ... ce que cet homme vient faire à ce moment précis sur l'échiquier. Peu de choses et pourtant... Depuis la veillée où il avait entrouvert à son public émerveillé les splendeurs qui se cachaient sous les apparences de la pierre ou du bois, le petit Léon s'était démarqué de ses rivaux dans le cœur de Carlagne. Cette créature altière se prêtait tout à coup à une cour discrète et pourtant assidue de la part d'un homme dénué de beauté personnelle, mais détenteur de la clef qui ouvre sur la beauté cachée de la nature et de l'art. Carlagne avait assez d'esprit et l'âme assez haute pour être sensible au mystère enfoui sous les apparences. C'est ainsi que ce jour-là, elle devait rejoindre l'artiste parti à la recherche d'un bois très rare pour achever le monument à la Vierge de l'Assomption, devenue patronne du peuple acadien quelques années plus tôt. On avait fait mander à Rogersville, paroisse fondée par le célèbre monseigneur Richard, un jeune artiste ambulant, originaire de Cocagne. Tout cela est de la petite histoire qui ne prend son importance ici que par le rôle que doit jouer le petit Léon dans la vie de Carlagne et, par le fait même, de Yophie. Mais entre Carlagne et le petit Léon, ce jour-là, s'est dressé le pont couvert.

Ma tante Marie, n'oublie pas, fut durant une douzaine d'années femme de maison chez Yophie. Et va savoir pourquoi le démon le plus sombre et secret à avoir visité ce monde a senti le besoin de révéler tant de choses à une femme étrangère ! sans doute précisément parce qu'elle était étrangère, étrangère à sa vie, à ses passions, à sa folie. Cette veuve qui même dans la jeune trentaine était ce que l'on peut qualifier de sans âge...

— Ah bon ! c'est un trait de famille...

— ... cette femme d'une neutralité absolue...

— Ça, j'en doute...

— ... avait fini par attirer les confidences d'un homme qui eût caché ses origines à sa mère. Donc je n'ai aucune raison de douter des dires de ma tante Marie qui, soit dit en passant, ne m'a rien révélé du vivant du principal intéressé. »

... Le pont couvert, quoi c'est qui se passe dans le pont couvert ?

« Et dans le pont couvert...

— ... les chevaux se rebiffent. Aucun ne consent à reculer. Ils s'avancent, les museaux s'approchent, hennissent. Ce bruit inaccoutumé réveille les chauves-souris nichées entre les poutres des combles, et leur envol subit effraie les bêtes qui se cabrent, caracolent, prennent le mors aux dents et viennent se cogner aux parois du pont dont un des murs cède. La jument saute et entraîne Carlagne dans la rivière gonflée de rapides. Le cheval de Yophie avait le chemin libre et pouvait sortir du tunnel. Ici Yophie prétend qu'il s'est donné tout le temps de rentrer dans la rivière par la rive. Mais la tante Marie n'en a jamais rien cru. D'autant plus que son cheval eut la patte d'en avant blessée. Donc Yophie a forcé sa monture à sauter.

— Et pourquoi, à votre avis, aurait-il menti sur un geste pourtant héroïque ?

— Yophie soignait sa réputation de démon, même au mépris de celle de héros. Il avait le pouvoir d'arracher une femme aux rapides, sans se presser. Quoi qu'il en soit, il a rattrapé Carlagne, l'a dégagée de sa jument, l'a ramenée sur le rivage. »

... Et la bête ?

« Quant à la jument, Yophie n'en a jamais parlé. Mais la petite histoire raconte qu'elle a dérivé jusqu'à la rivière de Rexton, pour se perdre dans la baie de Richibouctou et finalement dans le détroit. La légende va encore plus loin et prétend que certaines nuits d'automne, on entend hennir à la lune dans la région des ponts couverts. »

Telle fut la rencontre des deux protagonistes d'une histoire qui s'est déroulée au cœur du comté de Kent au tournant du siècle, revue par une religieuse qui a rarement quitté son couvent.

Jusque-là, la conteuse pouvait conter. Radi et moi, écouter. Mais la suite, le double charme que vont se jeter mutuellement les deux plus extraordinaires personnages que fit naître le pays, ça, ça passait mal dans le gosier d'une nonne. Elle avait beau tourner, retourner ses phrases... Je décidai de venir à son secours.

« M'est avis, mère Domrémy, que le charme qu'a su exercer Carlagne sur Yophie était d'une tout autre nature que l'enchantement du démon sur la femme. Un sorcier jette un sort ; une créature de la splendeur de Carlagne peut se passer de sorcellerie.

— Ça, si Yophie avait été un homme comme les autres. Mais il ne faut pas oublier que ce monstre venait d'ailleurs, mettez cet ailleurs où vous voulez. Une splendide femme pour ce Yophie-là était une proie, un morceau de roi, un sot-l'y-laisse. Mais... Il s'approcha d'elle, lui arracha sa chemise, et tranquillement, avec cette retaille, se mit à panser la patte de sa bête. C'est tout.

Le petit Léon, inquiet de ne pas voir apparaître Carlagne, l'a trouvée une heure plus tard, transie jusqu'aux os.

— L'aventure aurait pu se terminer là.

— Mais non.

— Mais non, parce qu'alors, nous n'aurions point notre histoire. »

Et elle s'en va à la fenêtre se ressourcer. Tout à coup, ses yeux se détachent du chêne, reviennent se poser sur moi, et comme si elle avait eu peur de casser le fil de plus en plus ténu qui crochetait sa tapisserie, elle se hâte d'enchaîner sans même se donner la peine de se rasseoir :

« Apparence que Yophie se serait arrangé pour prévenir le petit Léon, l'histoire ne dit pas comment, avant de rentrer chez lui.

Entends bien que si ma tante Marie m'a rapporté fidèlement les faits et gestes de Yophie, elle ne les accompagnait que rarement de commentaires. Yophie lui-même n'allait jamais jusqu'à livrer sa pensée ni ses sentiments. Il avouait ce qu'il avait fait, point ses raisons de le faire. Et nous voilà seuls juges. Mais si tu veux mon dire, le monstre ne faisait jamais rien sans raison.

Pour briser une créature de la dimension de Carlagne, ça prenait autre chose que des mots d'amour. Depuis qu'elle était sortie de l'enfance, cette fille en était gavée de ce genre de douceurs. Yophie savait sûrement tout ça. Mais ce qu'il ne savait peut-être pas... hé-hé... »

Va-t-elle poursuivre ?

« Yophie pouvait avoir des raisons de douter de l'intégrité de ce corps féminin. N'oublie pas la manie de Carlagne de s'habiller en homme, le côté androgyne de son âme, sa réputation de séduire les deux sexes... Lui-même, moitié démon, il eût été le moins étonné du monde de découvrir un autre être sorti du même cercle de l'enfer que le sien. Je suis portée à croire que le geste de lui arracher sa chemise pouvait avoir un autre but que de panser la patte de son cheval. Quoi qu'il en soit, sa curiosité a dû être satisfaite : Carlagne, au dire de tous les témoins, était la femme la mieux faite et la mieux proportionnée qu'on ait vue.

Nous sommes aux environs de 1908. Carlagne a donc autour de vingt-trois ans. Même en ces années-là, la jeune vingtaine, c'est la fleur de l'âge. Yophie en avait trente de plus. Un homme fait. À l'époque, plusieurs de ses contemporains se préparaient déjà à vieillir, tranquillement. Pas Yophie. Celui qui se destinait à vivre cent ans n'était pas pressé, et à cinquante passé, édifiait sa vie, une brique à la fois. Il avait donc tout son temps pour attirer Carlagne dans ses filets. C'est plutôt elle qui... On se perd en conjectures sur la passion si subite de Carlagne. L'avait-il charmée par son attitude aussi inattendue ? ou carrément ensorcelée ? On connaissait les relations qu'entretenaient les deux plus célèbres démons du pays : Yophie et le sorcier de Sainte-Marie. On a parlé de potion magique, de philtre, de sortilèges. Des témoins ont rapporté les avoir vus s'échanger par les buttes des amulettes, gris-gris ou autres niaiseries pareilles. Je n'en crois pas un mot. Les pouvoirs du sorcier et du démon reposaient sur plus solide que ça. »

... Sur quoi alors ? Mère Domrémy, qui refuse de prêter foi au pouvoir de la sorcellerie, flirte pourtant avec certaines forces occultes qu'elle ne parvient pas à décrypter. Elle me devine.

« Il restera toujours du mystère dans la vie de certaines gens, qu'elle enchaîne aussitôt, dans la vie de chacun, quant à ça. Mais un Yophie avait une densité d'âme... Tiens, tiens ! où donc est-ce que je vais chercher ça ! Le mot n'est peut-être pas approprié pour parler d'un démon. Et pourtant, la suite va démontrer que cet être... mais n'anticipons point. La suite immédiate, c'est que Carlagne se débattait dans les bras du pauvre petit Léon qui s'efforçait de calmer sa fièvre galopante.

On a dû attribuer la maladie de Carlagne à un refroidissement à la suite de sa chute dans les rapides. Mais personne n'a pu expliquer comment cette maîtresse cavalière avait perdu le contrôle de sa jument, une bête qui faisait si bien corps avec elle, qu'on aurait parlé de centaure si Rogersville avait été un peu plus familier avec la mythologie. Mais encore plus inexplicable fut la disparition de la bête.

— Et les planches brisées du pont couvert, ça n'était pas un indice ?

— Hormis le petit Léon, personne n'a vu le trou dans le mur du pont que Yophie a planchéié le même jour.

— Et le petit Léon s'est tu ?

— Là-dessus, j'ai mon idée : n'oublions pas que cet homme était déjà ce qu'il restera toute sa vie : amoureux fou de Carlagne. Tout en essayant de la sauver, il ne fera jamais autre chose que ses quatre volontés. Et la volonté de Carlagne, à partir de ce jour-là, appartenait à Yophie.

— Le coup de foudre !

— Si jamais ce mot a eu du sens... la foudre, le feu, le soufre... »

Tante Marie ne put projeter un éclairage nouveau sur ce pan de vie de Carlagne, car cette vie-là se déroula entièrement dans son âme. Les seuls signes extérieurs de son trouble, disons le mot, de son mal profond, furent ses longues promenades à pied autour de la forge de Joseph à Benjamin.

« C'est la flamme qui l'attirait ?

— La suite nous révélera qu'elle cherchait à se rapprocher de Marijoli.

— Ah bon.

— Marijoli qui épouse son forgeron pour se rapprocher de Carlagne servira à son tour d'appât pour rapprocher Carlagne de son démon. La maison des Thibodeau, tu te souviens ? était voisine de celle de Yophie.

— Hm, hm.

— Et m'est avis que la Marijoli n'était point dupe. Mais comment résister à Carlagne ? et une Carlagne déchaînée ?... Non, apparence qu'elle ne laissait rien paraître de sa folie. On dit même qu'elle a dû faire un terrible effort sur elle-même pour ne pas livrer le secret qui lui rongeait jusqu'à la moelle des os. Et tous attribuaient sa mélancolie ou ses fréquentes absences à sa récente maladie. On voulait voir aussi dans sa tristesse la perte de son cheval. Le vieux Marteau lui-même, son grand-père, aurait payé des pêcheurs à la ligne familiers de la rivière aux rapides pour fouiller les rives jusqu'à l'embouchure. À ce qu'on raconte. Mais personne n'avait espoir de retrouver la jument vivante. La seule qu'on cherchait à ramener à la vie était cette ombre de femme qui errait des jours durant en haut des champs.

« Puis un jour, le forgeron et sa femme la conduisirent chez les Thibodeau. C'était déjà presque l'hiver. Une première neige obligeait à troquer le boghey contre la carriole. Ce qui n'était pas pour déplaire à Marijoli qui se tassait contre Carlagne sous la peau de buffalo. Joseph, qui depuis les noces de Noémi n'avait jamais nourri de sentiments compatissants pour Carlagne, en eut pourtant pitié et chercha à la distraire et l'égayer. Le voyage finit par ressembler à peu près à une randonnée dans la première neige de décembre. Le forgeron claquait son fouet sur la croupe du cheval qui galopait de plaisir ; Marijoli s'extasiait devant chaque sapin qui courbait ses branches sous le poids du givre ; Carlagne, à travers ses lèvres à peine entrouvertes, laissait filtrer un souffle où des soupirs s'entortillaient à ses pensées.

Chaque retour de Marijoli à Saint-Norbert était l'occasion d'une fête ; et malgré la présence du légitime, les anciens soupirants revenaient s'essuyer les pieds sur le perron des Thibodeau. Or voilà que ce jour-là, on servait à ces jeunes galants plus qu'ils n'en avaient demandé.

— Marijoli et Carlagne.

— Une Carlagne qui, en dépit de sa désolation, peut-être à cause d'elle, rayonnait d'une splendeur peu commune en haut des terres. La langueur amoureuse a quelque chose de touchant et... de contagieux. On dit qu'avant la fin de la veillée, le cercle formé autour de Marijoli s'était scindé, et achevait de dessiner un huit autour d'une Carlagne qui avait l'air de s'arracher chaque sourire comme un dernier soupir. »

Mère Domrémy s'arrête brusquement.

« Remarque que je tiens tout ça de ma tante qui le tenait des on-dit populaires. Je me borne à te livrer les faits et laisserai les commentaires aux spécialistes en la matière.

— De la matière humaine, ma mère, et là-dessus, je ne connais pas de plus grand spécialiste que vous.

— Hé-hé... »

Elle profite de cet interlude pour se lever. La profonde détresse de son héroïne a épuisé les forces créatrices de la conteuse. Et malgré Radi...

... *Laisse-la pas partir, laisse-la pas partir !...*

... je la laisse partir.

Par courtoisie, je prétexte un rendez-vous, une affaire urgente, et lui fais promettre de m'accueillir le lendemain au même endroit, à la même heure.

« Tu n'as pas oublié les conseils du renard au Petit Prince, qu'elle fait : pour se laisser apprivoiser, soyons fidèles à l'heure et à l'endroit.

— Et quand le morceau qu'on tente d'apprivoiser s'appelle Carlagne... »

Elle rit. Puis reprend :

« Je rejoindrai peut-être ce soir le cercle de bridge, même si je ne joue pas. Mais quand c'est au tour de sœur Diogène de faire le mort, j'en profite pour l'arracher à ses as et ses valets et la ramener à Saint-Norbert. »

Radi m'a fait une scène. Elle avait en partie raison. J'ai laissé partir la conteuse au moment où tout se jouait. Abandonner Carlagne dans un état pareil risquait de tout compromettre. Si elle allait dépérir, quitter la maison des Thibodeau sans revoir Yophie, si sa vie bifurquait... Voyons, Radi, ce n'est pas moi qui invente, ni toi, ni même mère Domrémy ; c'est la vie qui a inventé cette histoire pour nous il y a presque un siècle. Mère Domrémy est un témoin, pas une créatrice, pas une romancière... Oh ! ça, faut pas en jurer. Quelle part attribuer à la mémoire insondable de cette femme, et quelle part à son génie ? L'artiste est celui qui se souvient de tout ce qui aurait pu être.

... *Ça veut-i' dire que Carlagne et Yophie avont jamais existé ?*

Ça ne veut pas dire ça du tout. Et puis apprend à parler : on dit « ont » et non pas « avont ».

... *Carlagne a point existé ?*

Si fait. Et Yophie aussi.

... *Quoi c'est qui te trouble ?*

J'ai peur pour les personnages. Réels ou fictifs, morts ou vivants, tout ce qui de quelque manière reçut un jour l'existence restera à jamais inscrit dans le firmament des étoiles. Carlagne et Yophie existent puisque mère Domrémy se souvient d'eux ; puisqu'en les racontant, elle les fait revivre. Tu as compris ce qu'elle a dit du petit Léon, l'artiste qui va chercher l'image du monde au fond d'un morceau de bois ?

... *Elle a pas dit ça.*

Tout comme. Et toi, petite rebelle, dis-toi ceci : l'histoire que nous raconte mère Domrémy est la seule vraie. La vérité toute nue n'existe pas. Si y en a une qui est bien placée pour le savoir...

... *Bullshit !*

Oh!... il est grand temps de rentrer. Et puis décembre est déjà à la porte. Nous avons du travail, Radi. Tu as compris que nous allions passer l'hiver ici. Son sourire espiègle me laisse bien entendre que ce n'est pas cette boulimique qui s'en plaindra. Jamais trop d'hiver, jamais trop de Fond de la Baie. Entre deux chapitres de la chronique du passé, elle batifole dans un présent étourdissant. Un présent qui n'est pourtant pas le sien. Radi a tendance à oublier, comme tous les étourdis de son espèce, qu'elle ne partage ma vie que par anticipation; qu'elle n'existe, à l'instar de Carlagne et de Yophie, que dans mon souvenir. Elle qui a tant rêvé du phare au Fond de la Baie, c'est moi qui en hérite à l'âge où...

... La vie est une bossuse tout croche.

Elle m'entend, même quand je me contorsionne pour enfouir ma pensée au plus creux des reins. Mais j'oublie que c'est là, au bord de l'inconscient, qu'elle loge désormais. C'est moi qui l'ai réveillée, secouée, qui l'ai engagée à me guider dans la quête des origines de mes personnages. Et de fil en aiguille, nous voilà toutes deux embarquées dans une aventure qui nous dépasse, accrochées, entremêlées aux fils de chanvre d'une tapisserie qui ont tissé un certain siècle d'un certain pays, à l'instant où il allait basculer dans le prochain.

... C'est pourtant une belle histoire.

Eh oui, une belle histoire. Accroche-toi.

VII

« Assieds-toi sans façon. J'ai réussi à délivrer sœur Diogène de ses partenaires de bridge, hier soir, aux hauts cris de sœur Philippine qui était sur le point de réussir le grand schelem. Et puis sœur Philippine voudrait bien savoir, soit dit en passant, ce que nous concoctons toutes les deux depuis le début de l'automne. Pour éviter un mensonge trop gros, j'ai prétendu que tu cherchais de l'information sur le Bouctouche des années vingt. De toute façon, la vérité niche tout près de là, nous finirons par y arriver.

En attendant nous avons laissé Carlagne chez les Thibodeau, tu te souviens. »

... Très bien.

« Une Carlagne absente au milieu d'une cour qui ne ménageait rien pour la distraire et la ramener à la vie. Personne toutefois ne semblait se douter encore de la cause et surtout de la profondeur de son trouble. Sauf, à mon avis, Marijoli. Peut-être le forgeron. Tout simplement parce que le forgeron aimait sa femme et que sa femme aimait Carlagne. Je suppose que l'amour affine tous les sens, y compris le flair. Et quand celui-ci flaire de trop près le rival, sous l'amour couve un sentiment bien proche de la jalousie. C'est malaisé d'expliquer autrement le comportement de Marijoli ce soir-là. Elle voyait bien que Carlagne n'était pas venue à Saint-Norbert pour s'introduire chez les Thibodeau; ou que si tel était le cas, la maison aux trois lucarnes n'avait d'attrait pour elle que par son voisinage avec l'autre, celle aux deux cheminées. Elle a dû en avoir la preuve...

— Qui?

— ... Marijoli, elle a dû en avoir la preuve, en montrant sa chambre de jeune fille à Carlagne, la chambre qui donnait sur la propriété de Yophie...

— Elle a voulu tenter le diable, Marijoli?

— Elle a sans doute voulu extirper le mal avec ses racines. N'oublions pas que les Thibodeau avaient toujours redouté la proximité d'un personnage aussi menaçant que Yophie. Et que les filles de la maison évitaient de le croiser dans les champs. Mais bien protégées dans leur forteresse, ces mêmes créatures se délectaient de la vue d'un être qui, somme toute, les fascinait. Marijoli, comme ses sœurs, avait joué avec le feu. Et c'est peut-être sa passion pour Carlagne, qui sait? qui l'a sauvée. Mais alors, pourquoi exposer son idole au même vertige? Ma tante Marie ne l'a jamais su, a toujours refusé de le savoir. Mais dans un moment d'inattention, elle a laissé échapper une phrase, une petite phrase de rien : La forlaque avait ses raisons de lui montrer le démon devant sa cheminée. Ça ne veut rien dire, ou ça veut tout dire. À ton avis? ...

— Je préférerais le vôtre.

— Et si les flammes qui dansaient sur le visage du diable dévoilaient mieux encore que ses gestes le fond de sa nature, Marijoli pouvait ainsi révéler à Carlagne la profondeur du gouffre où elle risquait de plonger. Cela suppose que Marijoli elle-même avait plus d'une fois contemplé la scène du bout de sa lorgnette. Je me suis même demandé... Mais ça n'a aucun sens.

— Dites toujours... toutes les clefs ouvrent quelque part.

— Je me demande si sa décision d'épouser le forgeron n'était pas liée de quelque façon à cette attirance pour le feu... Non, elle épouse Rogersville, non pas un forgeron... Et pourtant, sans vouloir jouer au psychanalyste, je me dis que si Marijoli s'est accrochée avec un tel désespoir à une femme, fût-elle de la dimension de Carlagne, c'est que son cœur avait déjà goûté à pire interdit. »

Elle me jette un œil de côté, comme pour s'excuser. La nonne tout à coup prenait le dessus sur la conteuse. Et j'ai compris qu'il fallait la laisser respirer. Je me suis informée de la santé de sœur Diogène, de... de rien d'autre, le seul nom de la sœur née à Saint-Norbert la relançait.

« Mais Marijoli a perdu son temps, Yophie ne s'est pas montré cette nuit-là.

Ni le jour suivant. Yophie avait disparu. On a même cru que c'était pour toujours. Et personne ne s'en est plaint. On se croyait enfin débarrassé. Pierre Marteau entreprit alors de récupérer sa petite-fille. On ne racontera jamais assez la patience et l'amour d'un homme pour une créature qu'il avait de ses propres mains modelée dans la glaise. Carlagne était son œuvre et son enfant adorée. Et sans lui, elle serait sans doute partie rejoindre sa jument, faute de retrouver les traces de l'homme qui l'avait ensorcelée. Elle avait aimé son grand-père de toute son âme ; hélas ! son âme n'habitait plus son corps, mais errait dans les régions sauvages des ponts couverts. »

... Et le démon ? Où est le démon ?...

« On n'a plus de nouvelles du démon ?

— Si fait. On commence à le voir apparaître ici et là, comme un revenant, tantôt à Sainte-Marie, tantôt à Cocagne, même à Bouctouche, jamais à Rogersville. Ruinant ainsi tous les efforts de Pierre Marteau. Chaque fois que le petit Syrien ou un vendeur de moulins à coudre rapportaient l'avoir aperçu entre les buttes ou le long des rivières, Carlagne sombrait de plus en plus profondément dans son mal. Rendue au printemps, elle était mûre pour l'asile ou pour l'enfer.

Et l'enfer ouvrit toutes grandes ses portes. »

... *Ah!...*

Tout doux, Radi, c'est pas l'enfer pour vrai. Mère Domrémy raconte comme un poète.

« J'ai vainement tenté de tirer les vers du nez de ma tante Marie sur les sentiments de Yophie. Rien de commun entre la tante et la nièce. Rarement elle commentait les événements, se contentant de les raconter. La glose, elle ne connaissait point ça. Mais la suite nous révélera quand même que ce démon n'était pas le diable incarné, qu'un homme se cachait sous sa peau âpre et durcie et que le cœur de cet homme avait dû saigner sous la même pointe de flèche qui avait atteint Carlagne un certain jour. Ça, c'est moi qui le dis ; je peux me tromper, mais...

— Vous ne vous êtes pas fourvoyée souvent dans les multiples sentiers de votre récit, mère Domrémy. Et tout laisse croire que vous êtes encore sur la voie la plus sûre. Je suis déjà convaincue qu'un homme si habile et ingénieux n'eût pas gaspillé son génie pour une femme qu'il pouvait prendre sans se donner toute cette peine. Celle-là, il voulait la cueillir comme un fruit prêt à éclater. C'est ça ? »

Elle bicla, replongea les yeux dans sa fenêtre, se tut.

J'en avais trop risqué. Et puis je brûlais les étapes. Calmons-nous, Radi.

« Sœur Diogène prétend... »

Je n'ai jamais su ce que prétendait sœur Diogène qui à ce moment précis fit son entrée dans le parloir. En personne. Elle avait promis à mère Domrémy de venir me saluer l'un de ces jours, qui tombait pour elle ce jour-là. S'arracher à l'infirmerie, s'habiller, descendre trois étages, un tel effort promettait, et j'étais dans la plus fébrile expectative. Attendons qu'elle satisfasse aux civilités d'usage, aux mots de soyez-la-bienvenue et de faites-comme-chez-vous et de la-santé-est-bonne?... Attendons qu'elle daigne d'elle-même se souvenir et consentir à m'en faire partager les résultats. Attendons qu'elle veuille bien... Attendons. En vain. Et soudain j'ai cru la voir toute nue sortir la tête de son tonneau, tel son cynique patron grec Diogène. Elle se moquait joyeusement de moi. Et j'ai compris que la cynique avait bel et bien, six ans plus tard, l'intention de me punir. Toutes les tentatives de mère Domrémy tombèrent à plat. Nous avons échangé sur tout, sauf sur Yophie et Saint-Norbert. Et quand j'ai voulu prendre le diable par les cornes...

« Le diable lui-même ne sait pas, apparence, qui a mis les cornes au front de... »

Elle hésite, comme pour me donner le temps de compléter.

« Du petit Léon?

— ... de son ancêtre Lucifer, l'archange déchu, et premier esprit biscornu de l'histoire. »

Elle rit d'un bon rire satisfait, avec l'air d'avoir inventé sur le coup cette métaphore qui me renvoyait à mes terres en friche. Et j'ai compris que je n'attraperais pas cet oiseau dans mes filets. Pourtant, au moment de s'éloigner, elle me répéta comme au premier jour :

« Vous avez revu récemment la femme du docteur ?
— J'irai bientôt.
— Vous l'avez pas mal malmenée dans vos livres. Comme si la vie ne s'était pas chargée de le faire avant vous. Eh ben ! des livres, je suppose, ça n'a pas de comptes à rendre à personne.
— Si, des comptes à rendre au lecteur. »
Sur ce, elle s'en fut, me laissant me dépatouiller toute seule, face à une mère Domrémy hésitant entre le fou rire et l'apoplexie.

Le soir, au phare, Radi s'avoua vaincue : elle n'avait rien compris à l'impromptu de la cynique, sinon qu'il était grand temps de rendre visite à la femme du docteur. Et elle se mit à me pigouiller :

... *Quand c'est qu'on y va ? quand c'est qu'on y va sus le docteur ?*

On ira dès que la tempête va se calmer. Pour l'instant, profitons de la beauté de la nature qui nous enveloppe. La première neige est la plus blanche, la plus pure de l'hiver. Et il n'y a qu'une première neige par an.

... *Non.*

Non ?

... *Chaque fois qui neige, c'est une neige toute neuve et toute blanche.*

Elle a raison. Quelque part, j'ai perdu mes yeux d'enfant. Entre Radi et sœur Diogène, quelle distance parcourt l'esprit ! Pourtant, entre les deux se faufile une mère Domrémy : fusion de la science et de l'inconscience ; vision si globale du monde que le passé force les portes de l'avenir. Le présent n'a plus qu'à se tenir en équilibre entre le roc de la mémoire et le limon de l'imaginaire...

... un imaginaire qui m'entraîne dans des rêves si farfelus, si fantasmagoriques, que je me réveille le lendemain avec la fièvre. Je ne sortirai pas. Non, Radi. Je sais que ce n'est pas grave, que j'ai pris froid la veille en m'obstinant à voir la tempête de trop près, que dans deux jours, tout rentrera dans l'ordre et que je pourrai reprendre le chemin du couvent. J'appelle mère Domrémy, la rassure, remets notre rendez-vous à la semaine des trois jeudis...

« T'en fais pas, qu'elle fait, j'avais besoin aussi de fouiller ma mémoire. Soigne-toi surtout. »

Me soigner, moi ? Alors que j'apprends par ma sœur Anne que Geneviève ne va pas bien ! On la rapatrie à la maison mère de son ordre, le couvent même où loge mère Domrémy. J'accours. Radi accourt. Geneviève est atteinte du même mal que maman, que Sophie... Geneviève va mourir, Radi. Il n'y a donc pas de fin à la fin du monde ? À une vitesse affolante, la vie s'effrite autour de moi ; hâtons-nous d'en fixer les plus larges pans possibles.

J'arrive tout essoufflée au couvent, je demande à voir sœur Geneviève. C'est elle-même qui me reçoit. On va l'opérer dans trois jours. Faut pas s'en faire. Tant d'autres sont passés par là. Et plus de la moitié s'en sont sortis. Elle ne s'interroge même pas sur le sort de l'autre moitié. Je la scrute sans comprendre. Je l'écoute parler de tout et de rien... de rien de neuf sous le soleil... le soleil qui se lève de plus en plus tard chaque matin, l'hiver s'en vient... mais à l'hiver succédera le printemps... un printemps qui ne viendra pas pour elle...

elle le sait sans se l'avouer et sans avoir l'air d'y accorder la moindre importance... et je continue à la regarder droit dans le front sans comprendre.

Je me fonds à Radi, ne fais plus qu'une avec cette enfant-mémoire qui me force à percevoir le monde par ses sens : Geneviève a douze ans, joue des chants de Noël au piano, lit *Patira* de Raoul de Navery, et durant des heures gratte les lampions à la sacristie et remplit d'huile la lampe du sanctuaire. Elle rejoint les autres aussi dans les jeux de *Hoist-the-sail* et de bouchette-à-cachette. Une petite fille qui n'a jamais égaré ses mouchoirs, brisé ses poupées, arraché une seule plainte de la gorge de ses père et mère. Une enfant qui traversera soixante-dix-sept années du siècle sans lui reprocher ses imperfections et ses injustices et qui, rendue au terme d'une destinée, parle de replanter une haie dans le coin nord du jardin pour ombrager les après-midi de juin de ses sœurs de passé quatre-vingts.

Je suis si loin tout à coup de Carlagne et Yophie, du triangle Rogersville-Saint-Norbert-Bouctouche, si loin de ma propre vie. Je flotte au-dessus du siècle que j'ai habité, le contemple du haut des étoiles, cherche à reconnaître au cœur des galaxies celle qui fera signe à Geneviève bientôt, très bientôt. Et je me demande si mes griffonnages ont encore du sens et leur raison d'être.

« Il paraît que mère Domrémy est en train de te raconter l'histoire de Bouctouche, qu'elle fait en s'infiltrant dans mes pensées. J'espère que tu la lâcheras pas avant la fin.

— La fin ? Mais Bouctouche doit-il connaître bientôt sa fin ? »

Elle éclate de son rire d'argent. Puis :

« Jamais, aussi longtemps que toi tu t'acharneras à le réinventer. »

Il fut convenu qu'elle assisterait le lendemain à la prochaine rencontre. À mesure que l'échéance approchait, cette ingénue ne voulait rien perdre du jus de la vie. Et elle s'installa entre la conteuse et moi. Entre mère Domrémy et Radi, que je devrais dire. Car Radi seule retrouvait Geneviève sous cette peau trop blanche, transparente. Mais déjà la chroniqueuse du haut du comté nous entraînait vers le monstre à la peau sombre et opaque.

« Yophie avait patienté tout l'hiver. Il n'apparut qu'à la fonte des neiges. Plusieurs se sont même demandé si l'ours n'avait pas hiverné dans quelque trou. Faut croire que non, parce qu'il sortit au printemps avec toute sa graisse sur les os.

Ici, je dois donner les différentes versions qui courent aussi bien à Rogersville qu'à Saint-Norbert. A-t-il réellement, comme le prétendent les on-dit du voisinage des Marteau, demandé en bonne et due forme la main de Carlagne ? Car faut pas oublier que l'homme était veuf. Légalement veuf. Demande refusée rondement par la mère, le grand-père et, à l'étonnement de tous, par la principale intéressée. Rien de ça ne fut corroboré par les premiers témoins, toutefois, surtout pas par la tante Marie qui a toujours cru que ni Carlagne ni Yophie ne se seraient embarrassés du fardeau des légalités. On a même fait courir que Pierre Marteau, devant l'imminence du danger, aurait offert son toit à Yophie afin de mieux avoir l'œil sur sa protégée. Ici la tante Marie a carrément ri. Fallait pas connaître ni la petite ni la grosse dent du démon pour aller s'imaginer pareil manquement à sa propre règle. Yophie prenait, ne s'offrait point. Non, Carlagne n'a jamais épousé Yophie. Elle est entrée chez lui, tout bonnement. Ou plutôt, elle a bâsi de chez elle un bon matin, sans s'accabler de préparatifs, bagages ou autres explications. Sa personne a tout simplement disparu d'un domicile un certain jour pour réapparaître simultanément dans un autre, dix milles plus au sud. »

Elle s'arrête pour s'accorder un léger ricanement :

« Certaines gens ont le pouvoir, faut croire, de voyager à la vitesse de la lumière. »

Lumière trop crue pour la myopie de ma sœur Geneviève qui en calouette. Mère Domrémy a vu son désarroi et récapitule. Non, Yophie n'était pas sorti directement des enfers, non, Carlagne n'avait point le don d'ubiquité, nous flottons en pleine légende qui, non satisfaite d'une réalité qui dépasse pourtant largement la fiction, renchérit, ajoute du meilleur sur du bon. La vérité, c'est que Carlagne a quitté Rogersville et qu'on s'est mis à la voir circuler dans Saint-Norbert.

« Seule ?

— Souvent en cavale avec son cavalier. L'image est restée imprimée dans le paysage de la région la plus sauvage du comté. On sortait sur son perron, selon ma tante Marie, pour admirer le découpage d'une vision si parfaite contre l'horizon, un couple à cheval galopant avec une telle aisance et une telle grâce... grâce, si fait, le démon dégageait quelque chose de complètement inédit pour un être de son espèce. L'homme dans sa rudesse était beau, on l'a assez dit, séduisant, charmeur, mais jamais on n'avait songé à concéder de la grâce à un démon. C'est contre sa nature. »

J'aperçois le sourire timide de Geneviève. Elle dit presque en s'excusant :

« Mais vous avez dit, mère Domrémy, que Yophie

n'était pas sorti de l'enfer; c'était donc pas un vrai démon. Il pouvait se racheter. »

Geneviève tenait à sauver Yophie. Je l'ai vue se prendre de compassion pour un être d'une telle misère qu'il se donne des airs de diable incarné. Dans sa simplicité de femme-enfant, elle avait reconnu sous la peau d'un monstre une âme en peine. Mère Domrémy acquiesce que la détresse de Yophie avait dû en effet atteindre à une profondeur insoupçonnée pour le pousser à se travestir en esprit du mal.

« En parlant de travestir, ma mère, Carlagne continuait-elle à s'habiller en homme en compagnie de Yophie ?

— Bonne question, que je n'ai pas manqué de poser à tante Marie qui n'a pas su répondre. Si je devais spéculer là-dessus... hé-hé...

— Allez, allez !

— D'une part, à l'ombre de Yophie, Carlagne devait déployer tous les charmes de sa féminité, mais... je me demande si l'un de ses attraits ne tenait pas précisément à son ambivalence. Mais là tu m'entraînes sur un terrain qui n'est pas de ma compétence. »

Et elle s'emmura dans un silence que je devais respecter. Radi avait beau me tirailler de tous les côtés, non, je n'empiéterais pas sur ce terrain réservé. Et encore un coup, c'est Geneviève qui nous remit sur les rails.

« Mon père m'a parlé de Carlagne, vous savez.

— Ah bon ?

— Hm, hm. Quand on habitait encore la maison brûlée... Elle s'esclaffe : Drôle d'expression ! habiter une maison brûlée !

— Je suppose que vous l'habitiez avant qu'elle brûle.

— Hi, hi ! Ce qui n'empêche que dans la famille, on

a toujours parlé du temps de la maison brûlée. Toi, Radi, tu peux pas t'en souvenir, c'était plusieurs années avant ta naissance. »

Radi bougonne. Elle se souvient. Elle qui se souvient quasiment de l'Arche de Noé, la maison brûlée... peuh ! Geneviève continue :

« Papa m'a raconté qu'elle logeait juste à côté de nous et que la nuit de l'incendie... d'ailleurs, je me souviens de... »

Mère Domrémy voit sa grande finale partir en fumée et se hâte de tuer dans l'œuf les bribes de souvenirs d'une Geneviève qui furète dans sa mémoire avec acharnement.

« Vous devez sûrement vous souvenir de quelque chose, sœur Geneviève. Vous êtes de quelle année ? Quel rang occupez-vous dans la famille ? Au juste, êtes-vous... »

Et elle bombarda si bien ma sœur de questions insignifiantes que j'ai saisi du coup toute l'importance de l'incendie qui avant ma naissance avait réduit en cendres la maison de ma famille. Radi comme moi a dû noter. Parce que je la sentis se trémousser d'impatience.

... La maison brûlée, la maison brûlée, fais parler Geneviève.

C'est mère Domrémy qui raconte, Radi.

... Je veux savoir !

Pas encore. Une histoire, ç'a un commencement et une fin ; on ne doit pas brûler les étapes.

... On a ben brûlé la maison ! C'est pas une étape ça ?

Ah ! tais-toi !

Je me débattais avec Radi, mère Domrémy avec sa conscience, quand un bruit insolite nous a arrachées toutes deux à la fresque du début du siècle et rendues à une réalité qui râlait juste à côté et se débattait pour reprendre son souffle : Geneviève était en train de perdre connaissance. Avant même que nous ayons appelé au secours, trois sœurs accouraient déjà comme si les murs du couvent avaient transmis notre panique par d'imperceptibles vibrations.

... Ça n'était rien, ça n'était rien, fallait pas nous affoler... une simple faiblesse... il faisait trop chaud dans ce parloir, on y étouffe. La pauvre Geneviève était malheureuse comme les pierres d'avoir interrompu une si belle histoire. Une histoire à laquelle elle avait été mêlée, enfant, je l'apprenais ce jour-là. Une histoire dont elle ne connaîtrait sans doute jamais la fin, la sienne étant trop proche.

Je rentrai d'urgence à Bouctouche pour fournir aux membres de la famille qui restent les détails sur l'état véritable de celle qui cherche à nous le cacher.

... Cacher quoi, Geneviève ? que nous sommes mortels ? que nous ne pourrons point partir tous ensemble, et qu'il faudra bien par conséquent que certains d'entre nous portions le deuil de tous les autres ? que la vie, comme dit Radi, est une *sonofabitch* ? Mais Geneviève sait répondre à Radi là-dessus, je l'entends. Avant même d'être passée de l'autre côté de l'ultime horizon, Geneviève m'interpelle de là-bas, fait l'effort de lever le coin d'un voile pour apaiser mon angoisse de l'inconnu.

Cette nuit-là, je sentis tourner mon phare sur ses pilotis, comme si ma propre sphère se cherchait un pivot. Retrouver le nord perdu. Carlagne entra toute vivante dans mon rêve, à califourchon sur un cheval débridé, fouillant les champs, les mocauques, les sous-bois, sautant les rivières au-dessus des ponts couverts, affrontant tous les vents entremêlés qui n'en faisaient plus qu'un. Que poursuivait cette femme avec une énergie accumulée durant mille ans, et qui m'envoyait pour la première fois l'image confondue de milliers d'ancêtres assoiffés de connaissances et de bonheur ?

VIII

Dès le lendemain je me rendais au couvent, mais cette fois directement à l'infirmerie.

« Ça va, ça va, je suis toute ravigotée. »

Et pour me faire oublier sa défaillance de la veille et son combat à venir, Geneviève m'attaque sur ma gauche et sur ma droite : d'où venait Yophie, le démon ? qui est Carlagne ? quel rapport avec Marijoli ? et son forgeron, elle l'aimait ?... Me voilà forcée à jouer son jeu de faire semblant. Pour nous cacher à toutes deux la vérité sur sa vie qui s'en va, nous en inventons de la toute neuve. Et comme si elle me devinait :

« Veux-tu dire que c'est pas une histoire vraie ?

— Toutes les histoires sont vraies... ou finiront par le devenir. »

Elle joint son gloussement au mien. Je reconnais aussitôt l'accent du rire familial, celui qui fusait des quatre bouts de la table chaque fois qu'Horace réinventait le monde, puis venait s'échouer dans nos assiettes ; montait du tapis et s'entortillait entre les barreaux de chaises, au moindre hoquet de Sophie, durant le chapelet ; glissait d'un pupitre à l'autre, à l'heure des leçons, sautant entre les cahiers et les livres au beau milieu des racines carrées, du théorème IV ou des amours impossibles d'Antoine et Cléopâtre...

... Antoine et Cléopâtre... Cléopâtre, reine d'Égypte... Nous croyions ces époques révolues, nous les aimions précisément pour ça, sans soupçonner que l'éternel rebondissement de l'histoire nous rendrait Cléopâtre, Marc-Antoine, Héloïse, Abélard... jusque sur nos devants-de-porte. Les amours de Carlagne et de Yophie, que contemplait un peuple impuissant et ravi, s'inscrivaient dans la plus fidèle tradition des interdits de l'histoire. Mais au début du siècle, entre Rogersville et Saint-Norbert, sous l'œil des chrétiens qui vont en carriole à la grand'messe du dimanche, la silhouette du couple qui glissait sur l'horizon comme si sa monture allait ouvrir le rideau qui couvre le mystère et disparaître tout vivant dans un Au-delà que personne n'osait nommer... cette vision faisait trembler le comté de Kent du nord au sud-suroît.

Et l'on finit par s'émouvoir. Carlagne avait une mère, une sœur, avait eu un père, chenapan mais père tout de même, un aïeul Pierre Marteau qui imposait le respect. Yophie, pour sa part, quelles que soient ses origines réelles, était bel et bien né de parents connus, portait un nom du pays, s'était incarné dans des temps et lieu qui lui avaient donné droit aux premiers sacrements.

« Elle t'en a conté des affaires, mère Domrémy. »

Mère Domrémy ? Je dégringole de ma tribune trois marches à la fois. J'étais en train de poursuivre l'histoire sans elle. Comme si la vérité n'était pas déjà assez fantasque ! Et je promets à Geneviève de venir la divertir sur son lit d'hôpital avec la suite des aventures de Carlagne et de Yophie.

« Ça m'a pourtant pas l'air si divertissant que ça,

qu'elle ricasse. Mais ça fait rien. J'aime les histoires qui tournent mal. Tu te souviens de *Patira*? »

Je ne savais pas encore comment devait finir celle-ci. Et l'avertissement de Geneviève m'a fait craindre pour Carlagne. Il me fallait tout de suite rejoindre mère Domrémy. J'ai voulu me lever, mais Radi me retenait, m'empêchait de bouger; elle ne pouvait se détacher de Geneviève. En route vers l'empremier, nous butions sur un passé plus proche de nous, l'enfance de cette sœur née au début des années vingt, donc au cœur de la tapisserie qui se tissait lentement de son vivant. Elle avait été témoin d'une partie du drame qui s'était déroulée presque sous ses yeux. Prudence, Marijoli et le forgeron, la femme du docteur...

... *Parle à Geneviève de la femme du docteur...*

Geneviève ne sait rien, Radi. Elle a l'âme trop pure.

... *Quoi c'est que tu veux dire?*

Je veux dire que tout le monde n'a pas vu, même avec les yeux collés dessus, l'en-dessous d'une vie qui se jouait à l'ombre de l'autre.

... *Quelle autre?*

La vie quotidienne qui fait son lavage le lundi; son repassage le mardi; le mercredi, ses visites aux malades et aux pauvres du bas de la traque; le jeudi sa couture, son rapiéçage et crochetage de tapis; son magasinage et ses ménages le vendredi; le samedi ses pâtisseries pour le dimanche qui entraînera tout le monde à la messe et aux vêpres. La vie de la mer et des champs, des fêtes et des saisons, de l'église, de l'école...

... *la vie plate...*

... la vie de tous les jours. Mais dans les plis de celle-là, l'autre où peu de regards se sont posés, parce qu'elle risquait de leur brûler les prunelles.

« Ta sœur Geneviève s'en est tirée tant bien que mal, la pauvre, pour l'instant. Elle est bien brave et courageuse.

— Dire qu'on la croyait la plus faible de la famille.

— À l'exemple des vrais vaillants, cette enfant n'a jamais gaspillé ses forces dans des escarmouches de parade, mais les réserve pour le vrai combat. »

Je prends note.

Et nous voilà reparties vers Saint-Norbert.

« Saint-Norbert, ou si tu préfères, Rogersville. »

Je ne préfère rien, je vous suis, ma mère.

« Parce que durant la première année depuis la fugue de Carlagne, Rogersville ne dormait pas tranquille. Noémi, bien mariée, et déjà partie pour la famille... tu reconnais l'expression du pays... »

... Et comment !

« ... cherchait par tous les moyens à faire croire que sa fantasque de sœur avait pris le train pour Montréal ou Toronto et réapparaîtrait au printemps. On jetait un œil amusé à Noémi et on continuait à lorgner l'horizon qui contournait Saint-Norbert. La mère de Carlagne, femme forte s'il en fut, avait pourtant perdu tout espoir de ramener au logis une fille sortie d'une race plus vaste que la sienne. Quand on objectait à la fille de Pierre Marteau que Carlagne tenait tout d'elle parce que du côté de son homme, un paresseux insignifiant... cette femme se renfrognait sur un secret qu'elle n'avait jamais dû confier à personne. Ce qui laisse à penser que Carlagne pouvait être la fille de... »

Ma chroniqueuse se pince les lèvres et d'un geste de la main cherche à effacer le souffle qui s'est échappé malgré elle de sa bouche.

« Non, là je vais trop loin, chaque fois que j'ai tenté de prendre ce chemin de traverse, ma tante Marie a refusé de me suivre. Des bruits ont effectivement circulé de temps à autre, mais sans se rendre jusqu'à donner des noms. »

Elle s'arrête, comme pour m'accorder le temps de consulter Radi. Je songe à l'arrière-grand-mère qui n'a pas répondu au salut du juif errant, un siècle ou deux passés, mais qui, à son insu, en a transmis le souvenir de ventre à ventre à sa descendance. La mère de Carlagne a-t-elle vengé son aïeule et donné à sa fille aînée un lignage paternel qui la rattacherait encore plus directement que je n'avais pensé aux temps bibliques ou mythologiques ? L'idée me parut si séduisante que je l'adoptai sans égards pour ma conteuse qui continuait à refuser, avec tout un peuple, à donner des noms. Mais même quand vous le voudriez, ma mère, vous ne sauriez mettre un nom sur la tête d'un juif errant. Elle devina ma pensée et passa outre.

« Il restait Marijoli qui remuait ciel et terre, sautait d'un horizon à l'autre, arrachait son homme à sa forge...

— Et la position du forgeron ?

— J'y arrive. De tout Rogersville, on comprend que Joseph à Benjamin ait été le plus intéressé à éloigner Carlagne du voisinage de sa maison. Mais c'était un homme bon et un chrétien sincère et qui dormait mal la nuit à l'idée qu'une femme qu'il avait connue enfant fût de son vivant la proie des flammes de l'enfer.

— On parlait en ces termes ?

— On a toujours utilisé les symboles au pays. Seulement, cette fois, on ne se rendait pas compte à quel point les symboles révélaient le revers d'une réalité que la réalité toute crue n'aurait pas su traduire. Et là je me permets, si tu veux me suivre, de voyager d'un village à l'autre pour aller lever le coin du rideau de l'une des fenêtres de la maison aux deux cheminées, la fenêtre que Marijoli apercevait de sa chambre et qu'elle avait vainement tenté de montrer à son amie. Ce que Marijoli n'a pas réussi, ma tante Marie a pu le faire, de l'intérieur, et bien des années plus tard. Trop tard pour Carlagne. Et c'est dans le giron, figure-toi, d'une pauvre nonne dans son couvent que le secret vint échouer.

Tu te doutes bien que le démon n'en était pas à ses premières expériences, qu'il avait connu des femmes avant Carlagne, qu'il en avait même fait disparaître deux mystérieusement, comme on sait, et que celle-ci, il comptait bien la dompter à sa manière, une manière qui faisait appel à toutes les forces de la nature et du surnaturel. On n'a pas l'habitude d'appeler surnaturelles ces puissances d'en bas ; mais toi et moi savons de quoi on parle. Entendons-nous bien : je n'irai sûrement pas jusqu'à dire que Yophie visitait l'enfer ou était un suppôt de Satan. »

Elle rit puis ajoute :

« Il n'avait même pas besoin de ce soutien-là. Il dégageait de sa seule personne assez de force, assez de magnétisme et d'énergie accumulée pendant des siècles d'errance tout le long de l'évolution, qu'il pouvait jeter un souverain mépris sur le commun des mortels qui sortaient tout bêtement du gorille ou du singe. Hé-hé ! »

Elle prend le temps d'étudier ma réaction, excellente, avant de poursuivre sur la voie la plus hasardeuse qu'un chroniqueur n'eût risquée :

« Entre toi et moi, crois-tu que Carlagne se serait laissé ensorceler par un véritable démon ? Elle était bien au-delà de ça. Carlagne aspirait à l'inaccessible, disons le mot, à une sorte d'infini. Rien dans son entourage n'avait pu effleurer la peau de son âme, creuser la moindre brèche dans cette muraille qui gardait ce tourbillon de lave en fusion. Or voilà que sous la carapace d'acier de cet homme qui avait planté ses yeux dans les siens, elle avait reconnu la couleur des flammes qui l'embrasaient depuis sa naissance, senti la chaleur d'un feu qui seul pouvait la purifier de tant de passions contradictoires, consumer au fond de ses tripes les rêves de milliers de générations inassouvies. »

Mère Domrémy se tut. Elle venait de frapper le roc et savait qu'il était inutile de chercher à creuser davantage. Pas aujourd'hui. Et elle retourna à Rogersville.

« Comment veux-tu que Rogersville ait pu sonder le cœur d'une telle femme en 1908 ? On avait beau se démener, analyser la situation à l'envers comme à l'endroit, édifier cinquante-six plans de capture, d'évasion, chercher l'appui du petit Léon...

— Justement, le petit Léon... que devenait-il dans tout ça, le pauvre ?

— Rien. Il ne bougeait pas. Ce qui enrageait Marijoli. Et Noémi. Et tous les autres. Personne ne comprenait rien à cette inertie. Et pourtant, quasiment un siècle plus tard, ça me paraît clair à moi. Le petit Léon aimait suffisamment Carlagne pour ne pas vouloir la briser. Il avait dû comprendre qu'on n'arracherait point de force cette femme à son destin sans lui déchirer l'âme. Et tout comme Yophie qui avait laissé mûrir le fruit avant de le cueillir, le petit Léon accorderait à Carlagne le temps qu'il fallait pour qu'elle apprivoise sa liberté. Même dans son pire égarement, Carlagne restait libre. Et l'artiste était décidé à ne point violer cette richesse qui couronnait toutes les autres dans cette nature déjà si fastueuse. Non, le petit Léon ne bougerait pas, pas encore.

— Et Pierre Marteau ?

— Le seul qui fût totalement désintéressé, Pierre Marteau, son grand-père. C'était à lui de trouver le moyen de ramener Carlagne sur terre. Mais le vieux, comme on a vu, nageait dans des eaux inaccessibles au flot de ses contemporains. Il était d'une autre trempe. Il connaissait mieux que sa mère une enfant qu'il avait portée bien plus de neuf mois dans son cœur, dont il avait façonné l'esprit, le caractère, les plus secrètes fibres de l'âme. Lui seul savait, avec le petit Léon, que Carlagne livrait le plus important combat de sa vie, qu'elle pouvait le gagner ou le perdre, comme toutes les guerres, mais qu'aucune manigance ne réussirait à la soustraire à son destin. Carlagne devait choisir seule. Or pour l'instant, elle avait choisi l'amour.

Car il ne faut pas se tromper : le choix de Carlagne s'appelait bel et bien de l'amour et, selon ma tante Marie, un amour libre. La preuve, c'est que même Yophie ne la dominera que tant qu'elle y consentira. Elle y consentira durant trois ans, comme nous allons voir. Et avec une passion que nulle force extérieure n'aurait pu ternir ou diminuer. C'est pourquoi les stratagèmes de Marijoli ou du forgeron échouaient les uns après les autres. On avait essayé, par exemple, de l'attirer à des fêtes foraines, à des corvées, à la naissance des jumeaux de sa sœur Noémi, à la maladie réelle ou fictive de sa mère... Sa mère. Lors de la deuxième année de ce que la rumeur publique appelait la captivité de Carlagne, sa mère tomba malade. Sérieusement.

Et voilà Pierre Marteau entré en lice. La mère de Carlagne était sa fille, qu'il avait toujours protégée contre un mari inepte et d'ailleurs disparu au lendemain de la naissance de Noémi, sa seconde fille – la seule qui ressemblait à son père, ce qui avait peut-être, sait-on jamais, éveillé ses soupçons quant aux origines de la première, mais ça c'est une autre histoire –, cette femme donc était la fille d'un Pierre Marteau qui se devait de la défendre autant que la fille de sa fille, sa progéniture du deuxième degré, Carlagne. »

Je reconnais dans la finale d'une phrase aussi longue qui s'accroche avec une telle acrobatie à sa principale une mère Domrémy qui retombait invariablement sur ses pattes.

« Cette fois, Pierre Marteau céda. La mère était malade, la mère pouvait mourir. Même Noémi ravala son orgueil et accepta d'intervenir. C'est le forgeron qui fut chargé de la conduire à Saint-Norbert dans une voiture tirée par deux chevaux assez grande pour ramener Carlagne et si nécessaire Yophie. Mais à la dernière minute, Marijoli ne put résister et monta à bord. Certains ont voulu attribuer à cette étourderie l'échec de l'expédition, prétendant qu'à la seule vue de sa rivale, Yophie... Ma tante Marie fut la première à éclater de rire en entendant parler d'une rivale de Yophie. Et certainement que son rire faisait écho au ricanement de quelqu'un qui ne se reconnaissait aucun rival, et encore moins chez une femme... Surtout depuis qu'il avait eu occasion de vérifier par lui-même... »

Elle s'arrête brusquement et j'ai dû compléter moi-même mentalement la phrase, en bouchant les deux oreilles de Radi. Petit à petit j'apprends comment le démon accueille avec une courtoisie à s'y tromper la délégation trop importante pour un rhume de cerveau d'une femme qu'il vénère et à qui il souhaite en passant un prompt rétablissement mais que si l'on tient absolument à ramener Carlagne en visite chez sa mère, on peut la trouver dans les parages des ponts couverts où elle mène régulièrement folâtrer sa jument. La délégation ne perd pas une seconde et, après moult remerciements à l'homme le plus gracieux du monde – on dit même que Noémi en serait restée toute songeuse – s'envole vers North, South et Coal Branch. Bien entendu, on a passé en vain les ponts couverts au peigne fin : aucune jument, aucune Carlagne. Apparence qu'elle avait même suivi la conversation du haut de l'attique de la vaste maison de Yophie, soit en riant de son astuce, comme le prétend la moitié de Rogersville, soit bâillonnée par lui, comme le veut l'autre moitié de Saint-Norbert. Quoi qu'il en soit, elle n'a pas bougé et en fut quitte pour des remords qui, selon la tante Marie, la tyranniseraient durant les longues nuits qui ont suivi la mort de sa mère.

« Elle assista aux funérailles ?

Non. »

... *Ohhh !... la chipie !*

Attends, Radi.

« Mais cette fois, ce fut contre sa volonté. Yophie a répondu à Pierre Marteau, venu quérir sa protégée en personne, que Carlagne souffrait d'un mal mystérieux qui l'amarrait à Saint-Norbert. Et Pierre Marteau sut quel nom donner à ce mal-là. Après quelques échanges avec un démon qu'il ne pourrait combattre que sur son propre terrain, le vieil homme repartit avec la résolution ferme d'arracher coûte que coûte sa petite-fille aux griffes du diable. »

Coûte que coûte. Et ça lui en coûta la vie.

« Par " combattre sur son propre terrain ", voulez-vous dire, mère Domrémy, s'adonner lui aussi à la sorcellerie ?

— Non. Mais le surnaturel englobe un terrain plus vaste que les enfers. Si jamais la terre des ancêtres fut foulée par un saint homme...

— Il a offert sa vie en échange de la libération de Carlagne, c'est ça ?

— Ça serait ça si les choses pouvaient s'expliquer aussi simplement... Pardon !... Je veux tout juste dire que personne ne peut prétendre établir des liens entre la mort de quelqu'un et le don qu'il a pu faire de sa vie. Notre vie ne nous appartient pas. »

Je songeai à Pélagie et...

« Pourtant, mère Domrémy, l'histoire nous apprend...

— Je ne dis pas que ces liens n'existent pas, je dis qu'on ne saurait les prouver. Et puis qui sait si Dieu prend plaisir à ce genre d'offrande, *anyway* ! »

Voilà une nonne moins orthodoxe que moi. Mais son *anyway* a sûrement pour but de se faire pardonner son hérésie.

« De toute façon, Pierre Marteau a réussi, voilà l'important. »

... Il a sauvé Carlagne ?

« Il a sauvé Carlagne ?

— Nous verrons comment. Nous verrons que pour extirper un amour aussi cramponné aux os de cette femme, il fallait lui opposer un amour aussi grand et encore plus profondément enraciné... »

Elle se gratte la tête.

« Tu m'as l'air un peu fatiguée. »

Moi ? Jamais. Mais elle sûrement. Je sens que ma conteuse s'épuise plus rapidement que de coutume depuis qu'elle voit dépérir des sœurs qui sont ses cadettes : Geneviève. D'autres. Ou bien est-elle lasse d'avoir curé plus que de coutume les bas-fonds de l'âme humaine ? La conteuse s'astreint à de tels plongeons pour ragorner au fond des eaux les quelques perles cachées entre les cailloux et les débris qu'elle a besoin de temps en temps de refaire surface. Je la vois prendre de profondes respirations. Mais Radi est sans pitié. Je reste là. J'attends qu'on me congédie.

« Ne t'en fais pas, qu'elle fait enfin, demain j'aurai réponse à ta plus pressante question... Je sais, je sais, tu ne la connais sans doute pas encore, mais tes sourcils parlent pour toi. Tu tournes autour de Yophie. »

Qui oserait se croire capable de cacher quelque chose à cette coquine !

IX

D'accord, Radi, d'accord. Nous retournerons au couvent. Patience.

Mais d'abord, allons répondre : ça cogne à la porte d'en arrière.

« Excusez-moi de vous déranger...

— Mais vous ne dérangez pas, Flora.

— J'ai pensé que vous aimeriez peut-être beurrer vos toasts avec de la confiture aux fraises. De toute façon, c'est vos propres fraises que j'ai ragornées au mois de juin dans votre champ. »

Les petites fraises des champs en plus !

« Et bravo pour vos décorations de Noël, Flora. C'était vous donner bien du mal pour embellir notre voisinage.

— Un Noël vient rien qu'une fois par année et pis un an dans une vie... »

Je l'ai vue rougir. Flora serait du genre à s'excuser de mourir à contretemps. Elle fait le geste d'effacer une pensée importune et me tend un joli bocal de fraises sauvages. Les fraises sauvages recèlent un parfum que les cultivées ne rendront jamais. Comme le foin, le trèfle... la vie sauvage.

Il me vient soudain à la mémoire que Yophie est

venu mourir à Bouctouche au beau mitan du siècle; que Flora y est née bien avant...

« Je sais que ça ne se fait pas, Flora, mais j'aurais le goût de vous demander votre âge.

— Oh! vous savez, à un certain âge, ça n'a pus la même importance. J'aurai bétôt soixante ans. »

Je fais un calcul rapide et :

« Vous vous souvenez peut-être de la mort d'un dénommé Théophile Maillet, au printemps 1954. Il serait mort en bas de la traque, qu'on raconte. »

Elle réfléchit, fronce les joues, le nez, les paupières, voudrait tant m'aider...

« Théophile Maillet ?... J'arrive pas...

— On l'appelait aussi Yophie.

— Ah! Yophie! »

Et tout son visage s'éclaire. Bien sûr qu'elle se souvient. C'est-à-dire qu'elle ne l'a point connu personnellement, mais en a bien entendu parler. Son beau-père Caissie racontait même des choses à son sujet.

« Des histoires à dormir deboute!

— Pas beaucoup d'histoires me font dormir debout, Flora. Vous devriez venir l'un de ces soirs me raconter les contes de votre beau-père Caissie.

— Dommage qu'il seyit mort, le pauvre vieux, il contait si joliment! Moi je saurais tout juste vous en chanter le refrain. »

... Tiens, tiens! je me contenterai du refrain de cette histoire-là.

Je mets Flora en réserve – à tort, comme nous verrons – et, pressée par Radi, me dirige vers le couvent.

Mère Domrémy m'apporte d'abord des nouvelles de Geneviève. Elle est sortie de l'hôpital et va mieux. Nous pourrons tout à l'heure monter à l'infirmerie.

« En attendant, je peux toujours te conduire en haut des terres de Saint-Norbert, si tu n'es pas encore lasse d'entendre parler d'un chenapan.

— Vous vous en lassez, vous, de notre beau diable ?

— C'est ça le pire, le diable est souvent beau. Beauté sombre, mystérieuse, mais que veux-tu ! plus séduisante que la beauté banale qu'on peut rencontrer à tous les coins de rue. »

Comme d'accoutume, ma chroniqueuse a besoin d'entrer en matière par la route la plus longue. Mais elle finit toujours par y arriver. Cette fois, par un chemin dont le récit n'avait jamais fait mention auparavant : la hêtrière.

« La hêtrière qui se dressait sur la terre de Yophie passait pour l'une des plus splendides du comté. »

Elle fige comme un chevreuil qui a senti frémir la mousse sous ses pattes.

« Si on allait rendre visite à sœur Geneviève... peut-être bien que sœur Diogène consentirait à nous y rejoindre et...

— Comptons plutôt sur Geneviève pour nous accompagner chez sœur Diogène.

— Je vois que tu te méfies encore de la vieille, hein ? Mais sœur Diogène est une ratoureuse et qui a assez d'esprit pour faire calouetter le fantôme de celui qui a inventé la corde à virer le vent. Hé-hé ! Je te dirai pourtant que malgré ses grands airs, elle adore les histoires, la chronique, les annales secrètes d'un peuple qu'elle représente mieux que nos élites officielles. Rapide, astucieuse, finaude, plus maligne qu'un renard, plus moqueuse qu'un merle...

— À croire qu'elle serait née à Bouctouche !

— Tu ris, mais la vérité n'est pas loin : sans y être née, elle y a passé une bonne partie de sa vie. Pourquoi penses-tu qu'elle t'a parlé deux fois déjà de la femme du docteur ? C'est qu'elle l'a bien connue, lui a même enseigné. »

Les chuchotements de sœur Diogène à mon oreille n'avaient donc pas échappé à mère Domrémy. Au fait, y avait-il quelque chose qui échappât à mère Domrémy ?

« Vous pensez donc qu'il est temps que j'aille cogner chez le docteur ? »

Elle se lève et va consulter le squelette de son chêne. Pour réfléchir, mais surtout pour gagner du temps. Et je comprends qu'elle cherche à tout prix à me détourner de cette voie. Pourquoi ?

... *Pourquoi ?*

Pour ne pas brûler les étapes d'un récit qui prend de plus en plus les allures d'une saga... Pour éviter d'y mêler des vivants susceptibles d'y prendre ombrage... Pour brouiller les cartes et rendre ainsi son histoire plus tortueuse et par le fait même plus affriolante... Je commence à me méfier de son air détaché de rapporteuse de seconde ou de troisième main. Elle en sait plus qu'elle n'en laisse voir ou qu'elle laisse filtrer au compte-gouttes. Mère Domrémy a le génie du conteur oral qui n'est point passé à l'écriture parce que... parce que... parce que les histoires les plus riches du répertoire national feraient bouillir l'encre d'une religieuse qui a fait vœux de pauvreté, chasteté et obéissance. Ou tout simplement parce que l'oralité a des vertus que l'écriture ne saurait rendre. Quoi qu'il en soit, j'écrirai sous sa dictée l'aventure de Carlagne et de Yophie qui ne se doutaient pas qu'ils tissaient la toile d'un temps et d'un lieu que les historiens de l'époque avaient à peine effleurés.

En ruminant, nous marchons lentement vers l'infirmerie. Et cette fois j'ai été récompensée : grâce à Geneviève qui, raidie par une tige d'acier greffée à la colonne, n'en gardait pas moins une âme plus souple qu'un roseau. Sa candeur força la sympathie de la plus cynique des sœurs du couvent. Et je la laissai conduire l'enquête sur Yophie. Au début, je l'avoue à ma honte, je suivais l'aventure avec une condescendance amusée; petit à petit avec la surprise d'entendre sœur Diogène répondre à Geneviève qui lui glissait ses questions quasiment par les trous des narines. Et sœur Diogène s'est laissé prendre. Elle a vidé sa mémoire de tout son contenu Yophie.

« Yophie! un sacré démon! mais qui avait plutôt l'air d'un héros des temps antiques. Hercule, Vulcain. Sans doute parce qu'il avait grande accoutumance des mondes souterrains. Le sous-sol de sa hêtrière pouvait en effet s'apparenter au royaume de Hadès. »

Elle ne rit que des yeux, mais sans équivoque : cette quasi-centenaire, réduite à voyager en fauteuil roulant de sa chambre à la chapelle d'un couvent, n'avait pas cessé de se promener à la loupe sur les plus belles pages qui la menaient de la Grèce à Rome, du haut au bas Moyen Âge, de la Renaissance au Siècle des lumières. Son érudition rivalisait avec celle de mère Domrémy, mais un esprit caustique avait assourdi son cœur et d'une certaine façon distordu son jugement. Pourtant à quatre-vingt-dix-huit ans, ses yeux affaiblis n'en continuaient pas moins à gratter la surface du monde pour lui arracher ses secrets.

« Pour bien comprendre le personnage, faudrait se hasarder à le suivre dans ses voyages souterrains. Je sais que ceci va vous paraître incroyable, mais vous apprendrez quand vous approcherez de mon âge – elle cligne de l'œil du côté de mère Domrémy –, vous saurez alors qu'on ne réussit ni à embellir ni à enlaidir la réalité. Pas besoin de broder sur les contes de l'oncle Docithée qui répétait durant les veillées d'hiver que la hêtrière de Yophie s'élevait sur un caveau naturel, genre de galerie creusée par une rivière asséchée depuis des siècles...

— Comme les grottes de la Dordogne ? »

Seule mère Domrémy m'a entendue et hoche la tête en signe de complicité. Mais sœur Diogène ne s'adresse qu'à Geneviève :

« On a souvent parlé de ces caves, mais sans jamais s'y risquer. Au point que plusieurs se demandent si elles ont réellement existé, ou si elles ne seraient pas sorties de l'imaginaire d'un peuple qui a besoin d'expliquer ce qu'il ne comprend pas, pour ensuite s'inventer d'autres mystères, une fois qu'il a compris. Allez savoir pourquoi ! »

Elle se tait.

« Sans doute parce que le désir de connaître est insatiable, que répond mère Domrémy. D'où pensez-vous que naissent les mythes, ma sœur ? »

Sœur Diogène ne daigne pas enchaîner. Elle pose les questions, ne donne pas les réponses.

Mais moi je commence à comprendre pourquoi mère Domrémy a si souvent logé Yophie à la bouche des grottes de Cro-Magnon. Ce n'est pas le moment toutefois de distraire une sœur Diogène maintenant rendue dans la cabale, l'alchimie, la nécromancie, et qui se prépare à lancer Yophie dans sa descente aux enfers.

« Ça ne se peut pas qu'un homme de Saint-Norbert

né au milieu du siècle dernier ait lu *La Divine Comédie.* Ça ne se peut pas. Yophie savait lire, ça je le sais, il avait fréquenté la même école que moi une génération avant la mienne, mais il ne pouvait avoir eu accès au livre de Dante. Et pourtant... »

... *Où c'est qu'on est ?*

À Saint-Norbert, Radi, dans une hêtrière.

« ... et pourtant, mon père lui-même m'a raconté qu'enfant il avait souvent été à la faîne avec Yophie. Mais quelque part, le démon distançait les autres gamins et poursuivait seul son entrée dans la forêt dense. Il m'a juré que certains jours, alors qu'il avait tenté de le suivre, il l'avait vu entrer sous terre par les trous des troncs d'arbres, ou par les terriers et les tanières. Figurez-vous ! »

Mère Domrémy en reste interloquée : elle vient de comprendre, après toutes ces années, les allusions de la tante Marie à la vie souterraine de Yophie.

Sœur Diogène ricane et enchaîne :

« En dessous de la mousse, on raconte qu'il parcourait les galeries quasi infinies qui formaient les différents cercles du royaume des ombres qui l'auraient mené à la découverte d'une vie souterraine plus riche que celle des hommes. »

Et mère Domrémy d'intervenir :

« Une vie qu'il aurait poursuivie bien plus dans les méandres de son cerveau que dans le sous-sol de sa hêtrière ! Pour peupler une solitude sans doute congénitale. A-t-il réellement cru à ses fantasmes ? »

Cette fois, sœur Diogène répond carrément à mère Domrémy, sans passer par Geneviève :

« La double vie de Yophie lui a trempé l'âme dans une coulée de métal. Personne ne pouvait plus rien sur cette âme d'acier, personne.

— Personne ?...

— Comment ?

— Vous dites personne ? Pas même celle qui l'atteindrait par la voie mystérieuse du cœur ? »

Elle se détourne.

Mère Domrémy lui crie dans l'oreille :

« Il avait pourtant aimé des femmes déjà.

— Aimé des femmes ? Jamais aimé d'amour, non, qu'affirme la cynique. Il en avait épousé deux, séduit bien d'autres, mais aimé ?

— Disons à sa défense qu'il a pu toute sa vie chercher l'amour. »

Sœur Diogène retrouve sa surdité. Et c'est moi qui enchaîne :

« Quand apparaît Carlagne, a-t-il vu dans cette créature une autre proie facile ? »

Curieusement, elle plante ses yeux aveugles au plus creux des miens, m'attrape les poignets et murmure :

« Il n'allait pas tarder à comprendre que ce jour-là, il n'avait ouvert sa porte à aucun zéphyr, aucun suroît, aucune brise printanière. »

Elle s'arrête pour reprendre son souffle. Et c'est mère Domrémy, la chroniqueuse en titre, qui achève la pensée de l'autre. Mais pour s'assurer que je la suis, surtout pour bien ciseler la phrase qui sera l'une des clefs de son récit, elle martèle chaque mot :

« Point la brise du printemps. En ouvrant sa porte à Carlagne, Yophie appelait chez lui la sorcière de vent. »

S'ensuit un long silence. J'entends la respiration saccadée de Radi.

... La sorcière de vent... la sorcière de vent...

« C'est quoi une sorcière de vent ? » demande candidement Geneviève.

Je m'adresse en même temps à ma sœur-enfant et à

l'enfant que je n'ai jamais tout à fait cessé d'être moi-même.

« Rien de moins qu'une tornade, en langage du pays. Une vieille expression amenée de France du temps qu'on attribuait ce phénomène naturel au jeu des sorciers et des sorcières dans les airs. Ça vient du plus profond Moyen Âge. »

... J'étais-t-i' là, moi, au Moyen Âge ?

Chut !

Et mère Domrémy, en retombant sur le plancher de son couvent, ramène Radi et tout le monde dans le siècle.

« Merci, sœur Diogène. Vous étiez la seule à pouvoir nous servir d'éclaireur dans la forêt ténébreuse de Saint-Norbert, la seule à pouvoir nous guider dans la hêtrière de Yophie qui mène aux cercles de l'enfer.

— Ah moi, je connais tout ça par ouï-dire. Et Dante, c'est pas mes oignons. ».

Et elle fait le geste de se laver les mains comme Ponce Pilate.

Le lendemain, j'étais de nouveau seule avec mère Domrémy. Et Radi, bien sûr, qui ne me lâchait pas. Nous essayions en vain d'encastrer toutes les pièces du puzzle. Les incursions de sœur Diogène dans le sous-sol de la hêtrière nous avaient-elles mises sur une piste qui risquait de nous faire basculer en bas du cadre d'une histoire qui semblait vouloir partir dans toutes les directions ? Curieusement, c'est Radi qui nous sortit de l'impasse.

... Et Carlagne y a-t-i' été, yelle, dans les grottes de la hêtrière ?

La question demeurait ouverte comme une plaie. Seule sœur Diogène aurait pu nous éclairer. Mais sœur

Diogène n'avait cédé qu'à l'ingénuité de la toute blanche Geneviève. Et je refusais à Radi de renvoyer Geneviève au front. Nous devions résoudre nous-mêmes le triple problème : l'existence véritable des grottes, plus que probable ; la vie souterraine nocturne de Yophie, possible ; la descente réelle ou symbolique de Carlagne aux enfers sous la férule d'un maître adulé, pures spéculations. Mais Radi ne me lâchait pas :

... Carlagne a point été à l'enterrement de sa mére, Carlagne était tchômée.

Non, Radi, point ensorcelée, Carlagne. Éperdument amoureuse. Tu comprendras plus tard.

Elle m'a jeté un œil de travers, mais superbement averti :

... Carlagne, c'est Mimo.

Et je me rassis à l'ombre de mère Domrémy, cherchant refuge dans les plis de sa jupe de mérinos contre la tyrannie d'une enfant en robe en haut des genoux.

« Tu sais, l'histoire nous apprend que nombre de ses pages furent écrites par des sentiments que le cœur lui-même n'eût pas su débroussailler. Carlagne restera sûrement l'un des chapitres les plus obscurs et pourtant les plus ensoleillés de la chronique du comté de Kent. Voilà le paradoxe. Personne n'aurait la prétention de défricher l'âme de cette femme qui inonde cependant notre histoire d'un éclairage dont l'histoire ne saurait se passer. Je veux dire que les historiens, qui ne daigneraient jamais, au grand jamais, appuyer leurs références sur une figure aussi controversée que celle de Carlagne ou même de Yophie ou du sorcier de Sainte-Marie, n'en laissent pas moins la porte de l'histoire entrouverte à la transmission orale qui se charge depuis le début des temps, et bien avant l'écriture, de combler les trous de la mémoire universelle. Ma parole, me v'là-t-i' pas à parler comme un livre ! »

Et elle s'esclaffe. Puis avant que j'aie le temps de protester, elle enchaîne, comme si les apartés dont elle scandait son récit lui servaient de recharge pour repartir de plus belle :

« Elle n'assista pas aux funérailles de sa mère, mais fut bien présente au chevet de son aïeul Pierre Marteau. Le vieil homme s'était engagé secrètement à délivrer son enfant des griffes du démon, nous nous en souvenons. Au prix de sa vie. Personne n'a mis en doute l'étrangeté de la mort qui frappa le digne vieillard un an après sa fille, la mère de Carlagne. Un an jour pour jour. Voilà qui ne trompe pas. Qui ne trompe pas les gens du pays. Qui n'a sûrement pas dû tromper Yophie.

— Et il a laissé partir Carlagne ?

— Tu penses ?

— Ah-ha ! ça se corse.

— Yophie n'était peut-être pas tout à fait un démon, mais pas un enfant de chœur non plus. Il avait fort bien reconnu dans le regard de Pierre Marteau l'œil d'une justice qu'il avait toute sa vie récusée. Sans doute encore davantage depuis que cette justice le menaçait dans sa chair la plus vulnérable. Car déjà à cette époque, l'amour de Yophie pour Carlagne ne laissait aucun doute. Cette femme qu'il avait conquise comme un renard et un chat, il comptait la garder comme un lion. Mais même un lion un jour ou l'autre trouve son maître.

— Chez la lionne ?

— Carlagne avait mûri son intelligence, sa sensibilité, son goût de l'indépendance sous la science et la sagesse de son grand-père ; sous la force et la flamme de

Yophie, elle a trempé son caractère. Au bout de trois ans, l'homme et la femme pouvaient se mesurer. Ça s'est passé un matin de juillet. Le plus célèbre colporteur de l'époque, qui quoique sorti du Liban n'a jamais porté d'autre nom que le petit Syrien, avait toujours eu ses entrées chez Yophie. Curieusement. Il faut dire que le démon n'avait point tous les défauts. Entre autres vertus, il n'était aucunement regardant à la dépense quand venait le temps d'embellir sa propriété, sa vie. Depuis que Carlagne habitait l'une et l'autre, on dit même que le petit Syrien faisait à Saint-Norbert des affaires en or. Chenets de fer forgé pour chaque cheminée, toile de tulle dans la salle de séjour, sculpture en bois d'ébène...

Justement. Ce jour de juillet, le brocanteur, en se présentant au domicile de Yophie, fit miroiter au milieu de son bric-à-brac un objet qui capta la lumière d'une étrange façon : une sculpture en bois d'ébène en provenance de Cocagne. Carlagne a-t-elle reconnu le modèle avant Yophie? Lui-même la vit hypnotisée, incapable de s'arracher les yeux du gisant de Pierre Marteau. Prémonition? provocation? connivences de l'artiste et du modèle? Une seule certitude, l'œuvre sortait de la gouge du petit Léon. La suite des événements, je ne la tiens pas de la tante Marie, encore moins de sœur Diogène qui se moque des croyances dans la sorcellerie; mais impossible de ne pas entendre... de ne pas entendre... »

Mère Domrémy se lève et s'en va une fois de plus s'ébrouer devant sa fenêtre. Elle cherche l'expression qui révélerait le chant populaire qu'il était impossible de ne pas entendre, la mélopée qui flotte depuis près d'un siècle entre les buttes, au-dessus des prés, le long des rivières qui dessinent le paysage d'un pays qui cherche à débrouiller son histoire de sa légende. Son esprit branle entre la foi et les croyances, entre les certitudes de la logique et les audaces de l'irrationnel. La nonne qui a frotté son nez durant soixante ans aux pages jaunies des sciences et de la philosophie se souvient tout à coup d'une enfance à Rogersville qu'elle traîne depuis le ventre de sa mère. Je la vois contempler son arbre si dénudé qu'il ne peut plus lui livrer que son ombre mauve qui se dessine sur la neige. Elle sourit. Et je me souviens du temps que j'étais son élève séduite par l'originalité d'un esprit qui savait tirer de la couleur changeante de l'arbre une leçon de choses philosophiques. Le chêne vert de midi est mauve à la brunante et noir à minuit. Les vérités de midi sont-elles fausses le soir ? Pourquoi la couleur du matin serait-elle plus vraie que celle du crépuscule ? Elle se détache de sa fenêtre et reprend son bercement.

« Par définition, la légende se fonde sur des faits réels que le temps et l'imagination populaire déforment, amplifient et embellissent. C'est ainsi que le geste de Yophie est entré par la grande porte dans l'histoire légendaire de Saint-Norbert, puis du comté, finalement du pays. On raconte qu'en reconnaissant dans la figurine le visage pacifique et noble de Pierre Marteau, le démon a détaché du chignon de Carlagne une épingle à cheveux et l'a plantée dans le cœur du gisant. Tu connais la croyance : un mortel ne saurait survivre à ce genre de maléfice.

— Carlagne y a cru ?

— Cru ou pas, elle est partie le jour même, à dos de cheval, celui de Yophie.

— Le monstre est allé jusqu'à lui fournir sa monture ?

— Ça, on ne le saura jamais. Certains prétendent qu'elle s'est sauvée de nuit ; d'autres, qu'elle a filé sous les yeux mêmes du maître qui a fait semblant de regarder ailleurs. L'important, c'est qu'elle soit arrivée à temps au chevet de son grand-père et mentor. »

... *Ahhh !...*

Tranquille, Radi, Carlagne est arrivée à temps.

« ... À temps, qu'achève la conteuse, pour cueillir les dernières paroles du mourant. »

... *Il va mourir, il va mourir... arrête la sœur de conter.*

Radi se bouche les yeux et les oreilles comme chaque fois qu'elle veut empêcher le malheur d'entrer par les seuls orifices qui mènent à son cerveau. Mais la vie, cette bougresse et rusée, connaît tant de voies d'accès pour atteindre l'âme. Radi n'est pas de taille à retenir le passé qui s'évanouit contre l'horizon du monde, ni à empêcher l'avenir de s'y profiler en attendant de sombrer à son tour dans le passé. Le temps !

« Le temps était venu pour Pierre Marteau de passer l'arme à gauche. »

... *Quoi c'est qu'elle dit ?*

Elle dit la même chose d'une plus jolie façon. Il va mourir.

Puis en se carguant dans son fauteuil :

« La question qui vient à tout esprit critique...

— Celle de la figurine transpercée.

— Eh oui. Récapitulons. Le petit Léon, en sculptant le visage du grand-père de Carlagne, avait-il des intentions ? Était-ce une commande de Pierre Marteau lui-même qui délibérément s'exposait au pouvoir maléfique de son ennemi ? Quel rôle consentait à jouer le colporteur syrien qui, conscient ou pas, colportait la mort ? Autant de points d'interrogation qui s'enfilent à n'en plus finir. Si tu veux mon avis...

— ... je le veux !

— ... je pense que Pierre Marteau consentait par ce

geste à jouer le tout pour le tout. Il ouvrait toute grande sa poitrine aux griffes du démon. Mais je vois tes sourcils qui se froncent.

— C'est que je me demande comment un homme de la science et de la sagesse de Pierre Marteau pouvait donner dans ce genre de croyances superstitieuses. »

J'aurais voulu rattraper ma phrase. Trop tard. Je songeai à la couleur du chêne à la brunante et me dis que mère Domrémy devait, comme Pierre Marteau, laisser son esprit se promener dans les arcanes du réel et de l'imaginaire sans prendre parti. Elle vint elle-même à ma rescousse.

« Pierre Marteau pouvait ne pas croire au pouvoir surnaturel d'une figurine, mais il pouvait supposer que le démon, lui, y croyait. Il lui donnait ainsi sa chance.

— Une chance qui s'est tournée contre lui ?

— Qui, lui ? le vieil homme ou le démon ?

— Je comprends : le sage offrait au scélérat une ultime chance de rachat : l'occasion de résister à la tentation. Mais Yophie a choisi de tenter le diable. C'est ça ? »

La conteuse sourit, puis :

« Si l'on en croit la légende, le diable a saisi le gant au vol et a répondu au défi. Carlagne parvint au chevet de son grand-père juste à temps pour cueillir sa bénédiction et son dernier soupir. »

... *C'est pas juche !*

Si fait, Radi, c'est juste. Pierre Marteau l'a sans doute voulu ainsi. Le démon avait encore du chemin à faire avant de remonter à la surface.

... *Quelle surface ?*

Celle du commun des mortels qui marchent sur la croûte terrestre. Attends la suite. Écoute conter mère Domrémy.

« Pierre Marteau avait donc dû mourir pour ramener Carlagne au logis. Et tout le monde a compris que cette mort n'était pas inutile. On espérait bien que la fugitive y resterait, mais... on avait oublié de compter sur Yophie. Le chenapan s'amena le jour même des funérailles. Essaye, presque un siècle plus tard, de recomposer la scène dans ton esprit. On est à Rogersville, village blotti dans une vaste clairière d'une forêt qui couvre plus de la moitié de la province, terre déboisée à bout de bras et à coups de hache et qu'habite une race au cœur avide mais aux poches creuses. Le personnage que l'on porte en terre est une figure qui vient clore cent ans de la vie d'un peuple dans les bois. Tous les témoins savent que Pierre Marteau emporte dans la tombe une mémoire ancienne qui rattachait leur lignée aux ancêtres sortis des vieux pays, mais qui s'ouvrira désormais sur une ère nouvelle. On a cru ce jour de septembre 1911 qu'on était définitivement sorti du bois, que l'époque des sorciers, mauvais sorts et autres sorcelleries était révolue et que le vingtième siècle carillonnait aussi pour eux.

— Et là apparut Yophie.

— À cheval sur la plus proche colline. Tout le monde a compris. Carlagne la première. Si Yophie avait fait le pari d'envoyer son ennemi au tombeau, c'était pour conserver son bien, ce qu'il estimait son bien. Mais Carlagne n'était le bien de personne. Elle avait pu, durant trois ans, renoncer à une part d'elle-même, donner son cœur, mais elle gardait pour elle son âme. Quand elle aperçut son homme contre l'horizon, elle a senti aussitôt tout le village se fermer sur elle : sa sœur Noémi, le beau-frère, le forgeron, Marijoli, le petit Léon venu du sud enterrer son vieux complice, les voisins qui l'avaient vue grandir, un peuple se serrait pour protéger son idole contre le pouvoir du démon. Cette fois, Yophie ne franchirait pas le cercle de craie que les défenseurs de Pierre Marteau dessinaient autour de sa tombe. »

... Et puis ?

J'ai laissé à mère Domrémy le temps de gratter son crâne et de refaire les plis de sa jupe.

« Le démon n'entrerait point dans le cercle. Mais Carlagne, elle, pouvait en sortir. Et l'anneau dut s'ouvrir pour laisser passer une femme en deuil de sa lignée qui enjambait lentement les grignons de terre qui jalonnent les cimetières, puis se dirigeait vers la plus proche colline. Le pouvoir qu'exerçait Carlagne sur tout le monde était tel que le cercle figea et laissa partir cette reine de marbre.

Tu dois bien t'interroger sur les raisons qui ramenaient Carlagne à Yophie après le drame qui avait coûté la vie à son grand-père. Personne n'a compris sur le coup. Plus tard. Presque un an plus tard. Quand Carlagne accouchera d'une fille à Montréal. »

La cloche ! C'était bien le moment ! Les cloches de couvent produisent toujours le même effet : au cœur d'une règle pourtant si ordonnée, elles sonnent invariablement à contretemps. À contretemps pour ceux qui vivent en dehors de la règle. J'ai eu besoin d'une énergie qui me crispait les phalanges pour garder Radi à l'intérieur de ses gonds.

... *Elle a-t-i' à tout de reste besoin de courir à la chapelle chaque fois que c'te saprée cloche...*

Tout doux, Radi. Elle a sa vie, elle aussi, qu'elle a choisie en toute liberté. Déjà qu'elle nous consacre un temps précieux pour une femme de quatre-vingt-cinq ans. Tu devrais être contente.

... Quoi c'est qu'y a de précieux dans le temps d'une femme de quatre-vingt-cinq ans ?

Tu comprends donc vraiment rien à rien ? Tu te rends pas compte, petite écervelée, que plus on avance dans les années, moins il en reste ?

Non, ça, elle ne peut pas le comprendre, elle ne veut pas le comprendre. Et elle boude.

Clopin-clopant, nous avons bien dû reprendre la route du Fond de la Baie, avec l'espoir que l'enfant que Carlagne s'en fut mettre au monde à Montréal en 1912 rebondirait un jour dans cette histoire d'un passé qui était en train d'envahir notre présent jusqu'à la moelle.

X

La mer du Fond de la Baie ne gèle qu'aux alentours de moins vingt-huit degrés. Et par temps calme. Et sous un ciel étoilé. La nuit du 6 janvier a réuni toutes les conditions pour transformer mon devant de porte en paysage polaire. Plus de sable, plus de mer, mais une vitre bleue mouchetée de blanc qui m'aveugle. Je sens Radi bouger au fond de moi, me lier bras et jambes et m'entraîner dans ses hivers sous zéro où, menton enfoncé dans le foulard de laine du pays et glaçons sous le nez, elle chaussait ses patins et hop ! elle partait avec Céline, Fleur-Ange et Marie-Zoé vers le lac à la Mélasse ou l'étang des Michaud... L'étang des Michaud ! une mare, une flaque gelée à peine assez grande pour laisser s'y étaler de tout son long un Robert-le-bout-de-diable qui cherche à épater les filles avec ses arabesques ; et Horace débarquer sur la patinoire en criant à Pitou de rassembler le restant de l'équipe de hockey ; et Sophie et Mimo, bras dessus, bras dessous, glisser comme des elfes sur l'air du *Danube bleu* ; et Pierre, et Geneviève, et...

Dieu ! la vie est trop courte pour ne la vivre qu'une fois ! Il nous faut la recommencer chaque matin, ressusciter nos morts, ramener Sophie et Horace sur la patinoire de l'étang des Michaud. Il nous faut ragorner les retailles de mémoire qui revolent à tous les vents et retourner patiner sur les mares gelées, sur la mer... y entraîner Geneviève avant qu'il ne soit trop tard.

C'est inutile. Radi ne se laisse pas tromper. Elle commence à comprendre que sa vie ne dépassera pas cent ans, qu'elle aura beau la vivre au centuple... cent fois cent, ça ne fait jamais plus que... ça fait combien cent fois cent ? Elle s'énerve et :

... *Sonofabitch !*

Tous les mots défendus qui gargouillaient dans la gorge de Katchou, Radi s'en régale depuis qu'elle soupçonne que les interdits de l'enfance s'amenuisent avec l'âge. Tout à coup, son visage se dilate. Je regarde d'où sort le rayon de soleil qui l'allume et constate qu'il lui vient d'en dedans. Elle a le nez qui frissonne, les yeux qui calouettent, l'âme à fleur de peau. Je l'entends marmonner des bribes de pensées incohérentes et j'écoute.

... *Cent fois cent... ça fait mille... ça fait dix mille !*

Si fait, Radi, ça fait dix mille ans de vie au centuple. Si seulement nous pouvions ressusciter des laizes de mémoire, tailler des pans de vie nouvelle dans l'infini firmament du temps perdu ! Hâtons-nous de retourner chez la sage-femme.

... *Qui ?*

Mère Domrémy, la sage-femme qui va bientôt accoucher Carlagne d'une fille. La fille née à Montréal en 1912.

En chemin vers Moncton, nous avons pu récapituler. Carlagne, après trois ans de voyage entre le paradis et les ténèbres dans la peau d'un autre, avait touché le fond de l'abîme lors de l'épisode de la figurine à l'image de son grand-père Marteau; elle s'était arrachée à Yophie pour venir recueillir les dernières paroles de l'aïeul que toute une paroisse accompagnait à son dernier repos un matin de septembre; elle avait vu en même temps que tout le monde l'apparition du démon sur la colline; et au désespoir de Rogersville et d'une moitié de Saint-Norbert, elle avait rejoint l'homme dont elle portait l'enfant, le jour même où l'on portait en terre l'autre grand amour de sa vie. Voilà sans doute pourquoi Carlagne s'est enfuie à Montréal. Mais auparavant, elle est rentrée avec Yophie. Pour l'instant, nous n'en savons pas davantage.

Le couvent m'accueillit comme si de rien n'était, comme si on ne fêtait pas les Rois à la chapelle, puis au réfectoire, puis à la salle de communauté, comme si je ne débouchais pas, Radi sur le dos, en intruse. Je constatai à ma honte que depuis l'entrée de Carlagne dans mon temps présent, j'habitais un passé qui dévorait ma vie quotidienne au point de m'en faire oublier le jour des Rois. La portière, qui semblait avoir mesuré mon désarroi, s'en vint à mon secours.

« Vous désirez peut-être que j'appelle sœur Geneviève ?

— S'il vous plaît, ma sœur. »

Et Geneviève m'a offert sa part de gâteau des Rois.

« Mais la fève, je la garde : c'est moi la reine aujourd'hui. »

Reine d'un jour. Royaume éphémère. Hâtons-nous de le multiplier au centuple. Elle a dû entendre ma pensée, car elle sourit et dit :

« Mère Domrémy m'a promis de venir à ma chambre, les jours où je ne pourrai pas descendre au parloir, pour me raconter la suite de l'histoire de Yophie. »

L'histoire de Carlagne est pour Geneviève l'histoire de Yophie. Sans doute parce que la chroniqueuse a su adapter son récit à son auditoire. Un démon cadre mieux dans le paysage religieux qu'une Carlagne, c'est ça ? Geneviève rit.

« Pantoute. Carlagne, c'est un ange et martyr. »

Elle dit cela un peu par espièglerie, un peu pour tirer la couverture sous les pieds de mère Domrémy qui raconte avec une telle parcimonie une histoire qu'elle veut faire durer jusqu'au printemps.

« Durer jusqu'à la mort de Yophie, le 10 avril 1954, qu'elle fait.

— Hm, hm.

— Tu vas l'écrire cette histoire-là ?

— Pour qui ? Toi et moi l'aurons entendue jusqu'au bout. Est-ce que ça peut intéresser quelqu'un d'autre ? Et puis je ne réussirais jamais à la rendre aussi belle que dans sa version Domrémy. »

Elle glousse. Parce qu'elle sait bien, cette âme candide, que je mens. Personne n'est plus goulu que l'écrivain devant une proie fraîche comme une Carlagne, un Yophie, une Marijoli, une...

« Tu sais, Geneviève, que Carlagne a donné naissance à une fille en 1912 ?

— La fille à Carlagne ? Ça serait pas toujours... »

Elle s'arrête juste à temps. Puis :

« Je crois qu'il est temps de faire descendre mère Domrémy.

— Mais c'est les Rois, faut lui donner congé.

— Tu veux savoir comment une femme comme elle

emploie ses congés ? N'oublie pas qu'elle joue ni au bridge, ni au *scrabble* ; elle dit que c'est à cause de son œil de travers. Dans ses temps libres, mère Domrémy... »

Mère Domrémy s'en vint en personne nous dire l'usage qu'elle faisait de son temps libre.

Radi me sauta au cou.

Nous avons repris le récit au lendemain du retour de Carlagne à Saint-Norbert. À partir d'ici, nous venons d'entrer en enfer. L'enfer de Carlagne.

« Si certains avaient cru que la peau d'un Yophie pouvait s'amollir au contact de la femme qu'il aimait... ne nous trompons pas, il l'aimait, l'aimait passionnément, nous en aurons bientôt des preuves... si certains donc croyaient que le démon s'humaniserait et montrerait de la compassion, ils ont dû déchanter. Pour prévenir toute nouvelle fugue, Yophie enferma Carlagne dans son grenier. Apparence qu'en dehors de la liberté, la captive ne manquait de rien. Nourrie, chauffée, sans doute visitée par son homme qui se révélait tout à coup son bourreau. Là fut la plus grande erreur de Yophie : il eût pu priver cette femme altière de tout, hormis de sa liberté. Et la résistance s'organisa. Cette fois avec le concours de l'extérieur.

On se souvient que la maison aux trois lucarnes donnait sur la cour de Yophie. C'est donc chez les Thibodeau que naquit le complot. On se réunissait après le coucher du soleil, à l'heure de la randonnée quotidienne de Yophie dans sa hêtrière. Le cercle des conspirateurs s'agrandissait de soir en soir, menant grand bruit, souvent accompagné de veuse et d'accordéon, jusqu'à semer ses puces à l'oreille des moins avertis. Il n'en fallait pas davantage pour alerter le premier intéressé. Et le bourreau fit ajouter des traverses de fer aux châssis de son grenier et resta chez lui après le coucher du soleil. Saint-Norbert comprit qu'on ne va pas à la conquête de la forteresse d'un démon comme aux noces.

« Le diable est plus rusé que le bon Dieu, risqua le vieux Docithée. Pour briser ces barreaux-là, faudra le plus habile forgeron du comté.

On dit que Saint-Norbert ravala son orgueil et expédia à Rogersville l'un des fils Thibodeau parler secrètement au brave Joseph à Benjamin. Joseph parla secrètement à sa femme qui parla secrètement à ses voisines qui organisèrent en grande pompe la plus secrète et spectaculaire évasion. Sous le ricanement de Yophie qui ne s'était jamais tant diverti. Et les barreaux de fer furent renforcés de béton. Docithée comprit qu'on ne viendrait point à bout du diable par la force, qu'il ne fallait pas l'attaquer sur son terrain. Le pire c'est que le terrain du diable est assez vaste et que le Docithée se grattait la tête en vain... »

Je vis mère Domrémy gratter la sienne en même temps que celle de Docithée, comme si elle cherchait la sortie de l'impasse. Et pendant que je m'interrogeais sur la part de souvenir et celle d'invention dans une histoire si vraie que la vérité se gonflait à vue d'œil sous l'inspiration, Geneviève ouvrit toute grande sa figure et ajouta :

« Le terrain du diable est vaste, mais il est plein de craques. »

Mère Domrémy posa une main à plat sur son genou, et l'autre sur l'épaule de Geneviève.

« Vous avez raison, ma sœur, le royaume de Satan n'est pas sans faille. Il s'agissait de trouver la plus large. »

... *Une faille, c'est-i' la même chose qu'une craque ?*

Oui, Radi, une faille c'est une craque, mais qu'on ne voit pas.

Mère Domrémy se rengorge.

« Yophie, en stratège diabolique, avait pensé à tout. Et plus il sentait approcher l'adversaire, plus il affûtait ses armes.

— Des vraies armes ?

— Non, il n'était pas si bête. Et pas si démuni. Il ne lâcha même pas ses chiens. Et puis il connaissait assez les hommes pour savoir que la peur seule des chiens ou des fantômes suffit pour tenir éloigner les intrus, qu'on a rarement besoin de les ciler... Tiens ! je viens de dénicher de ma mémoire un vieux mot qui n'est sûrement pas dans le dictionnaire de l'Académie. On doit dire siffler son chien. »

... *Ciler, c'est pas pareil.*

Radi a raison, et je corrige :

« Siffler son chien, c'est l'appeler ; mais en le cilant, on le lance à l'attaque. La langue s'est appauvrie depuis Malherbe. »

Geneviève, qui s'inquiète pour les braves gens de Saint-Norbert, trouve que ce n'est pas le moment de s'égarer dans du babillage linguistique.

« Yophie n'a point sifflé ni cilé ses chiens contre personne ?

— S'il avait su par où viendrait l'attaque, peut-être eût-il renforcé ce coin de terrain. Mais il oublia qu'on est toujours puni par où l'on a péché.

— Péché ? mais un démon pèche de tous les côtés ! que ricasse Geneviève.

— Hé-hé. Sauf du côté de la vertu, que corrige mère Domrémy en faisant la roue. »

Elle mesure son effet et nous laisse le temps de

reprendre notre souffle. De quel côté se tient la vertu dans une si sale histoire ?

« On avait fait mander le forgeron pour briser les fers qui gardaient la prisonnière dans son grenier. Joseph à Benjamin n'était pas dupe : un forgeron peut arriver à briser une barre de fer, mais pas un cœur d'acier. Il fallait attraper le démon par les cornes. »

... *Hi, hi!...*

Chut ! Radi.

« Les amours réunies de Joseph, de Marijoli et du petit Léon finiront par avoir raison de la passion de Yophie pourtant inflexible, mais par l'astuce, et non par le sentiment. Ouvre bien les oreilles parce que ici nous abordons l'une des pages les plus controversées de l'histoire que pas deux conteurs n'approchent par le même biais. La plupart des témoins du drame sont morts, les autres fabulent à qui mieux mieux. Je vais vous donner la version de tante Marie qui la tenait cette fois non pas de Yophie, qui n'a jamais parlé de cet épisode, mais de son défunt mari qui participa, comme nous verrons, au sauvetage.

L'idée avait germé dans le cerveau fertile du petit Léon. L'artiste avait l'habitude du simulacre, de la métamorphose, de la transfiguration. C'est ainsi qu'il proposa à Joseph d'introduire secrètement sa femme chez Yophie sous n'importe quel prétexte. Vous me voyez venir. Il avait imaginé le seul stratagème capable de réussir : l'échange des deux femmes, le temps d'arracher Carlagne à sa prison. Après...

— Après ?

— Bien sûr, l'aventure comportait des risques ; Yophie était âme à se venger. Durement. C'est pourquoi le forgeron opposa un refus catégorique au petit Léon. Même pour arracher Carlagne aux flammes, il n'y exposerait point sa femme. Il aimait toujours éperdument Marijoli, la seule passion de sa vie. Autant que Marijoli aimait Carlagne. Et voilà le combat qui s'engage. Elle débarquerait chez Yophie, à tous les risques et périls, et s'échangerait contre Carlagne. Joseph voulut s'opposer de force, mais Marijoli savait toujours venir à bout de l'homme dont elle connaissait les moindres faiblesses. Après bien des nuits, le forgeron comprit qu'il ne sauverait pas plus Marijoli contre elle-même que Yophie, Carlagne. Et l'expédition s'organisa. Cette fois dans le plus total secret. Seuls le vieux Docithée et mon défunt oncle Damien furent appelés en renfort. »

Mère Domrémy, par-dessus la tête de Geneviève, plante ses yeux dans les miens. Geste rare chez une loucheuse. Mais elle a besoin de toute mon attention. Elle a sans doute besoin de s'appuyer sur ma foi au moment où la sienne semble vaciller. Si elle met en doute les dires de la tante Marie, elle risque de voir s'écrouler toute son argumentation qui repose avant tout sur ce principal témoin. Elle gonfle sa poitrine, cherche du secours du côté de la fenêtre, puis revient poser les yeux sur mon front.

« C'était en octobre, fin octobre 1911. Le défunt Pierre Marteau était en terre depuis un mois. Selon la loi populaire, après trente jours, on fait lecture du testament en présence des légataires. Or Carlagne et sa sœur Noémi étaient les deux seules héritières de Pierre Marteau. Mais Noémi relevait de ses couches et l'usage de l'époque ne permettait pas à une femme de se montrer en public avant la fin de ses relevailles. Mon oncle Damien, le mari de ma tante Marie, accompagné du vieux Docithée Thibodeau, vinrent donc proposer à Yophie d'amener Carlagne à Rogersville. Yophie sentit le piège et, en bon renard, proposa de faire venir le testament à Saint-Norbert pour y recevoir la signature de Carlagne. Les deux émissaires protestèrent pour la forme, argumentèrent et finirent par céder devant plus fort qu'eux. Pour la forme. Car avec le testament entraient chez Yophie les témoins et représentants de Noémi – qui du fond de ses couches ignorait tout du subterfuge... pour ne pas éventer l'affaire.

— Joseph et Marijoli ?

— En plein ça. Marijoli venait signer de la part de Noémi l'acceptation des clauses du testament qui lui laissait la moitié des biens du défunt.

— Malgré son attachement à Carlagne, Pierre Marteau léguait une part égale à Noémi ?

— Pierre Marteau était un homme juste. Et qui sait si du fond du paradis, ce n'est pas ce fin rusé qui manigançait la suite des événements qui précipiteraient la fin de Yophie !

— Je croyais que Yophie ne devait mourir qu'en 1954 ?

— La fin du règne de Yophie. La fin de son emprise sur Carlagne. Mais attendons. D'abord il faut arracher la prisonnière à son grenier. Pour y réussir, il faut introduire Marijoli derrière les barreaux de sa prison.

En général, le peuple est rusé. Le peuple du comté de Kent en particulier. Docithée avait compris que la seule façon de faire céder le diable sur l'envers était de lui résister à l'endroit. On commence donc par exiger la présence de Carlagne dans la grande salle d'en bas, devant ses témoins. Yophie ricane et propose lui-même d'envoyer les témoins chez sa captive. Pas le forgeron, qu'il garde à l'œil, la femme seule, témoin en titre. Et le pauvre Joseph regarde son heureuse épouse partir pour l'abattoir presque en dansant. Cette étourderie de

Marijoli a failli tout compromettre au dernier moment, attirant un instant l'œil soupçonneux du démon. Mais l'oncle Damien s'est hâté de venir remettre à l'écervelée sa capeline qu'il lui attacha solidement sous la gorge, de manière à lui camoufler la moitié de la figure. Tante Marie raconte qu'il lui aurait soufflé à l'oreille des mots susceptibles de la ramener à la réalité dramatique de l'heure, et qui auraient arraché à Marijoli un regard chargé de tendresse et d'émotion pour son forgeron.

Le pauvre Joseph a-t-il réellement perdu connaissance ? ou sa subite faiblesse a-t-elle fait partie du stratagème conçu dans la caboche du petit Léon ? Tout ce que Yophie en sut, c'est qu'il a dû aider à la force de ses bras à transporter l'affligé jusque sur son perron, en s'assurant toutefois qu'une seule femme descendait l'échelle du grenier... une seule femme qui prit place sur le siège du boghey à côté du forgeron, dès que le pauvre homme fut en position de reprendre en main les cordeaux. Et les témoins repartirent vers Rogersville avec le testament de Pierre Marteau, dûment signé par les héritières. Damien s'assura que le cheval était bel et bien sorti des terres de Yophie avant de partir à son tour, laissant seul le vieux Docithée traîner encore quelques heures chez son récalcitrant voisin.

Durant ce temps-là, le petit Léon n'avait pas perdu de temps. Dès qu'il apprit que le coup avait réussi et que Carlagne était sortie de la maison de Yophie dans la robe et sous la capeline de Marijoli, il rassembla la moitié des hommes de Rogersville. Et voilà une bande de fiers-à-bras de l'extrême est du pays, une vingtaine d'années avant la naissance du cinéma western, jouant pour un public qui applaudit à s'en écorcher la peau des mains le drame type qui fera la fortune de Hollywood : ils se jettent sur les rails du transcanadien, arrêtent le train qui file vers Montréal et, sans faire oui ni non, le forcent à prendre à son bord une fugitive qui disparaît dans la nuit. Pour un peuple à peine sorti du bois, admettez que nos ancêtres n'avaient pas trop froid aux yeux. »

Et mère Domrémy sent qu'elle a mérité une pause et peut en toute bonne conscience aller se ressourcer devant son arbre qui ploie sous une neige épaisse et collante. Geneviève en profite pour s'excuser, Radi pour faire : Ouf! et moi pour me taire et attendre. Car les questions se bousculent dans mon cerveau : quelle est la destination de Carlagne? que devient Marijoli enfermée dans le grenier maudit? que va tenter le forgeron? et par-dessus tout, quels arguments réussiront à arracher le consentement de Carlagne?

Pour toute réponse :

« Ne reviens pas avant une semaine. Demain je m'en vais faire une retraite chez les trappistines de Rogersville. Chaque année l'abbesse m'invite à parler à ses recluses. Mes semblants de conférences me servent de prétexte pour m'isoler dans le silence de la Trappe.

— À Rogersville? Vous ne pensez pas, mère Domrémy, que même dans une Trappe, vous pourriez y recevoir la visite d'un certain démon?

— Le démon auquel tu penses est mort à Bouctouche, ce qui ne t'a pas empêchée d'y construire ta maison au bord de l'eau.

— Je n'ai pas l'habitude d'avoir avec vous le dernier mot. N'empêche que vous m'abandonnez au moment où...

— Au moment où Yophie monte à son grenier pour y découvrir Marijoli dans la robe de Carlagne. »

Je rentrai à mon phare en brûlant tous les feux, en donnant dans tous les bancs de neige, enfoncée dans le boghey de Joseph à Benjamin qui n'ose pas braquer les yeux sur cette robe dont le parfum lui chavire encore l'âme et la conscience. Je cherche en vain à croiser les yeux de Carlagne, immobile et muette sous une capeline qui lui cache la moitié de la figure. Radi ne m'aide pas, noyée dans ses propres pensées, résignée à se faire doubler par une bande de trappistines qui ne daigneront même pas interroger la conteuse sur la véritable histoire d'un village où elles sont venues planter leur Trappe comme si...

... comme si on pouvait passer ses journées à penser au bon Dieu dans la maison que le diable a bâtie.

Radi adore les phrases pompeuses. Et plus elle est émue ou en colère, plus elle est inspirée. Je devrais lui laisser la parole plus souvent. Elle a dû m'entendre penser, parce qu'elle renchérit :

... Battons la sœur tant qu'elle est chaude. Allons à Rogersville... à la Trappe.

Tu n'y penses pas. Mère Domrémy s'y enferme en silence. Les trappistines ne parlent pas, souviens-toi.

... Parlent jamais ?

Voilà l'argument pour refroidir ses plus fougueux élans. Radi ne peut imaginer châtiment plus cruel que le silence perpétuel. Dommage ! Elle se voyait déjà monter dans le train qui mène à Rogersville, le même qui a conduit Carlagne à Montréal...

Je m'arrête. Je viens de passer Cocagne, je m'approche de Bouctouche, quand l'idée qui germe dans la tête de Radi me force à me garer dans une bretelle. J'ai besoin de retrouver mes esprits. Le train de Moncton-Montréal passe par Rogersville. Il ne s'arrête plus aux petites gares, mais il y passe.

Radi, lace bien tes bottes, on s'en va à Montréal.

... *Encore !*

En train.

Je lui ai cloué le bec. Elle a compris d'un seul coup que nous partions sur les traces de Carlagne, presque un siècle plus tard, dans le même train, vers la même métropole. Si Carlagne était allée accoucher à Montréal, nous n'avions qu'à retrouver la crèche, il ne pouvait y en avoir des mille. La Miséricorde, sans doute ?

Le lendemain, je prévenais Flora, j'avertissais Geneviève de ne pas m'attendre, je me procurais un billet aller-retour Moncton-Montréal...

« La date du retour ?

— Donnez-moi un billet ouvert, s'il vous plaît.

— Un seul ? »

Je louchai du côté de Radi :

... *???*

Tu ne paies pas ta place à ton âge.

XI

À peine débarquée à Montréal, je me mis en quête de la crèche de la Miséricorde... de l'hôpital de la Miséricorde... de l'hôpital qui fut jadis crèche de la Miséricorde... Ça n'existe plus, madame. Et j'ai compris qu'un demi-siècle séparait ma naissance de celle de Carlagne, que la Miséricorde disparut en 1974, qu'un Centre Jeunesse ne porte plus le nom honni de crèche...

... *Pourquoi ? C'est un beau nom.*

Je sais, Radi ; comme *aveugle*, et *vieil homme*, et *sourd*, ce sont de beaux noms, mais...

« Si vous connaissez le numéro du poste désiré, faites le 2... si vous cherchez à rejoindre... bla-bla-bla... ... faites le 3... si vous... *et cetera*... composez votre message numérique... ou faites le carré... »

Je pitonne et reviens à la case départ.

... La vie à la campagne me manque.

« Je vais vous passer le 338-0550. »

Une voix neutre, masculine, m'annonce le couvent des sœurs de la Miséricorde, puis-je vous aider ?

Un homme chez les sœurs de la Miséricorde ?... Mère Domrémy me manque.

J'explique, on me communique à un autre poste ; je commente mes explications, on me recommunique, me balade de poste en poste... Je ne pouvais quand même pas ouvrir mon âme à un portier de couvent de la rue Miséricorde et, en cette fin de siècle, lui demander de me mettre sur la piste de Carlagne.

— Restez en ligne, je vous passe l'archiviste.

Dire que c'est lui qui y pensa le premier !

Une voix de couvent qui me répond :

— Les arrrchives des sœurrrs de la Miséricorrrde, poste 312, bonjourrr ?

Je fais taire Radi qui pouffe déjà. Ne ris pas, coquine, nous venons de tomber tête première dans le pot aux roses.

Deux jours plus tard, je sonne à la Miséricorde. Je reprends avec la sœur Liliane le manège qui m'a si bien réussi avec mère Domrémy : l'air de n'avoir l'air de rien. Mais mère Domrémy ne fut jamais archiviste, c'est une conteuse. D'ailleurs je ne l'ai pas dupée une seconde. Et puis pour mère Domrémy, Carlagne et Yophie n'appartiennent pas à l'histoire, mais à la littérature ; tandis que pour l'archiviste de la Miséricorde, chaque Carlagne est une âme à récupérer et à ramener bon gré mal gré sur la voie du salut.

Je commençais à m'ennuyer sérieusement de Rogersville et à me demander combien de temps la Trappe resterait fermée sur ma plus précieuse informatrice. Et par désœuvrement, je me mis à raconter à sœur Liliane des pans de l'histoire la plus croustillante de mon pays, sans me douter que je réveillais chez elle des souvenirs qu'elle tenait de son père qui les tenait du sien.

« Mes ancêtres viennent d'Acadie, vous savez, Thériault de Baie-Sainte-Anne, Nouveau-Brunswick. »

Le pot aux roses sauvages, Radi, tête première! Le destin ne met jamais inopinément de telles rencontres sur ma route, faisons confiance à ton nez. Je tente le tout pour le tout :

« Thériault de Baie-Sainte-Anne, t'as qu'à ouère! »

Elle s'esclaffe.

« Mais ça fait trrop longtemps que je suis partie, j'ai perrdu mon accint.

— Perdu dans la bouche, mais si on allait fouiller au fond du gorgoton?

— Vous, en tout cas, vous avez perdu ni l'accent, ni les mots, ni l'esprit.

— Ah bon? C'est quoi, à votre dire, l'esprit acadien?

— Celui de mon père qui tournait tout à l'envers... Excusez-moi.

— Pas d'offense, ma sœur, je préfère cent fois l'envers à l'endroit.

La glace est rompue. En moins d'une heure, sœur Liliane a relâché son accent pointu, ravalé les triples rrr, décroisé les doigts et croisé les jambes. Et nous voilà parties pour Baie-Sainte-Anne, Pointe-Sapin, Kouchibougouac... Rogersville.

« Non, Rogersville, je ne connais pas.

— Et Saint-Norbert?

— Non plus. Faudrait parler à sœur Léonie. C'est la plus vieille sœur de la Congrégation de la Miséricorde, une centenaire.

— Et sœur Léonie est Acadienne?

— Par sa mère. »

Comme bien des Québécois : descendants d'Acadie par une mère, un grand-père, un rescapé de la Déportation.

« Vous connaissez son nom de famille?

— Je sais que c'est une Malouin, et je pense qu'elle vient de l'île d'Anticosti. Si vous voulez, je peux...

— Je veux absolument. »

J'aurais embrassé sœur Liliane Thériault sur les deux joues, si je n'avais craint de l'effaroucher et de réveiller chez l'archiviste des soupçons capables de me fermer à tout jamais l'accès à ses archives. Et puis je rêvais en couleurs, les archives d'une crèche restent toujours hors d'accès. De toute façon, les seules archives qui m'intéressent ne se trouvent pas en bibliothèque, mais dans les quelques rares mémoires qui gardent encore précieusement les trésors d'un siècle.

« Au nom de nos ancêtres communs, rendez-moi service, ma sœur. Conduisez-moi chez la centenaire.

— Une Bretonne, comme vous.

— Comment savez-vous que j'ai du sang breton ?

— Quand vous avez de quoi dans la tête, vous ne l'avez point aux pieds, comme disait mon père. »

Sœur Léonie Malouin ne m'a reçue que deux jours plus tard. Trop occupée. Cent ans, ce n'est pas beaucoup pour venir à bout de cinquante-six projets, chacun de la taille d'un empire. Une conquérante à essouffler Alexandre et Napoléon. Et même pas sourde. Je l'ai compris au regard qui a répondu à mon : BONJOUR, SŒUR LÉONIE ! Des deux mains elle m'a mise au piano-pianissimo. À crier ainsi, on ne se rend pas à la fin du siècle. Au fait. Vous êtes Acadienne, fort bien, et vous cherchez les Acadiens de Montréal ? Point sortie du bois. Y en a des tonnes, tous plus ratoureux les uns que les autres. Pour sa part, elle en a connu plus d'une centaine... par année.

« Une centaine par année ? Ça fait toute une tribu au bout de cent ans. »

... Ça fait un peuple qui se multipliait comme des...

« C'est qui, au juste, que vous cherchez ? »

Inutile de parler de Carlagne, sœur Liliane m'a déjà prévenue que chaque pensionnaire d'une crèche laisse son passé sur le perron et, en franchissant la porte, change d'identité. Toutes sont inscrites sous des noms d'emprunt. Mais pour l'instant, je prends un tel plaisir à causer de l'île d'Anticosti avec la centenaire que j'en oublie quasiment Carlagne et Rogersville.

« C'est vous que je cherchais, ma sœur. Parlez-moi de l'île d'Anticosti. »

Soit par complaisance pour mon enthousiasme que je ne parviens pas à calmer, soit par atavisme de sage-femme dans une crèche durant quatre-vingts ans, elle revient constamment à ses filles qu'elle a recueillies, abritées, dorlotées au-delà du bon sens... on le lui reprochait, ce n'était pas bien, fallait pas leur laisser oublier leur péché...

« Vous vous rendez compte ? Comme si les pauvres filles n'avaient pas assez de répondre à leur conscience, il leur fallait répondre en plus à la société !

— Et à Rome. »

Elle fait semblant de ne pas entendre.

« Des braves filles, pour la plupart. Quelques-unes, bien sûr, ne dévoraient pas les balustres ni ne se lavaient dans le bénitier. J'en ai connu une couple en particulier, des dures à cuire... mais je ne les ai pas moins aimées que les autres, peut-être même davantage. D'étranges et fortes personnalités. Attachantes au point que j'y songe encore après toutes ces années.

— Combien d'années, ma sœur ? »

Je fais un calcul rapide et me ravise. Centenaire, elle

était adolescente en 1912. Elle a donc raté Carlagne de justesse. Je renfonce le menton dans la gorge et laissc passer l'ange.

« L'une d'entre elles s'appelait Armandine de son nom fictif. Je l'aimais tellement que j'ai dû m'en confesser. »

Elle éclate d'un rire de cristal. Je songe à Marijoli. Je songe à Carlagne.

« La troisième fois qu'elle apparut à la crèche, elle m'a avoué qu'elle se sentait si bien ici qu'elle avait l'intention de mettre autant d'enfants au monde que le bon Dieu lui réservait d'années de vie.

— Cellc là, on ne peut pas dire qu'elle regrettait son péché.

— On ne peut pas dire qu'elle voyait du péché dans ses enfants.

— La troisième fois, elle avait quel âge, votre Armandine ?

— Elle passait trente ans. J'en avais dix de moins. Elle avait connu la plupart des pensionnaires de notre maison qui venaient d'un peu partout à l'époque.

— Jusque d'Acadie ?

— L'Acadie avait du temps à rattraper en ce temps-là et faisait beaucoup d'enfants.

— Avec ou sans le consentement de l'Église. »

Elle parle, élabore, revient à son Armandine, raconte, rigole, donne des noms... des noms bizarres de plantes, d'animaux, certaines de ces filles avaient l'imagination féroce et s'inventaient des patronymes à coucher dehors, des noms d'outils même... l'une s'appelait Marteau, figurez-vous, Caroline Marteau...

Elle parle toujours, mais je la perds, je viens d'entendre, de saisir... Caroline Marteau...

« Caroline Marteau ?! »

Je me rattrape et m'efforce de rire. Quel nom tout de même !

« Vous l'avez connue, ma sœur ?

— Non, c'était avant mon temps. Mais j'en ai bien entendu parler. Surtout par Armandine qui fut sa meilleure amie. Qu'elle prétend. Mais de la manière qu'elle m'en parlait, je ne pense pas que la Caroline ait été la meilleure amie de personne. Elle était altière et ne se livrait pas facilement.

— Les gens du Nouveau-Brunswick n'ont pas la confidence facile à l'étranger.

— Je ne sais pas si elle venait du Nouveau-Brunswick. Je ne sais rien d'elle sinon qu'elle avait un fichu caractère et un visage qu'on n'oublie pas, apparemment.

— Mais vous dites qu'elle s'appelait Marteau, ça ne pouvait être qu'une Martel ou... Maillet.

— Ah ! c'est ça ! vous cherchez de la famille. Une mère peut-être ? Mais vous êtes bien trop jeune. »

Merci. Elle me scrute.

« Vous ne trouverez rien, tout est confidentiel.

— Ma sœur, je ne suis aucunement sur les traces de ma famille dont je connais l'arbre par cœur depuis le fondateur de la lignée sorti de France sous Louis XIII. Les miens ne sont point passés par votre crèche. Je le déplore d'ailleurs, un peu de sang bâtard colorerait mieux mon blason. Je cherche des belles histoires, sœur Léonie. Des histoires comme il en circulait tant à l'île d'Anticosti. »

Je réussis pour un temps à la distraire et à l'orienter vers ses propres origines. Si bien qu'en nous séparant ce jour-là, elle me donna rendez-vous pour le lendemain.

Je disposais d'une nuit pour échafauder mon plan de bataille. Elle aussi. Et j'ai compris, en serrant la main ferme et cornée de sœur Léonie, que la centenaire était d'attaque. Avait-elle deviné mes véritables intentions ? Elle s'amusait à semer dans son voyage en l'île d'Anticosti les cailloux du Petit Poucet qui la ramenait à la crèche, aux années d'Armandine et de Caroline Marteau.

« Caroline parlait-elle anglais ?

— Je n'en sais rien, je ne l'ai pas connue. Mais Marteau est un nom bien français.

— Je demande ça parce qu'en anglais, Caroline se prononce Carlaïne... Carlagne... comme Charlemagne. »

Elle réfléchit.

« Êtes-vous en train d'associer Marteau à Charles Martel, vous ? »

Mère Domrémy eût apprécié.

« Les pensionnaires avaient toutes des noms fictifs, n'oubliez pas. Souvent des plus farfelus. Surtout quand la fille avait une forte personnalité. C'était le cas apparemment de notre Caroline. La maison a gardé longtemps l'arôme du passage de cette superbe créature du bon Dieu.

— Vous dites arôme ? Dégageait-elle une odeur particulière ? un parfum... disons ensorcelant ? »

La centenaire me jette un œil de travers. Et Radi se souvient de la vieille Lamant.

« Je vois que cette Caroline Marteau vous intéresse. Vous savez, j'ai l'habitude des enquêteurs. Chaque année, durant trois quarts de siècle, j'ai dû répondre aux questions emberlificotées des héritiers présomptifs sur telle ou telle fille sortie du bout du monde. Sachez seulement que la Marteau a laissé sa marque à la Miséricorde. Aux dires des vieilles sœurs qui l'ont connue, cette femme avait l'étoffe d'une reine... certaines disaient : d'un roi. »

Je laisse tomber mes derniers masques.

« Voulez-vous dire qu'elle continuait à porter des vêtements d'homme ?

— On a dit tant de choses !

— Et sa fille... enfin son enfant... elle l'a gardé ?

— Le temps des relevailles. Puis une étrangère est venue cueillir l'enfant et le ramener dans son pays.

— Que voulez-vous dire ? Receviez-vous des pensionnaires de l'étranger ?

— Des provinces éloignées.

— L'Acadie est-il un pays étranger ?

— Faudrait demander ça à ma défunte mère. »

Et elle glousse.

Ce jour-là j'appris de sœur Léonie, qui la veille ne savait rien, que Caroline Marteau avait déposé une fille qui pesait dix livres à la naissance dans les bras d'une amie venue exprès du bout du monde – d'aussi loin que le fin fond du Nouveau-Brunswick, 'maginez ! – que cette enfant naquit en avril, le mois et l'année du naufrage malheureux du *Titanic*, faites vous-même le calcul ; que la mère n'a pas pleuré en voyant disparaître son rejeton, comme la plupart des filles, mais s'est pincé si fort les narines que le sang s'est complètement retiré de sa figure et qu'on a craint qu'elle ne s'effondre ; que la pauvre femme a bâsi...

« C'est le mot qu'elle-même employait pour disparaître, un mot que moi seule comprenais à cause de ma mère... a bâsi dans la brume de la ville qui commençait en ces années-là à s'industrialiser. Puis on a perdu sa trace. Caroline Marteau n'a plus jamais remis les pieds à la Miséricorde. Personne n'a plus eu de ses nouvelles. Ce qui signifie ou bien qu'elle n'a pas eu de rechute, ou bien...

— Ou bien qu'elle visitait la faiseuse d'anges ?

— Tiens, tiens ! je reconnais bien là le parler de ma mère.

— J'aurais aimé connaître votre mère. D'où venait-elle ?

— D'un village à l'orée du bois qu'on appelait Acadieville. C'était une Caissie de son nom de fille. »

Ma bouche a fait un tel rond que ma centenaire a craint que je ne l'avale.

« Sœur Léonie, Caroline Marteau n'est point de ma famille, elle est de la vôtre. »

Et d'enquêteuse, je me fis l'informatrice d'une centenaire qui apprenait de ma bouche un morceau de sa propre histoire.

Radi n'arrivait plus à me suivre. Je sautais de foyer d'accueil en maison de retraite en n'importe quoi qui pût ressembler à un refuge pour personnes déplacées, cognant aux portes des presbytères, des couvents de Madeleines... tout d'un coup que Carlagne eût l'idée comme Annaadénisse de se faire pénitente. Jusqu'au moment où Radi elle-même me rappela à l'ordre :

... Geneviève a-t-i' pas dit que Carlagne aboutissait à Bouctouche ?

Je ne sais pas, avait-elle réellement dit ça ? Ma foi oui, Radi a raison, la vie de Carlagne se poursuit au pays, Geneviève s'en est souvenue. Même qu'elle aurait habité juste à côté de la maison brûlée, la première maison de mes parents.

Il est grand temps de rentrer, Radi. Retournons chez mère Domrémy.

... Dans une Trappe?

Pourquoi pas? Nous commençons à nous familiariser avec les couvents.

Le train n'arrête plus à Rogersville. Il nous fallut prolonger jusqu'à Moncton, nous rendre au phare chercher la voiture et partir par les routes enneigées en haut des terres. Arrivées à la Trappe, nous venions à quelques heures près de rater mère Domrémy. Tous les gens sensés nous eussent reproché une pareille étourderie. J'entends d'ici Céline : Mais à quoi donc sert le téléphone, le télécopieur?...

À tout autre chose qu'à partir à l'aventure sur la route du début du siècle en quête d'une histoire enfouie dans la mémoire collective. Sur les traces de Carlagne, de Yophie et de leur progéniture, j'étais toute nue dans ma peau de Radi, dans mon cœur d'enfant. Radi n'a pas connu le télécopieur.

Et c'est elle qui m'a consolée dans ma mésaventure.

... C'est ça une mère abbesse?

Je sursaute et vois Radi dévisager une grande dame en noir qui glisse sur des feutres. Cette apparition aurait pu faire la joie d'un Sherlock Holmes. Puis je me suis rappelé qu'une Trappe vit dans le silence. Comment aborder l'abbesse – était-ce bien l'abbesse? – sans briser la règle?

« Soyez la bienvenue, madame, soyez bienvenue. On

me dit que vous cherchiez mère Domrémy ? Quel dommage ! elle a fait venir exprès une voiture de sa communauté pour la ramener à son couvent. À son couvent de Moncton. Si vous étiez arrivée deux heures plus tôt... je suppose que vous rentrez à Moncton ? »

... et patati et patata.

Voilà une trappistine qui semblait manifester la plus grande envie de briser la règle du silence. Autant en profiter et lui fournir ample prétexte.

« Pardonnez-moi, mère abbesse, je...

— Non, non, non, je ne suis pas l'abbesse, notre mère est absente pour la journée, je suis la troisième assistante. »

... et encore patati et patata.

Je commence à comprendre que l'absence de l'abbesse permet peut-être ce relâchement et je décide de faire parler la troisième assistante.

« Vous ne seriez pas vous-même de Rogersville, par hasard ?

— Non, non, non... »

... Un tel besoin de répéter même un adverbe insignifiant témoigne chez une qui a fait profession de silence...

« ... non, non, non, pas de Rogersville, de Collette.

— Ah bon ! Collette c'est le village d'à côté.

— À trois milles et demi, quasiment quatre. »

... Hm... Celle-là n'a pas mis souvent les pieds hors des murs.

« Donc une bonne Acadienne.

— Bonne... Dieu seul jugera ; mais Acadienne, autant que tous les Gaudet du pays.

— Gaudet, en plusse ! Sûrement descendante de Memramcook, berceau d'Acadie.

— C'est possible. Mais je suis entrée à la Trappe bien jeune, je n'ai pas eu le temps de me rendre jusque-là.

— Très jeune ?
— Seize ans. J'ai fêté mon jubilé il y a trois ans. »
... Trois plus cinquante plus seize... elle est née en 1929. Bonne année. Mais une quinzaine d'années trop tard. Trop tard pour Carlagne. Mais Yophie ?... Comment aborder un tel sujet dans une Trappe ?
Elle jette un œil du côté de la fenêtre, puis le ramène sur moi avec compassion.
« La neige tombe de plus en plus dru ; si le vent se met là-dedans, pauvre madame, vous ne vous rendrez pas à Bouctouche ce soir. »
Elle sait déjà que je viens de Bouctouche.
« C'est pourquoi mère Domrémy est partie de bonne heure, on annonçait la tempête. On peut vous garder cette nuit, si vous voulez.
Un couvent, ça n'est pas un hôtel de grand luxe, mais tel que c'est, vous êtes chez vous. »

Deux jours à Rogersville, dans la chambre d'occasion de mère Domrémy, au milieu d'une quinzaine de trappistines reconnaissantes au ciel de leur fournir l'excuse de rompre un silence qu'elles ont pourtant choisi en toute liberté, mais qu'elles semblent prendre plaisir à briser sous un bon prétexte. Je suis le prétexte. Et les recluses ont sauté sur moi, comme moi sur la tempête. Car dans la quinzaine, une moitié d'entre elles ont vécu leur enfance à dix ou vingt kilomètres à la ronde : Saint-Louis, Saint-Charles, Saint-Ignace, Acadieville...
... Acadieville ! le village natal de la mère de Léonie Malouin.
« Qui de vous est originaire d'Acadieville ? »
La cadette du groupe lève timidement la main. Voilà

bien ma chance! fallait que ce fût la plus jeune. Vingt-cinq... trente ans? Je risque pourtant :

« Vous connaissez les Caissie d'Acadieville?

— Lesquels? »

Ah! bon. Tout le village s'appelle Caissie, je suppose. Pas tout le village, non, mais plusieurs familles.

« Je songe en particulier à une Caissie de la fin du siècle dernier qui serait partie épouser un Malouin à l'île d'Anticosti. »

La Trappe a retrouvé son silence. Puis l'aînée des sœurs, une octogénaire grassouillette et rougeaude, sans un pli dans la figure, agrandit des yeux déjà hors d'orbite et me fixe :

« Saint-Ignace a sa part de Caissie. J'en ai moi-même du côté maternel de ma mère. Et si ma mémoire est bonne... »

Elle bloque. Allez, ma sœur, allez! rendue là, vous la retrouverez, votre mémoire grand-maternelle.

« ... la Caissie qui s'en fut se marier à l'île d'Anticosti avait d'abord fait le détour par Montréal. Elle serait partie pour des raisons que certains soupçonnent pas tout à fait... pas tout à fait avouables. »

Surprise par sa propre audace, elle laisse échapper un gloussement que les jeunes sœurs cherchent à couvrir d'un babillement complètement incohérent. Je fais semblant de me désintéresser et bifurque vers Saint-Ignace, Saint-Charles, Saint-Louis... puis mine de rien :

« Au tournant du siècle, qu'est-ce qui pouvait attirer une fille d'Acadieville à Montréal? »

La grassouillette ne perdit pas de temps, pour une fois que Dieu et les sœurs lui cédaient la parole :

« Pas rien qu'Acadieville, même des filles de Bouctouche, apparence, partaient pour la crèche, déjà en ce temps-là. »

Treize nonnes lâchèrent dans un seul hoquet la parole qu'elles gardaient enfouie dans la gorge durant les longs jours de silence. Et la sœur Gaudet de Collette m'accabla d'un tel regard suppliant qu'elle m'arracha la seule réaction capable de réconcilier Dieu et son père : un rire qui fusa de mon ventre ébloui. La bourde de la trappistine octogénaire qui abaissait si allègrement le caquet de Bouctouche me ravit, mais la découverte des origines par la fesse gauche de ma vieille sœur Léonie Malouin me combla : je comprenais tant de choses tout à coup. Et je me promis de revenir un jour cogner à la Trappe.

« Merci, mes sœurs. Je n'oublierai pas votre hospitalité. Mais là, j'ai grand-hâte de retrouver mère Domrémy. Je lui rapporte des choses qu'on ne met pas longtemps sur la glace. »

La troisième assistante s'empresse de me secourir :

« Si vous désirez vous servir de notre congélateur... »

XII

La matière que je rapportais à mon informatrice eût fait fondre la glace du congélateur d'une Trappe. Je ne pouvais m'attarder davantage chez les trappistines. Et puis Radi n'avait pas oublié Marijoli, prisonnière dans le grenier de Yophie. Durant la fugue rocambolesque de Carlagne à bord du train pris d'assaut par tout un village, sa pauvre amie risquait les effets de la rage du démon. Nous avions grand besoin d'être rassurées sur le sort de l'étourdie qui s'était offerte en otage. Radi voyait déjà l'ogre lui sauter à la gorge et la dévorer comme un poulet.

« Mais non, mais non, nous apaise une mère Domrémy sortie ragaillardie de sa retraite chez les trappistines. Même au royaume d'un démon, même à une époque où chacun faisait sa propre loi, le peuple savait se protéger contre les abus de la force bestiale. Yophie, pour arriver à ses fins, devait donc y mettre des formes. De toute façon, sa colère à la vue d'une Marijoli en chemise, bâillonnée, ligotée à son fauteuil avec les lacets de son corset, céda devant son dépit. Car la première réaction de cet homme amoureux, en découvrant la supercherie, fut de chercher à récupérer sa Carlagne.

— À quel moment a-t-il éventé l'imposture ?

— N'oublions pas que Docithée Thibodeau était le père de Marijoli, qu'il était dans le secret et qu'il n'allait point abandonner sa benjamine entre les mains d'un homme aussi imprévisible. C'est lui le premier qui sentit la fumée.

— Le feu ?

— Pas tout à fait ; pour une fois, on peut parler de fumée sans feu. L'une des cheminées de la grande salle passait par le grenier. Par une trappe, il était possible de boucher le tuyau et de renvoyer la fumée à la bouche du foyer.

— Vous avez dit que Marijoli avait les pieds et mains liés à son fauteuil...

— Elle avait bien planifié le coup, la rusée. D'abord il lui avait fallu s'assurer la collaboration de Carlagne qui refusait net, comme on s'en doute, qu'un innocent se sacrificie pour elle ; puis la convaincre de porter le blâme en attachant et bâillonnant la victime ; enfin lui proposer le stratagème de la fumée détournée. Tout cela le temps d'apposer sa signature en bas du testament de feu son grand-père. La suite, ma tante Marie m'a juré la tenir de Marijoli elle-même.

Son père Docithée a commencé par attirer l'attention de Yophie sur le mauvais fonctionnement de sa cheminée, l'alerter sur le danger que courait Carlagne coincée dans un grenier enfumé, le suivre en vitesse dans l'échelle pour découvrir en même temps que lui sa fille Marijoli en corset et les cheveux en broussaille. Et c'est lui qui la libéra sous les yeux exorbités du démon qui petit à petit comprenait que, cette fois, Carlagne avait joué plus dur que lui.

Reste à savoir pourquoi, pourquoi Carlagne qui avait du cœur, du courage et de l'honneur, avait ainsi exposé son étourdie d'amie à un tel péril. »

... *Pourquoi ?*

Laisse-moi répondre, Radi.

« J'ai ma petite idée, si vous permettez.

— Vas-y. On verra bien si ton idée correspond à celle de ma tante Marie.

— L'enfant ?

— En effet, l'enfant de Carlagne avait déjà commencé à bouger dans son ventre. Et Marijoli a réussi à la convaincre du danger qu'il courait dans la maison d'un... a-t-elle dit d'un assassin ? Ma tante Marie ne le pense pas. Moi non plus. Quoique Marijoli connaissait bien des choses sur le passé du premier voisin de sa famille : il ne faut pas oublier qu'elle et ses sœurs avaient pu observer de leurs fenêtres les longues méditations de cet homme étrange face à sa cheminée ; qu'elles avaient entendu raconter durant leur enfance les sombres histoires sur la disparition mystérieuse de ses deux premières femmes. Ce que l'on sait de sûr, c'est la participation de Carlagne à sa propre libération.

— Et Marijoli s'en tira sans éraflures ?

— Ramenée par son père à la maison paternelle où son mari plus mort que vif la récupéra dès le lendemain.

— Une histoire qui, jusque-là, finit bien.

— Jusque-là... comme dit la dinde juste avant d'entrer dans le four. »

... *Non !!!*

Du calme, Radi ; toute histoire a ses hauts et ses bas. Voyons la suite.

« Par la suite, le couple Joseph-Marijoli comprit qu'il devait se tenir loin de Saint-Norbert. Le petit Léon repartit en douce vers le sud. Tout sembla rentrer dans l'ordre. Les villages des alentours restaient toutefois sur le qui-vive : personne ne se fiait à Yophie, même si tous applaudissaient à l'exploit de Marijoli et de Carlagne. Comme toujours dans ce genre d'aventures casse-cou, le pays commença par chuchoter de perron en perron, faire glisser les nouvelles le long des cordes à linge, ajouter des péripéties aux faits et des conjectures aux péripéties, augmenter chaque semaine la taille des événements qui finirent par atteindre Carlagne jusque dans sa réclusion.

Car Carlagne avait bel et bien débarqué à Montréal, incognito, et s'était perdue dans le brouillard. Avant tout, pour disparaître de la vie de Yophie. Mais Yophie n'était pas démon à se tenir les bras croisés. Il voulait récupérer sa femme. Ma tante Marie là-dessus est toujours restée ferme : Yophie aimait éperdument Carlagne, s'en rendait compte de façon cuisante depuis qu'il avait d'abord failli la perdre, lors du décès de Pierre Marteau, puis tout à fait perdue dans l'aventure que l'on sait. Et cet homme qui avait fait à sa tête depuis qu'il était au monde n'allait pas céder de sitôt devant sa première défaite. Un dur coup pour son orgueil, mais surtout pour son cœur. Un être tel que Yophie ne faisait jamais rien à moitié : sa passion pour Carlagne touchait donc à l'absolu. »

Ma conteuse continua pendant une heure et plus à me parler de cet homme extraordinaire qu'avait été

Yophie, où je voyais percer une secrète admiration pour un démon que par ailleurs elle condamnait au nom de ses croyances les plus sacrées, au nom de l'ordre et de la loi, au nom de la doctrine deux fois millénaire de l'Église. Mais la nonne en elle n'arrivait pas à étouffer l'éblouissement de la conteuse devant la beauté étrange du personnage. Elle finit par lâcher malgré elle :

« Le monde se passerait bien de Yophie, mais... »

Elle me toise, se détourne et ricasse :

« ... un monde sans Yophie ne saurait mettre en valeur les Carlagne. »

Je rentrai au phare en tenant Radi très fort contre moi.

Je ne m'habitue pas à la plainte stridente de l'ambulance. Celle que je croisai sur la route du Fond de la Baie roulait vite mais en silence. Pourtant elle me picota la peau d'un bizarre pressentiment. Je me rendis directement chez Flora. En effet : rechute subite; départ immédiat pour l'hôpital. J'ai fait demi-tour, songé à me rendre à son chevet, hésité... cet instant appartient aux seuls proches. Les voisins sont des intrus.

Je ralentis dans la courbe qui longe le cimetière, bifurque et, malgré la neige qui confond toutes les croix blanches comme au champ d'honneur des soldats morts en terre étrangère, je m'y hasarde. Cette fois Radi refuse de me suivre. J'enfonce les jambes jusqu'aux cuisses, sans distinguer les allées, sans reconnaître les tombes. Tous mes morts se tiennent cois, frigorifiés. Ou bien au chaud, allez savoir! Mais tous anonymes. Pour la première fois, je ne m'adresse à aucun en particulier. La Mort n'a plus de visage, plus de rides, rires, rictus, plus de personnalité. J'avance à tâtons. Comme dans la vie au milieu de milliards de contemporains. Mais ceux-là reposent empilés entre les strates des siècles et des millénaires, confondus, entremêlés, sautant d'un spatio-temporel à l'autre. Pourquoi chercher la tombe de Sophie, d'Horace, bientôt de Geneviève et de Flora, plutôt que de Carlagne ou de Yophie ?... Yophie et Carlagne ? Ne sont-ils pas morts à Bouctouche ?

Je devrai attendre au printemps pour les retrouver. Mais au printemps, j'aurai épuisé mère Domrémy, je saurai tout sur deux êtres qui n'ont pas croisé mes chemins, et qui pourtant depuis trois mois sont entrés brutalement dans ma vie à en écarter mes vivants et mes morts. Mes morts ! Aucun de ceux-là n'est plus réel que les personnages de mère Domrémy arrachés goulûment à l'histoire, au mythe et à la légende. La Sophie qui a partagé mes jeux n'est pas plus vraie que la grand-mère morte en couches, qui a tout juste eu le temps de donner naissance à mon père, mais point d'entrer dans mon existence ; pas plus vraie que la Sagouine que j'ai tirée des limbes où séjournent les milliards de possibles. Aucun de mes proches n'est plus vrai que les êtres que je fais vivre malgré eux, malgré Dieu qui ne s'est pas donné la peine de souffler sur leur poussière.

Je trébuche sur des pierres englouties par la neige, me dégage une jambe à la fois, m'agrippe d'une main à la traverse d'une croix, me relève, époussette le bois et lis :

À la douce mémoire d'Amélie Boudreau
1906-1924

1924, naissance d'Horace; 1924, la maison brûlée; 1924, décès d'Amélie. Qui est Amélie, morte à dix-huit ans? La grippe espagnole? Un chagrin d'amour? Meurt-on de chagrin? Je devrai sonder mère Domrémy... et Geneviève qui a mentionné 1924. Mais je brûle les étapes. Il ne faut pas vivre l'histoire plus vite que les personnages ni écrire ce livre avant la fin de son histoire. Je ne sais plus ce que je dis, j'erre et divague dans un cimetière blanchi, disparu, foulant les restes de mille ans, de millions d'années de mémoire, en quête d'une réponse que même Horace et Sophie refusent de me donner. Flora se taira aussi, je le sais, et Geneviève. Flamboyants sous le soleil ou enneigés, tous les cimetières sont muets. Même la jeune Amélie garde son mystère blanc et glacé.

... C'est plus fort que moi, je sais que j'interrogerai mère Domrémy, Geneviève, sœur Diogène qui a connu le Bouctouche de ces années-là, et... pourquoi pas la femme du docteur?

À deux ou trois reprises, sœur Diogène m'a poussée vers la femme du docteur. Cette femme a bien quatre-vingts ans et plus aujourd'hui. Et dans le temps, elle fut l'élève de sœur Diogène, selon mère Domrémy. Donc en 1924...

Dès demain, j'irai voir le docteur.

Le lendemain, j'ai sourlingué Radi :

Dépêche-toi, on va chez la femme du docteur. Avais-je vraiment besoin de m'embarrasser de cette encombrante pour aborder une page ancienne de ma propre histoire? Comme si j'avais le choix! Radi surgit quand ça lui plaît. Et puis la femme du docteur, elle la connaît peut-être mieux que moi : la vue s'embrouille avec l'âge.

C'est le docteur qui m'ouvrit.

« Mais, quelle belle visite ! Entrez donc. »

Je m'efforçai d'entrer sans façon. Tous les prétextes sont bons pour sonner chez le docteur. Toutefois celui-ci est trop vieux pour soigner mon arthrose et ma troisième lombaire. Mais il a connu mon père, l'a même assisté sur son lit de mort.

« Une mort édifiante, comme sa vie. J'ai vu mourir tant de gens ! Mais cet homme-là... »

Nous nageons dans la mer des souvenirs. Avec d'autant plus d'entrain que le docteur est un mordu de généalogie. Et toute la lignée des Cormier y passe : mes cousins, mes oncles, le grand-père ratoureux, la vieille hargneuse de Célina, jusqu'à Pierre à Pierre à Pierrot, le héros de Beauséjour.

Nous abordions Pélagie quand entra sa femme.

... *La femme du docteur ! c'est yelle.*

Du calme Radi.

... *Je te dis que c'est yelle.*

C'est la femme du docteur, et puis après ?

... *La femme du docteur qui a bâillé deux claques du même pied à la fourbisseuse de places.*

Radi se trompe. La femme du docteur n'existe pas. Pas la mienne, je l'ai inventée.

« C'est un grand honneur pour nous d'accueillir chez nous... »

... C'est elle ?

— « ... l'écrivain qui fait honneur au pays. Mon mari et moi... »

... C'est elle !

« ... nous lisons vos livres avec le plus grand intérêt. »

Grand Dieu !

... *Hi, hi!*

Pas un mot, Radi !

« Est-ce que des personnes se sont déjà reconnues dans vos personnages ?

— Mes personnages viennent de bien loin, madame, du fond de...

— ... de l'inconscient », riposte le docteur.

Nous marchons sur des œufs. Mais le docteur n'a pas plus d'intérêt que moi à gratter certaines pages de mes livres où les docteurs, les prêtres, les sénateurs, les agronomes, les mairesses, les maîtres d'école...

« Votre père a-t-il enseigné longtemps ? » qu'il me demande.

Ma réponse, je l'adresse à sa femme pour bien démontrer que moi aussi je faisais partie des gens d'en haut. J'étais fille d'un instituteur et ma famille, comme tant d'autres, a donné aux enfants des pauvres ses jouets brisés des Noëls précédents.

Après quoi, nous avons pu passer aux petits fours. Et c'est sur un macaron que je me suis engottée. Je n'ai pas eu le temps de lui fermer la bouche, pas eu le temps de la voir venir :

... *C'est vrai que Yophie est mort le même jour que mon pére ?*

Le pire, c'est que cette fois elle a parlé tout haut. Elle a parlé par ma bouche. Radi m'avait tellement envahie depuis des mois que je ne la contrôlais plus.

La femme du docteur m'apporta un peu d'eau et j'ai pu avaler ma bourde. Et tout sembla rentrer dans l'ordre. Pourquoi le fait de parler de Yophie chez le docteur m'avait-il jetée dans un tel trouble ? Quel lien ma mémoire inconsciente établissait-elle entre le Saint-Norbert du début du siècle et la maison du docteur avec pignon sur rue ?

... Pignon sur rue... les lucarnes de la maison des Thibodeau... le docteur ambulant qui était venu à la suite de tant d'autres tenter sa chance auprès de Marijoli.

« Docteur, votre père pratiquait aussi la médecine, n'est-ce pas ?

— Un docteur ambulant, comme on l'appelait à l'époque. Il passait de village en village et soignait à domicile. Tout le monde se souvient de sa célèbre trousse noire qui, aux dires des enfants, transportait les bébés.

— Ah ! c'est lui qui fit naître la légende qui en Acadie supplante celle des cigognes ? J'ai tant voulu, enfant, mettre le nez dans cette valise du docteur qui s'en allait tout seul dénicher les bébés du fond des limbes. »

Et nous voilà partis à gloser sur les infinis possibles. Puis sur les enfants mort-nés, les fausses couches, l'avortement... La femme du docteur détourna la tête. Elle était sûrement contre. Ou tout simplement, elle... Je la vis rougir devant l'expression courante de faiseuse d'anges qu'employa son mari comme tout né-natif qui se complaît dans la vieille langue, tellement plus imagée...

« Ah ! pour une image... »

Elle ne poursuivit pas. Moi non plus, car je craignais de perdre le fil du docteur ambulant. Je venais en effet de comprendre, en même temps que Radi, le lien entre le médecin qui avait soigné ma nuée de rougeole-rubéole-scarlatine et le docteur qui raboutait les épaules démanchées du haut du comté au tournant du siècle. Mon docteur, fils du docteur ambulant ! Je comprenais enfin l'insistance de sœur Diogène qui m'envoyait chez lui.

« Et votre mère, elle est d'ici ?

— Mon père est un traître qui s'en fut prendre femme dans le nord.

— Le nord-nord ? L'Abitibi, le Labrador ?

— Le nord, les concessions de Caraquet ! »

Son rire rejoignit le mien, assez spontané pour m'offrir une belle occasion de quitter sur une note d'espoir.

« Vous allez revenir », que fit une femme du docteur qui devait se demander, comme moi, quel avait été le vrai but de ma visite.

Je l'apprendrais bien plus tard, quand mère Domrémy ferait de nouveau appel à son amie sœur Diogène. Pour l'instant, il nous fallait revenir à Montréal. Le Montréal de 1912.

Pour quelles raisons n'ai-je rien avoué à ma conteuse de ma visite chez le docteur ? Sûrement pour lui laisser dévider lentement son écheveau sans risquer d'entortiller les fils de chanvre et de soie qu'elle manipulait depuis des mois comme une hardie Pénélope. Pourtant je la mis au courant de ma virée dans les crèches de la Miséricorde. Avec prudence et circonspection. Il ne fallait pas oublier que j'étais le public, elle le meneur de jeu. Elle accueillit pourtant mon récit avec le plus sincère enthousiasme. Et j'ai compris que mon audace n'était pas inutile et pouvait combler certains trous de la mémoire populaire. Par exemple, les rapports de Carlagne avec Armandine, le témoignage de sœur Léonie sur son comportement et son caractère altier...

« Vous ne savez pas tout, ma mère. »

Et je hochai tout le haut du corps du côté d'une Domrémy qui ne savait plus où poser son bon œil.

« La sœur Léonie en question avait une mère qui

sortait d'Acadieville et qui la mit au monde à la crèche de la Miséricorde.

— On aura tout entendu !

— Non, pas encore tout : cette mère était une Caissie.

— Comme ma propre mère !

— Comme le propre père de Carlagne.

— Une minute, une minute ! Carlagne était Marteau ou Maillet par sa mère, mais par son père... son père inconnu...

— Vous y croyez vous aussi à cette histoire ? Carlagne était la fille du juif errant ? »

Elle se gratte la tête à en user son voile et :

« Hé-hé, t'en as de ces expressions !

— Hé-hé, qui c'est qui m'a formée ? »

Le maître et le disciple s'échangèrent un sourire des yeux qui leur laissait entendre à tous deux qu'ici s'achevait un long chapitre d'une histoire qu'ils avaient parcourue main dans la main.

XIII

Flora est morte, Geneviève dépérit, sœur Diogène garde la chambre. Radi s'affole en voyant le temps lui glisser entre les doigts. Je me console à la vue de mère Domrémy, imperturbable et solide comme le socle de l'histoire. L'histoire aperçue par les fentes de la mémoire inconsciente et du mythe. Elle seule semble savoir que la vie est plus longue que le nombre de ses années. Ma vie, comme la sienne, comme celle du pays, de la planète, n'ont de durée qu'en profondeur.

« Voilà la vraie beauté du passé qu'on cherche à greffer au présent. Tu tisses le prochain millénaire sur le canevas de celui qui s'achève. Tout cet effort dans l'unique but d'assurer ta pérennité !

— Vous y croyez à la pérennité des choses ? »

Elle pose sa main sur la mienne.

« Je crois que la vie pèse le poids de chacune de ses secondes... conscientes. Et je ne connais qu'un moyen de rendre conscient le temps : l'inscrire dans la matière. Dans la pierre, les couleurs, les sons, les gestes, les mots...

— Les mots sont-ils de la matière ?

— Hm, hm... même les pensées, les rêves, l'amour... tout ce qui se fabrique et voit le jour.

— Tout ce qui passe du possible au réel ?

— Pourquoi penses-tu que nous mettions tant d'énergie à recomposer l'histoire de Carlagne qui, à tout prendre, était une femme entre tant d'autres ; plus passionnante, je l'admets, plus haute en couleur, mais maillon d'une longue chaîne de créatures dont le monde garde mémoire, pourquoi penses-tu ? Nous refusons de brûler la moindre paille capable de tresser un instant de notre lointain passé chez ...

— ... chez les singes.

— Pourquoi pas ! Il y a des jours où je m'ennuie du paléolithique. »

Elle se lève, fait glisser les rideaux sur la tringle, et revient s'asseoir.

« La lumière nous aidera à retrouver nos personnages qui sont sortis finalement de Saint-Norbert et Rogersville et qui s'amènent tout doucement vers Bouctouche. »

Bouctouche, enfin ! la pointe sud du triangle.

Radi frétille. Elle va vraiment rencontrer dans sa vraie vie des vrais personnages de contes ?

Pas de contes, non, de l'histoire. Tout ce beau monde a existé, a parcouru le pays en des temps et lieux déterminés. Hélas ! avant ton époque, ma fille. Nous sommes en 1912.

... C'est pas vrai !

Qu'est-ce qui n'est pas vrai ?

... C'est pas du monde vrai.

Pas du vrai monde ? Carlagne, Yophie, Pierre Marteau, Marijoli, le forgeron, le petit Léon ?

... C'est toi qui les as faits, avec des mots.

Quoi!?

... *Tu fais des histoires.*

Et mère Domrémy?

... *Elle est dans tes histoires itou.*

Radi, si tu continues, je ne te dis plus rien. Tu ne m'accompagnes plus au couvent, à la crèche, à la Trappe. J'arrête. Finie, l'histoire de Carlagne et de Yophie. C'est ce que tu veux?

Elle boude.

Quelle foi prêter à une enfant? Pourquoi se met-elle à douter soudain, comme si nous avions, elle et moi, des comptes à rendre à la réalité? Et quelle réalité? La Carlagne que me raconte mère Domrémy ne serait donc plus la vraie? Je me lève et à mon tour je me dirige du côté de la fenêtre qui encadre le grand chêne. Le chêne qui même en hiver se nourrit d'une sève si vivace que les poils de ses racines en frémissent.

J'entends :

« L'histoire de Bouctouche devrait s'écrire à la plume d'oie. »

Plume d'oie?

Je viens me rasseoir sur le bout des fesses, et je la fixe.

« Le vol des oies sauvages qu'on appelle les outardes devrait figurer sur le blason de Bouctouche. »

J'écoute.

« Peu de villages se sont comme le tien racontés si éloquemment dans le ciel. Le cri des outardes, à l'automne et au printemps, leur V colossal qui se forme et se défait... toute une histoire vue d'en haut. Bouctouche ne peut se raconter que d'en haut. »

Mon regard l'encourage. Elle continue.

« Imaginons le Bouctouche du premier quart du siècle, bouillonnant d'énergie, de mouvement sur l'eau comme sur terre; de construction de moulins, de ponts, de commerces; de bénédictions d'églises et de couvents... On entend le cri strident du train qui charrie gens et denrées; on voit la vapeur s'arracher des cheminées des steamers qui détrônent les goélettes; on sent l'odeur de bran de scie qui coiffe la butte du Moulin. A-t-on connu au pays période plus fervente et plus effervescente ? »

J'en suis bouche bée. Mon propre village vu par une octogénaire issue de Rogersville, entrée au couvent à dix-sept ans ! Son enthousiasme contagieux réveille Radi et la ramène à de meilleurs sentiments. Je sens la mécréante se frotter contre moi, chercher à se faire pardonner sa mauvaise foi. Vraie au pas, Carlagne est la plus belle créature sortie des terres du comté, sortie du tournant du siècle. Et elle aboutit à Bouctouche ! son Bouctouche !

« Tout le monde aboutit à Bouctouche ?

— Pas tout le monde en même temps. D'abord s'amène Marijoli.

— Plus prudent, pour la coquine, de s'éloigner de Yophie, c'est bien ça ?

— Non, elle doit s'éloigner de Rogersville. Plus un village est petit, plus on jase. En rentrant de Montréal avec l'enfant... Je ne t'ai pas dit qu'au printemps qui suivit le départ de Carlagne, Marijoli la rejoignit à Montréal ?

— Je l'ai appris en fouillant les archives de la crèche et la mémoire de sœur Léonie Malouin. »

Mais la mémoire de mère Domrémy ne se laisserait point doubler par celle d'une sœur étrangère. Et elle ramena au pays une Marijoli chargée de l'enfant que lui confiait Carlagne avant de disparaître dans la brume de Montréal. Elle a bien dit « brume », le mot même de sœur Léonie pour décrire la ville où allait se fondre la silhouette de Carlagne. J'ai eu l'impression, le temps d'un battement de cils, que les deux chroniqueuses n'en faisaient plus qu'une.

Donc Marijoli revient au pays avec la fille de Carlagne et tente de la soustraire à...

À qui ? à Yophie ? à Noémi ?

« À la curiosité d'un village tricoté trop serré. Personne ne devait soupçonner l'origine de cette enfant. Et quand l'histoire s'y met, elle réussit parfois à agencer si bien les événements que les fables d'hiver se transforment en vérités du printemps. »

Mère Domrémy se rengorge, fière de sa trouvaille.

« Tu te souviens du 15 avril 1912 ?

— ... Le naufrage du *Titanic* ?

— ... Et de la naissance présumée de la fille que Marijoli et le forgeron adoptent légalement et ramènent à Bouctouche. »

Je souris à l'image qui me saute au front d'une Sainte Famille fuyant la foudre d'Hérode jusqu'en Égypte.

« Et le *Titanic* dans cette drôle d'histoire ?

— Voilà où la fable par les détours de la rumeur se change en réalité. Une enfant surgit dans une crèche de Montréal les jours qui suivent le plus célèbre naufrage des temps modernes. L'enfant perdu devient nul autre que le rejeton d'un naufrage abandonné dans un village de pêcheurs côtiers, passé de crèche en crèche jusque dans les bras de Marijoli venue à Montréal adopter un enfant.

— Ouf ! Et Rogersville puis Saint-Norbert ont avalé ça ?

— Non, mais Bouctouche, si. Et à mesure que le

temps passe, tout le comté se met à embellir une histoire déjà si ragoûtante et finit par y croire. Retiens bien cette règle : une histoire est crédible en proportion de sa splendeur, voire de son étrangeté. Pourquoi penses-tu que l'Ancien Testament est parsemé de Samson, Judith, reine de Saba?... Pardon! ne fais pas attention à mes radotages, je m'égare. »

Et son bras efface les images qu'elle a fait surgir malgré elle devant mes yeux.

« Et le forgeron, comme de raison, ne regimba point?

— Le brave homme avait-il une seule fois dans sa vie résisté à la volonté de sa femme? D'ailleurs, Bouctouche accueillit le nouveau forgeron avec les égards dus à un bon artisan. Car la réputation de Joseph débordait Rogersville. Bien plus qu'un maréchal-ferrant, il était l'un des meilleurs forgerons du fer forgé. Or Bouctouche grandissait, décorait ses devantures, s'enorgueillait déjà de ses deux quais, ses bateaux venus de l'étranger, ses activités commerciales avec tous les villages environnants, son pensionnat pour jeunes filles. Marijoli a sans doute utilisé l'argument du couvent pour convaincre son mari de déménager sa forge à Bouctouche. On dit que Joseph aurait hésité à la dernière minute. Car en plus de son couvent, le village se vantait beaucoup de ses deux havres, ses bateaux étrangers qui déversaient entre ses buttes, de juin à septembre, son flot de matelots à tout crin. Et le forgeron déménagea ses pénates à Bouctouche. »

C'est donc à Bouctouche que devait grandir la fille de Carlagne, devenue fille du forgeron, et qui portait le nom d'Annie. D'Annie à Tit-Annie à *Titanic*...

J'allais sortir, la sœur-portière m'ouvrait déjà, quand l'image de l'enfant surnommée La Titanique s'est superposée à celle de sœur Diogène comme une évidence, sans logique ni raison. Et je m'entendis demander presque en suppliant :

« Pensez-vous que sœur Diogène consentirait à me recevoir ? »

Sœur Diogène ne quitte plus la chambre depuis que l'hiver vient la narguer jusque sous sa fenêtre. Par tous les moyens elle cherche à lui opposer une fin de non-recevoir, mais le vent froid mêlé de grésil lui plante des aiguilles dans les os. Je m'empare des bras de son fauteuil roulant et lui fait faire demi-tour. Ses mains, surprises, s'agrippent à mes cheveux puis glissent le long de mon visage.

« Ah ! c'est vous !

— Je passais.

— Tout passe. Ce siècle-ci va bientôt entrer tout rond dans le prochain. Et sachez que de l'autre côté de l'horizon se bousculent une ramée de curieux qui nous guettent comme des fouines : des historiens, des archivistes, des philosophes, des philologues, des anthropologues, des archéologues... si fait, des archéologues. Vous ne voulez pas me croire. Vous avez raison. Ce qui n'empêche que nous pourrions fort bien nous réveiller, vous et moi, collées aux lentilles de leurs microscopes, pourquoi pas ?... couchées sur les pages de leurs livres, fichées, classées, numérotées, fouillées jusque dans nos reins et nos cœurs !... N'est-ce pas ce que nous sommes en train de faire à nos ancêtres ? »

Je glousse. Cette vieille toquée fait ma joie. Ses oreilles presque sourdes captent les vibrations de mon émerveillement, son sourire en dessous me le confirme.

« Chaque période contemple la précédente avec un mélange de dédain et de compassion saupoudré d'un grain de nostalgie.

— Beaucoup de nostalgie.

— La nostalgie, c'est pour les poètes. Le commun des mortels voit dans le passé des temps barbares dont on est heureusement sorti. Un temps sans chemin de fer ni aéroplane, figurez-vous ! sans eau courante, sans lampes électriques, sans bécosses en dedans, comme eût dit mon père... »

Le mouvement de ses joues me révèle son espiègle ravissement. Elle enchaîne aussitôt :

« ... Le monde durant des milliers d'années plantait péniblement les clous dans les planches de notre maison. On peut bien se gonfler la poitrine devant le spectacle de nos pauvres aïeux logés dans des cabanes en bois rond, gréés dans l'étoffe du pays. »

Cette fois elle rit pour de bon. Puis, balayant mon visage de ses prunelles presque éteintes :

« C'est quoi au juste qui vous intéresse dans un démon comme Yophie ?

— Le monde des sentiments. L'amour qui n'est pas né avec le chemin de fer, qui se cachait même au fond des cabanes en bois rond. »

Elle feint de ne pas m'entendre. L'esprit cynique, que ni la morale des philosophes ni la doctrine de l'Église n'ont réussi à émousser, refuse d'aborder le terrain de l'amour. Sa manière de détourner brusquement la tête confirme qu'elle a entendu, mais qu'elle n'écrira pas avec moi une histoire d'amour. Et elle s'éloigne des champs des aïeux gréés dans l'étoffe du pays.

Je l'écoute gloser sur tout et sur rien avec une telle intelligence que les moindres riens se dorent d'importance et prennent place dans le tout. Sa voix finit par me bercer jusque dans ma petite enfance, dans les bras de Radi, Radi dans les bras de sa mère Virginie, Virginie dans les bras de sa mère Célina... je grimpe dans le temps, le temps des souvenirs qui me promènent de Charlemagne à Aliénor d'Aquitaine, de Marie de France à Ruteboeuf et François Villon. La nostalgie me prend à la gorge et mon âme s'engotte dans mes sanglots. Le passé, non pas anonyme, non pas historique imprimé sur papier vélin, mais le mien qui a creusé les sillons de mes empreintes digitales et loge éternellement dans mon A.D.N., ce passé rond mais ridé comme un globe biscornu flotte dans mon firmament.

Sa pensée a-t-elle accompagné la mienne? Une phrase m'arrache à ma rêverie :

« Nous traînons tous comme un boulet notre propre univers. La plupart cherchent à le détacher du pied et à s'en défaire, quelques fous s'arrêtent pour l'examiner et savoir de quoi il est fait.

— Ceux-là se rendront jusqu'à Saint-Norbert et Rogersville. »

Je l'ai eue par surprise. Cette fois elle a bien entendu, son œil l'a trahie. Elle se doute que cette partie d'échecs, elle ne la gagnera pas, autant céder tout de suite et se débarrasser de moi. Et durant une heure cette centenaire, infirme des jambes, des oreilles et des yeux, vide les plus secrets tiroirs de sa mémoire et me raconte. Elle me décrit Yophie devenu fou furieux au départ de Carlagne pour Montréal, rôdant comme un chien affamé et sauvage de la cave au grenier, de la cour aux champs en friche, par les mocauques et les rapides qui jalonnent la région des ponts couverts. Tout

Saint-Norbert pouvait suivre cette ombre à forme humaine dans les sentiers de sa hêtrière, la voir se fondre aux feuilles jaunies d'octobre, s'imprimer sur la neige indigo des nuits d'hiver, faire pleurer les rigoles dans les champs de la mi-avril.

« Chacun se demandait à quel moment le démon sans cœur ni âme avait appris soudain à souffrir. »

Avant de m'endormir, j'ai jeté un dernier coup d'œil aux étoiles et dit tout haut à Radi :

« Qui sait si le prochain millénaire n'éprouvera pas pour notre époque la même nostalgie que nous pour le Siècle des lumières, la Renaissance, le bas et le haut Moyen Âge ? Qui sait si... si...

... Ssss... ssss...

J'entends une voix feluette monter de mon ventre :

... *J'y étais-t-i' moi au Moyen Âge ?*

Et je sombre dans un sommeil profond.

Mère Domrémy avait appris par Geneviève qui l'avait reçu de l'infirmière qui venait chaque soir verser trois gouttes d'huile dans les oreilles de sœur Diogène que j'étais restée une heure chez la cynique. Le tout confirmé par la portière.

... *Bande de rapporteuses de paquets !*

Assez, Radi ! De toute façon, j'avais l'intention de tout avouer à mère Domrémy.

... *Menteuse !*

Pourquoi pas ? Nous sommes liées comme le cavalier et sa monture dans cette quête. Nos découvertes s'imbriquent parfaitement l'une dans l'autre comme des morceaux de puzzle. J'ai besoin d'elle, elle a besoin de moi...

... Bla-bla-bla...

T'es insupportable !

... Tu veux pas le dire, c'est toute.

Je ne veux pas dire quoi ?

Elle se tait. Tant pis !

Je chausse mes raquettes et je prends le bois.

... Je peux venir ?

Non. Cette Radi commence à envahir un terrain trop étendu pour la portée de sà vue. Au début de notre voyage dans le passé, j'ai fait appel à sa mémoire, non pas à son jugement. Petit à petit, voilà qu'elle se mêle de raisonner. Elle serait capable de me dire que je n'écris jamais rien de vrai, que je fabrique tout à mesure, que le monde qui sort de ma mémoire sort en fait de mon imaginaire... non, elle ne dirait pas « imaginaire », elle dirait que je fais des accroires.

Mes raquettes s'impriment dans la neige épaisse. Un bébé lièvre surgit de nulle part, s'arrête pour que j'admire son agilité, puis repart d'un bond si imprévu que je recule ; mais on ne recule pas plus en raquettes qu'en vélo. Je fais trois ou quatre arabesques des bras, m'enfarge et tombe. On ne chemine pas dans les sentiers de l'existence comme l'on flâne dans l'imaginaire : un bébé lièvre suffit à te renverser dans la neige épaisse et à te mouiller les fesses. Si Radi était là, elle rirait.

Veut, veut pas, elle est là : dans les bois, en haut des champs, sur la ligne d'horizon qui sépare la mer du firmament, sur les toits de maisons d'un village qu'elle connaît dans sa forme primitive. Radi, ma vie primitive ! Pourtant elle-même contemple l'empremier de très haut, elle qui jauge le passé à la distance qui l'en séparé. Si elle savait que je pose sur ses mouvements le regard qu'elle pose sur le va-et-vient de Marijoli qui déménage à Bouctouche, le bébé du *Titanic* dans les bras. Et de Radi en Marijoli, je grimpe les barreaux de l'échelle qui me rend le passé arrondi comme le cosmos. Un cosmos où grouillent des personnages que je n'ai pas inventés, non, Radi, mais qui n'ont jamais pu contempler de leurs yeux la fresque qui leur donne leur vraie dimension, démesurée ! Ni Carlagne ni Yophie, pas même le petit Léon, ne savaient, il y a cent ans, qu'ils gravaient notre histoire dans la roche ou le bois des hêtrières, et sans mère Domrémy, sœur Diogène...

... *Prudence...*

Prudence ? Espièglerie ou distraction ? Mais Radi n'est jamais distraite. Étourdie, mais pas inconséquente. Pourquoi amener Prudence ici maintenant ? Pourquoi Prudence, Radi ?

... *Viens ! au cimetière !*

C'est l'hiver, Radi. Le cimetière est enseveli sous la neige.

... *Tu veux rire, on ensevelit les morts, point les cimetières.*

Elle est déjà partie.

J'ai juste le temps de délacer mes raquettes, de démarrer la voiture, de filer vers le Christ en bronze qui garde l'entrée. Radi a plusieurs longueurs d'avance sur moi. Allez entreprendre de suivre une enfant qui roule dans la neige ! Quand j'atteins l'allée des croix de bois, au bord de la falaise, elle a déjà dégagé la tombe à grands coups de mitaines tricotées dans des fibres de glace.

Je les entends. Seule Radi sait parler à Prudence. Moi je l'ai si peu connue. Sa mort a suivi de près celle de mon père. Prudence, l'Égérie du bas de la traque, la sorcière tireuse-de-bonne-aventure tante-à-tout-faire de

Katchou, la copine interdite de Radi. Je me penche et j'écoute l'étrange va-et-vient de paroles muettes entre deux fantômes :

... Où c'est qu'est rendue Katchou ?

... Bâsie en même temps que toi.

... Moi je partais faire mes études.

... Yelle, faire sa vie.

... À quatorze ans ?

... Heh !... la vie, vous avez point l'air à connaître ça, vous autres.

Je vois Radi se raidir, puis retomber et me jeter un œil désespéré.

T'en fais pas, on cherchera Katchou. Elle ne peut pas avoir disparu complètement.

... Katchou... Katchou... c'était ma pus grande amie.

Des sanglots montent de son gosier et me bloquent la gorge. Mes yeux s'embrouillent. À travers un prisme, je vois surgir le vaste champ de l'enfance, strié de cinquante-six couleurs d'arc-en-ciel, étendu comme un paléolithique, un temps plat qui s'allonge, s'agrandit, corne ses quatre coins et m'enveloppe. Mon passé s'est refermé sur moi.

Viens, Radi, nous partirons sur les traces de Katchou.

XIV

Ma première rencontre avec Katchou, huit jours plus tard. À Moncton, dans un meublé de trois pièces, lieu de passage. À la vue des malles en métal, souvenirs des cales de transatlantiques, j'ai compris que Katchou n'avait pas encore accosté.

« Quand c'est que tu vas jeter l'ancre, Katchou ?

— J'ons la même âge, moi pis toi. T'as point l'air de slaquer.

— Point de retraite pour une conteuse-radoteuse-défricheteuse-de-parenté. Y a encore trop de parenté partout et trop de belles histoires à conter.

— Pas plusse pour une coureuse de chemins. Y a encore trop de chemins de reste. »

Comment faire pour lui arracher des retailles de ces chemins parcourus ? Elle boit sa bière au goulot, m'en offre, s'enferme dans le quotidien : ses débats avec le locataire d'en face... pourtant elle se mêle de ses affaires ; ses paiements de loyer en retard... pas de sa faute, personne ne lui avait parlé des taxes ajoutées ; la chipie du gouvernement qui vient mettre son nez dans ses hardes chaque mois.

« Elle cherche quoi, l'enquêteuse ?

— Tu sais, toi, c'que charche un gouvarnement qui

vient forter dans ta vie ? Ma vie m'appartchint, c'telle-citte, comme c'telle-là à venir, comme c'telle-là que j'ai point achevé d'enterrer. »

L'image de son passé couvre soudain sa vision désabusée de l'avenir. Sa moue se contracte et assombrit sa figure. Je l'entends se débattre avec une mémoire tyrannique et vivace. J'ai tout mon temps, Katchou. Ses lèvres ne laissent filtrer que des peuh !... et des relents de bière tiédie. J'attends. Elle lève enfin la tête et deux yeux de chat-cervier se plantent dans les miens.

« Des fois l'estomac me travaille comme si j'avais le pesant. Toi, ça t'arrive-t-i' d'aouère le pesant avant de cailler sus ton matelas ? »

Et elle se tait.

Ce soir-là, Katchou, j'ai eu le pesant. Pas des remords, c'est trop lourd et stérile, pas même un sentiment de culpabilité. Rien que le pesant, Katchou avait trouvé le mot juste. Le poids de l'être dont aucun synonyme n'est parvenu à mesurer la réelle dimension : l'angoisse, le trouble, le spleen, l'inquiétude, le doute métaphysique, le pesant. Je ne retournerai plus chez Katchou.

... *À cause ?*

À cause de toi. Katchou est ton amie. Elle ne peut plus être la mienne. Tu dois comprendre.

... *Quoi c'est qu'elle t'a fait ?*

Rien, elle ne m'a rien fait. Comment expliquer à Radi qu'entre Katchou et moi, la vie seule doit porter le blâme.

... *Le blâme ? Quoi c'est qu'a arrivé ?*

Il est arrivé que deux amies se sont perdues de vue

dès leur sortie de l'enfance. Katchou a pris des chemins qui n'ont plus jamais croisé les miens. Mais elle n'oubliera pas ses dix ans, quoi qu'elle tente. Aucune déchéance ne parviendra à effacer de sa mémoire ses randonnées au Ruisseau-du-docteur, ni ses jeux dans la cour d'école où se confondaient gamins d'en bas et enfants d'en haut, ni ses pactes d'amitié scellés du sang qu'elle a fait jaillir de son poignet à la pointe de son couteau. Elle n'oubliera rien, Katchou.

Pourtant, certains soirs, le même pesant écrase nos deux poitrines.

Le sonnerie effrontée du téléphone, au cœur de la nuit. L'image de Geneviève se glisse sous mes paupières et les déchire.

« Hallo, c'est moi, Katchou. »

Je respire, ce n'est pas Geneviève, pas encore. Mais c'est déjà Katchou, aux petites heures du matin.

« T'es matinale, ma vieille. »

Non, pas encore couchée. Quelle heure est-il ? De toute façon, sa montre est déglinguée, aucun mécanisme d'horloge ne résiste au temps de Katchou. Et elle ne sait pas, *anyway*, pour quelle raison on vivrait à l'heure des horloges.

« Je compte les heures aux bouteilles que je vide », qu'elle finit par cracher entre deux motons qui lui engluent le gosier.

Elle avait oublié de me confier quelque chose d'important la veille, un message de sa tante Prudence.

« Prudence est morte y a longtemps. Tu te souviens encore de ses dernières paroles ?

— Point des paroles : un message. »

Je reconnais Katchou. Les messages de Prudence pouvaient se passer de paroles. J'attends.

« Reviens me ouère n'importe quand, je barre point ma porte.

— Demain, Katchou ?

— J'ai dit n'importe quand. Si demain *fit* là-dedans... »

Le lendemain, je sonne chez Katchou. La porte est ouverte. J'entre. Elle n'y est pas. J'aurais dû me douter que demain pouvait ne pas tomber dans le n'importe quand. Je fais le tour de la pièce-à-tout-faire, sans mettre mon nez dans les placards ni ouvrir les coffres. Mon regard balaie les photos qui tapissent le mur face au soleil. Soleil trop dru, la pellicule a jauni prématurément et donné à Katchou des airs de sur l'empremier. Je m'approche, plisse les yeux et découvre que certaines de ces Katchou sont en réalité des Prudence. Pellicule que n'a pas jaunie le soleil, mais le temps.

« Si c'te femme-là arait eu toutes ses dents, elle arait point fait zire. »

Comment avais-je pu oublier les apparitions feutrées de Katchou, le chat-cervier ! Sa serrure n'avait de clef ni pour les autres ni pour elle. Barrer une porte ? Le monde ne pouvait plus rien dérober à celle qui avait perdu pire à l'âge de huit ans. J'appris miette par miette la vie cachée de l'ombre qui avait escorté mon enfance, épaule contre épaule. Mais l'histoire de Katchou était trop longue et tortueuse pour se faufiler entre celle de Carlagne et Yophie. Et puis je la sentais fuyante, comme si elle n'avait pas fini d'apprivoiser la dame sortie de Radi.

« Le message de Prudence, Katchou, il s'adressait à qui ?

— À Radi. »

... *Tassez-vous, faisez-moi de la place.*

Pousse pas, Radi.

« Ma tante Prudence, c'était une voyante. Quand c'est qu'a' s'a mis à parler à Radi, sus son suaire...

— Son suaire ?

— ... sus son lit de môrt... je savais, moi, que c'est à toi qu'a' parlait. Une sorciére ça voit loin d'avance. Surtout quand c'est que vient le temps de trépasser.

— Prudence savait ce que tu charchais. Pis a' m'a dit de te dire où c'est que tu pouvis le trouver.

— Trouver quoi ?

— Ce que tu charches, *goddam* ! »

... *Yophie !*

« As-tu entendu parler de Yophie, Katchou ? »

Le message de Prudence ! Prudence avait connu Yophie. Mon flair avait senti le gibier dès que mère Domrémy m'avait envoyée braconner sur les battues de sœur Diogène. Yophie, mort en 1954, en bas de la traque. Le filet se resserrait. Mais pourquoi Prudence me dépêchait-elle ce message à moi ? par-delà le tombeau, par le truchement de Katchou ?

J'ai compris que Katchou n'en dévoilerait pas davantage, pas ce jour-là. Mais sa porte était ouverte n'importe quand.

... *La fille à Carlagne, parle-y de la fille à Carlagne.*

« Prudence t'a pas parlé de la Tit-Annie, Katchou ? la fille du forgeron Joseph à Benjamin ?

— ???

— Marijoli, ça te dit rien ?

— Tu reviendras quand c'est que tu voudras, je barre point ma porte. »

Katchou me tenait au bout de sa ligne, me forçait à revenir pêcher dans l'étang sans fond de sa mémoire, une prise à la fois. Eh oui, la garce s'ennuyait elle aussi d'une enfance qu'elle n'avait pourtant pas connue. À huit ans, elle avait déjà passé le cap... Katchou, comme moi, s'ennuyait de l'Enfance du monde.

En route vers le couvent, je me chamaillai avec Radi qui voulait à tout prix que je raconte Katchou à mère Domrémy. Je jugeais la démarche prématurée, je n'avais encore rien appris. Rien sur Yophie, rien sur la Tit-Annie...

... *Sur Prudence, si fait.*

Sur Prudence, en effet, Prudence la sorcière, la voyante.

« Dites-moi, mère Domrémy, quelle crédibilité accordez-vous à la voyance ?

— C'est à moi que tu demandes ça ? De nous deux, j'aurais cru...

— Il s'agit ni de vous ni de moi, mais de Prudence. J'ai revu sa nièce Katchou ces derniers temps. Apparence que Prudence m'envoyait dire des choses sur son lit de mort. »

Je l'ai vue frétiller. Et j'ai compris que mère Domrémy avait déjà établi des liens entre la sorcière d'en bas de la traque et le démon du haut du comté. Elle devait savoir, peut-être connaître le genre de carottes que Katchou se plaisait à agiter sous mon nez. Je cherchais le biais dans la trame.

« Mère Domrémy, expliquez-moi le phénomène de la prémonition.

— Tu n'es plus mon élève depuis si longtemps.

— Encore et toujours votre disciple, ma mère. »

Elle me scrute et se gratte la tête. Puis imperceptiblement, elle glisse sur le temps figé comme la mer gelée à moins vingt-huit. Je la vois partir au large, le voile au vent, de profil comme la figure de proue, poussant indéfiniment l'horizon. Le temps sur l'eau n'a plus de frontières.

« Dans un potage en ébullition, dit-elle, viennent à la surface tantôt les fèves, tantôt les petits pois, tantôt les lettres de l'alphabet qui écrivent ton nom. Le cosmos est peut-être en ébullition, qui sait ? Alors les instants s'agitent, passent et repassent et refont surface et s'emboîtent les uns dans les autres et abolissent toute préséance. Et tu finis par vivre dans le présent un jour enfui, que tu avais cru disparu à jamais, ou l'autre qui n'est pas encore né. Le premier s'appelle la mémoire, le second la prémonition. »

Je ne bouge ni les lèvres ni le front. J'attends. J'attends qu'une fève s'écarte pour laisser venir à la surface les lettres qui forment les mots qui, depuis le début des temps, écrivent mon histoire, la sienne, celle du monde.

Et nous voilà reparties sur les traces de Yophie par le sentier des cabanes du bas de la traque. Cette fois mère Domrémy ne pouvait se récuser, je la coinçais. Je la sentais pourtant réticente à mener Yophie à Bouctouche avant son heure. Elle rechignait à brûler les étapes d'une histoire qui n'avait pas encore écumé Saint-Norbert.

« Trois ans, n'oublie pas, avant de sortir Carlagne de Montréal ; et bien des années de plus avant d'arracher le lion à son antre. »

Je me résignai. Bouctouche devrait patienter...

« Carlagne restait pourtant en contact avec Marijoli. De sorte qu'on a pu à l'époque suivre ses allées et venues, à peu près.

— À peu près seulement ?

— Un certain mystère planera toujours sur le passage de Carlagne à Montréal. On sait qu'elle a quitté la crèche avant la fin de ses relevailles, dès le départ de l'enfant ; qu'elle s'était fait des connaissances, sinon des amis, lors de son séjour à la Miséricorde ; que certaines de ces connaissances avaient des relations en divers milieux... on ne dit pas trop lesquels ; en somme qu'elle ne s'est jamais trouvée dans la rue.

— À moins de s'y trouver la nuit...

— Ho-ho, je ne pense pas. Carlagne avait trop de classe et une trop haute opinion d'elle-même pour tomber si bas. »

Je vis la nonne rougir. Comme d'habitude, à retardement. Et j'ai constaté une fois de plus que la chroniqueuse du comté de Kent avait toujours un pas d'avance sur la religieuse du couvent.

« Si tu veux mon avis, trois ans c'est le temps qu'il faut pour former n'importe quel apprenti. Même le noviciat dure trois ans.

— Et quel métier apprenait Carlagne dans les brumes de la métropole ?

— Carlagne deviendra la première hôtelière du comté, ce qui laisse supposer qu'elle s'était frottée à l'hôtellerie avant de rentrer...

Je te conseille de retourner sonder ta vieille sœur Léonie Malouin. Son amie Armandine a pu lui révéler des choses sur la vie de Carlagne à Montréal. Entre autres sur ses méthodes pour esquiver Yophie.

— Yophie ? »

Elle se cargue.

« Tu n'allais pas imaginer que le démon lâcherait si aisément sa proie. Yophie serait venu plus d'une fois à la recherche de Carlagne, apparence. Il prenait le train de Rogersville. Ou plutôt, c'est le train qui le prenait, à l'insu du conducteur. Ce Yophie qui avait pourtant les moyens de se payer le voyage rejoignait les cheminots sur le toit des wagons, par bravade, par défi, par instinct de hors-la-loi. Un démon ne paie son dû à personne. Hormis à... hormis au...

— Hormis au destin ? Et le destin de Yophie...

— Désormais s'appelait Carlagne. »

Son sourire est triste. Elle a hâte de sortir son histoire de l'impasse, d'arracher les personnages à leur misère.

« Allons, qu'elle fait, le temps est venu de débarquer à Bouctouche. Pour ça, nous avons besoin du petit Léon. »

Grand Dieu ! le petit Léon, le seul qui avait complètement quitté mon esprit. Que pouvait le petit Léon face à ces deux cœurs déchirés ?

« Il ne pouvait rien sur les cœurs, mais avait gardé un certain pouvoir sur la raison de Carlagne. J'ai toujours cru, même si l'histoire ne le confirme pas, que le petit Léon a réussi à " raisonner " Carlagne. On sait qu'il s'est rendu à Montréal à plusieurs reprises, qu'une fois il y aurait même croisé Yophie...

— Par hasard ?

— Non, par calcul. Sous ses airs candides, le petit Léon était un renard, à l'égal de Yophie. C'est comme ça qu'il s'est laissé repérer par lui, a fait semblant de le mettre sur la piste de Carlagne, s'est retourné au dernier moment et les deux hommes auraient eu, apparence, leur premier affrontement.

— Combat inégal.

— Pas tant que ça. Remarque que l'artiste n'était pas assez fou pour emprunter les mêmes armes que le démon, mais il en possédait une dont le démon était dépourvu : la générosité. Le petit Léon était parvenu à aimer Carlagne pour elle plus que pour lui. Ce don, Yophie ne le posséderait jamais. Carlagne a fini par faire la différence, elle qui aimait, tout court. Je n'irai pas jusqu'à dire qu'elle a choisi entre l'amour de Yophie et celui du petit Léon. Son cœur ne pourra jamais désavouer Yophie. Mais la personne de Carlagne était plus vaste que son cœur et ses sens. Elle avait aussi une âme, ce dont le démon paraissait dépourvu, du moins à ce stade de notre récit, et qui l'empêchait d'atteindre l'être profond de Carlagne. »

Elle plante brusquement son bon œil sur mon front :

« Tout ceci t'apparaît peut-être de la bouillie pour les chats ?

— Les chats qui se repaissent d'une telle bouillie ont de la chance.

— Hé-hé !

— Et le petit Léon triomphe sur Yophie. C'est une belle histoire.

— C'est pas fini. Il reste Bouctouche qui vient tout juste de se glisser sur l'échiquier ; il reste la fille de Carlagne qui est aussi celle de Yophie, quoique légalement celle de Joseph et Marijoli ; il reste... tant de choses ! par exemple, le sorcier de Sainte-Marie. »

Ma conteuse retrouve soudain sa vigueur. L'image

d'un nouveau personnage, un sorcier par surcroît, bien connu du comté de Kent pour des raisons que nous n'allons pas tarder à connaître, stimule la mémoire et je dirais l'imagination de la plus célèbre informatrice qu'il me fut donné de rencontrer. Je la vois frétiller comme un poisson hypnotisé par un petit filet de lumière qui s'agite au bout d'une ligne et qui se laisse prendre avec bonheur à l'hameçon. Le sorcier de Sainte-Marie est une pâture toute fraîche pour un esprit si fertile, si bien qu'à quatre-vingt-cinq ans, il s'y jette avec gourmandise. Radi s'en frotte les mains. Nous entrons dans un chapitre qui projettera le conte dans l'histoire qu'elle connaît.

Tu n'as pas connu le sorcier, Radi.

... Si fait!

Tu en as entendu parler, c'est pas la même chose.

... Je le connais. Depis que j'suis petite que je le connais.

T'es encore petite, et tu le connais par ouï-dire.

Elle ne me parle plus du reste de la journée. Mais je l'entends marmonner... Elle peut le voir dans sa tête, savoir qu'il était bossu, et tout croche, et qu'il boitait des deux jambes, et que sa moustache traînait à terre... Voilà bien la preuve qu'elle ne l'a jamais vu, mais imaginé. De toute façon, la description du sorcier qu'en donne Radi vaut bien celle de ses contemporains dont aucune ne concorde. À croire que le personnage serait sorti tout cuit de l'imaginaire collectif et n'aurait jamais existé.

« Le sorcier de Sainte-Marie appartient autant à la légende qu'à l'histoire, renchérit mère Domrémy qui cherche à effacer les rides qui me barrent le front. Tu es née trop tard pour l'avoir connu.

— Je suis née trop tard pour tellement de choses !

— Ne te plains pas ; moi je suis née trop tôt. Je ne

verrai peut-être même pas le temps changer de millénaire.

— Allons ! c'est pour l'année qui vient !

— Un an, à mon âge, c'est si long ! »

Elle hoche la tête et :

« Si long et si court. »

Quand elle se laisse aller à des propos de ce genre, je sais que la séance se termine et que notre sorcier, c'est pour demain.

« Demain, pointe-toi de bonne heure. Je devrai m'absenter en fin d'après-midi. On m'a demandé de venir rafraîchir la mémoire des sœurs sur l'historique de la Congrégation... qui célèbre cette année son soixante-quinzième anniversaire. »

Soixante-quinze ans... ça nous mène en 1924... 1924... la naissance d'Horace... la maison brûlée... la tombe de la jeune Amélie Boudreau...

Que le monde est petit pour tricoter son histoire avec si peu de fils !

Je monte à l'infirmerie.

« Raconte-moi la naissance d'Horace, Geneviève. »

Son visage se renfrogne et s'entortille autour de son nez.

« Quoi c'est que ça, as-tu l'intention d'écrire sa vie ? »

Puis elle éclate de son beau rire d'argent. Après tout, pourquoi pas ? Mais c'est dommage d'avoir attendu qu'il soit mort, il aurait pu me diriger, me fournir plein de détails, me remplir la tête de belles menteries qui font les beaux livres. Elle pouffe de nouveau.

« Si Horace avait su que sa petite sœur Radi un jour... Qu'est-ce que je dis, il l'a sûrement su. En tout cas, il le sait maintenant.

— Il n'y a plus de maintenant pour lui. »

Cette fois son visage n'est plus qu'un point d'interrogation qui accroche son menton à ses sourcils. Sa bouche s'ouvre, puis se referme ; elle redevient sereine. Elle sait que le temps meurt avec le corps, que l'âme flotte dans l'absence du temps qui s'appelle éternité, qu'Horace par conséquent, comme chacun de nous un jour... mais alors il n'y aura plus de jour... l'âme d'Horace donc... Elle balaie les mouches qui lui chatouillent les joues et :

« C'est pas parce qu'il est mort qu'il faut le jouquer sur un piédestal. On va tous y passer, tôt ou tard. »

Plus tôt que tard pour elle. Je la vois sourire par en dedans.

« C'est curieux comme la mort vous rétablit la réputation de quelqu'un. As-tu remarqué comme le pire chenapan, la plus grande chipie n'ont qu'à mourir pour qu'on les grimpe sur les autels ?

— Tu songes à Horace ? »

Elle ricasse.

« Horace a eu la vie qui lui ressemblait le plus. Et s'il y a quelqu'un au monde qui n'aurait pas voulu d'un piédestal, c'est bien celui-là qui se moquait de ça. Il serait capable de revenir casser sa propre statue : ça fait que prends bien garde de lui en dresser une. »

Je ne reconnais plus la candide, la crédule Geneviève. Je crois entendre Sophie ou Horace lui-même. L'appréhension d'une mort prochaine rend-elle le cerveau plus alerte ? Elle a dû sentir mon désarroi, car son ardeur subite tombe comme les vents sous la pluie. Elle pleure. Doucement, presque honteuse. Je la serre dans mes bras, moi-même tellement démunie que je lui demande de me consoler. Les rôles s'inversent ; elle me chuinte de ne pas m'en faire, qu'elle, Sophie, Horace veilleront sur moi et les autres, qu'elle n'a plus peur, qu'entre les deux mondes, le rideau est si mince que la vie se poursuit tout bonnement sur un autre registre.

Sans m'en rendre compte, je rejoins Geneviève dans des sphères où nos esprits ne se sont jamais rencontrés auparavant.

« Comme entre Radi et moi, ici-bas... penses-tu que Là-haut je parlerai à celle que je fus durant ma vie ? »

Elle ne répond pas. Mais je la sens reconnaissante de l'avoir distraite de sa mort prochaine en lui associant la mienne qui ne pourra tarder que de... Qu'est-ce que dix, vingt, trente ans devant l'éternité ?

« Avant le roman d'Horace, tu as une autre histoire à raconter.

— Tu m'aideras à retrouver le Bouctouche des années vingt.

— Tu me crois si vieille que ça ? Je n'ai jamais rencontré Yophie, je ne pense pas ; et Carlagne, c'est papa qui en a parlé, après qu'elle a disparu. Et tu sais comme on flatte la mémoire des morts au pays. Quoique Carlagne... Fais jaser mère Domrémy. Et sœur Diogène. Où en êtes-vous rendues ?

— À Prudence.

— Prudence ?

— Apparence qu'elle se serait frottée à Yophie. Sur ses vieux jours, ses très vieux jours. »

Lentement, je conduis Geneviève dans le chaos de ses souvenirs, où elle trébuche, se relève, reprend route en se glissant entre les grignons qui sont autant de mottes de terre gelées ou figées par le temps. Elle se souvient par bribes. La mémoire de Geneviève a le hoquet : la maison brûlée... la naissance d'Horace... en pleine nuit de l'incendie... le manteau de fourrure...

XV

J'arrachai mère Domrémy à sa fenêtre.

« Quelle est cette histoire de manteau de fourrure, ma mère ? »

Elle s'est retournée si brusquement que je me suis agrippée à deux mains aux bras de mon fauteuil. Son silence me disait : « C'est qui de nous deux qui raconte ? » Puis ses yeux ont ri, son cœur s'est dilaté, sa langue a gonflé l'une de ses joues.

« Tu as revu ta sœur Geneviève ces derniers temps ? Elle baisse, la pauvre. »

Puis :

« Mais elle garde encore toutes ses facultés. Et sa mémoire. C'est elle qui t'a mise sur la piste du manteau de fourrure ? Une piste. Bonne piste. Mais sache qu'un chasseur professionnel ne se lance pas sur les premières pattes de petites bêtes imprimées dans la neige. Surtout pas quand il chasse le gros gibier. »

Une si longue métaphore pour me distraire d'une piste qu'elle garde précieusement pour son dernier chapitre ? N'oublions pas le manteau de fourrure, Radi.

« Le gros gibier se terrait dans Montréal depuis trois ans. Certains ont pensé que la bête blessée n'en sortirait plus jamais. Ç'aurait été dommage que notre plus célèbre complainte d'amour s'achève sur un mode mineur. Heureusement pour nous, qui aimons les belles histoires, Carlagne est revenue. Au bras du petit Léon.

— Le petit Léon ?

— C'est lui qui la ramènera au pays. Mais point à Rogersville, ni à Saint-Norbert.

— À Bouctouche ?

— À Bouctouche. »

... *À Bouctouche !*

« À l'hôtel Queen's. Voilà ! nous y sommes. Le plus bel hôtel, non seulement de Bouctouche, mais de toute la région. Acheté, restauré et enjolivé par nul autre que le premier sculpteur du pays, le fameux Léon. Pour y loger sa femme.

— Sa femme ? »

... *Qui ça ?*

« Pour y loger Carlagne. »

Elle lance sa bombe et se rengorge ; cette surprise, je ne l'attendais pas. Carlagne avait épousé le petit Léon ! Pour s'arracher des griffes d'un certain Montréal ? pour rentrer plus facilement à Bouctouche ? pour l'hôtel ? pour le sculpteur ?

« Quelle sorte de mariage a fait Carlagne, mère Domrémy ? mariage de raison, d'intérêt, d'amour ?

— Dieu seul le sait. Et voici une histoire dont Dieu n'est point le narrateur. Nous devrons nous contenter des faits. Le reste est pure spéculation. Toutefois si tu me demandes mon avis...

— Du fond du cœur je vous le demande...

— ... je te dirai que Carlagne n'était pas le genre à épouser un homme par intérêt, du moins pas par intérêt personnel. Mais elle pouvait avoir intérêt à s'approcher de sa fille.

— Elle l'a reprise ?

— Non. La Tit-Annie était l'enfant du couple Joseph-Marijoli. Et je suis sûre d'une chose que je tiens de la tante Marie : Carlagne, non seulement ne la réclamera pas, mais ouvertement la désavouera. Je suis portée à croire que c'était dans le seul but de n'accorder aucun droit paternel à Yophie. Si Carlagne niait être la mère, elle enlevait du coup au père tout recours en justice.

— Depuis quand Yophie se préoccupait-il de la justice ?

— Depuis que Carlagne avait appris à jouer de sa musique. Hé-hé ! Carlagne, plus que toute personne au monde, avait des raisons de se méfier de Yophie. C'est pourquoi elle aurait tant tardé à revenir au pays. Mais quelqu'un l'aurait mise au courant des allées et venues répétées de Yophie à Sainte-Marie puis à Bouctouche, le démon tournant anormalement autour de la forge de Joseph à Benjamin, apparence. Une mère craint toujours pour son enfant, qui devient si vite l'otage de parents désaccordés.

— Et le petit Léon servira de paravent ? de bouclier ?

— Va savoir ! la suite nous apprendra qu'avec le forgeron, il sera le plus grand protecteur de la Tit-Annie, l'enfant de la femme qui portera son nom, mais dont il ne sera jusqu'à la fin que le chevalier servant. Du moins tel le veut la croyance populaire. Mais pour l'instant, laissons l'enfant grandir tranquillement dans le logis de Joseph et le giron de Marijoli. L'enfant et sa mère biologique, à une distance d'une longue rue dans un village qui n'en comptait qu'une. La forge et l'hôtel... deux des principaux pilotis qui portent la charpente que je construis pour toi, planche par planche, depuis plus de trois mois... Déjà ? On va bientôt sortir de l'hiver. Grâce à ton enquête assidue, je n'aurai pas vu s'effriter mes quatre-vingt-cinq ans.

— S'effriter ?

— La vie devient de plus en plus friable, tu l'apprendras avec l'âge.

— Vous n'avez pas d'âge, vous le savez bien, mère Domrémy, vous n'en avez jamais eu, même pas à vingt ans. Je n'arrive pas à vous imaginer ni jeune ni vieille, vous êtes immuable. »

Elle dilate son bon œil et réduit l'autre à un simple interstice, dans une gymnastique impossible à tout autre qu'un borgne.

« Immuable, qu'elle glousse. Et tu penses me faire un compliment ! Si tu savais le mal que je me donne pour avancer, un pas à la fois. Mais va pas t'en faire avec le conteur, concentre-toi sur le conte. Je disais que l'hôtel Queen's et la forge, en 1915, sont les deux pôles de Bouctouche. La forge à cause des travaux de fer forgé qui établissent la réputation d'un village qui fait de plus en plus parler de lui ; l'hôtel, à cause de Carlagne.

Ici je te demande de me suivre dans mes explorations d'un univers inachevé, un récit à demi-mots, une histoire qu'aucune phrase complète ne saurait rendre. Voilà. Je pense que toi et moi connaissons suffisamment Carlagne pour savoir que nous ne la connaîtrons jamais, qu'elle restera l'énigme la plus énigmatique... hé-hé... je sais, je sais... pléonasme... qu'elle restera toujours le filet de lumière qu'aucune main ne réussira dans une vie à enfermer dans sa paume. Mais avant tout, éliminons les images trop faciles : la femme fatale, la tenancière, la Madame... Carlagne fut une hôtelière d'un hôtel classé parmi les trésors dans un pays qui n'en a point conservé des tas, l'hôtesse d'une maison qui accueillit, sans ternir son image, tout ce que l'époque a vu passer d'aventuriers, de contrebandiers, de marins des vieux pays, de chevaliers de fortune. En moins de dix ans, cette femme d'allure et d'esprit peu ordinaires aura donné à un village, jusque-là pâté de maisons garnies de lucarnes et de galeries, la stature d'un lieu-dit de l'hospitalité.

En toute justice, il faut reconnaître l'apport du petit Léon, le décorateur de génie, qui en cadeau de noces offrait à Carlagne un écrin digne de sa beauté. Le sculpteur ambulant avait acheté un édifice en ruine qui, depuis le tournant du siècle, servait à tout sauf à y loger les passants : hangar à bateaux, grenier à foin, entrepôt, voire refuge pour les chevaux durant la grand-messe du dimanche. De cette charpente délabrée, l'artiste sut tirer une demeure, une habitation, un hôtel qu'il décora patiemment de sa gouge et de son couteau. Durant trois ans, tout le temps de l'exil de Carlagne, le petit Léon préparait son retour.

— Il était si confiant de la récupérer ?

— Le mot est juste. Il la récupéra. Car laissée plus longtemps à elle-même, dans une ville trop civilisée pour sa nature sauvage, trop anonyme pour son caractère indépendant, Carlagne eût végété et, qui sait ? se serait en quelque sorte disloquée. »

Ma chroniqueuse se lève et m'invite à la suivre. De la pointe du menton, elle me montre le chêne qui trône au beau milieu du jardin, hoche la tête et réfléchit à voix haute :

« Un arbre pareil serait perdu dans la forêt. Tandis que dans un jardin... »

Mon âme sourit à l'idée d'un Bouctouche, jardin de Carlagne. Ni une tenancière, ni une Madame : une reine.

« Bouctouche, tu le sais mieux que moi, s'allonge comme un bel animal qui s'en vient boire aux sources qui se jettent dans la mer, au pied de trois ou quatre buttes que vingt siècles ont arrondies. Une longue rue le traverse comme un fil sur un canevas, puis dans la courbe qui accroche la rue au chemin du roi, l'hôtel Queen's.

— Le chemin du roi, lieu de passage obligé.

— Obligé ou pas, ce lieu eût attiré tous les Don Quichotte ou décrocheurs d'étoiles de mille lieues à la ronde. Si Carlagne avait pu faire crochir les cornes d'un démon, imagine-toi les têtes d'humbles mortels qu'elle a dû faire plier. Ça venait d'aussi loin que le Madawaska, le Cap-Breton, la Nouvelle-Écosse ; ça débarquait des navires qui charriaient des matelots des vieux pays ; ça descendait du train qui déversait son lot de commis-voyageurs et de nouveaux contrebandiers d'alcool. Oublie pas que le meilleur de notre histoire se déroule sur l'axe des années vingt-trente, que la Prohibition née aux États-Unis vient de traverser la frontière et que Bouctouche est drôlement bien situé avec sa tête en l'air et ses pieds dans l'eau. »

Mère Domrémy prend un visible plaisir à me darder des images de son cru. Bouctouche qui m'a vue naître, galoper entre ses buttes et ses champs, grandir et le quitter, m'apparaît sous son discours tantôt comme un fauve languissant qui s'abreuve aux sources du comté, tantôt comme un chevalier d'industrie qui tourne entre quatre horizons ses bras de géant. Et encastrée dans ce bel étui, Carlagne.

« Comment, au milieu d'une telle cour, la reine s'est-elle défendue, elle qui n'avait pas su résister au démon ?

— Ce démon, elle l'aimait. Elle l'aimera toute sa vie.

— Même mariée au petit Léon ?

— Le petit Léon peut dormir tranquille ; Yophie n'aura de Carlagne qu'un cœur emmuré dans son propre donjon. Il aura beau déployer tout son génie, toute sa magie...

— De la magie ?

— Le temps est venu d'aborder ce chapitre, le plus contesté et pourtant le plus solidement documenté. »

Racontez.

« Durant dix ans moins un jour, à partir de l'instant où le petit Léon y installa sa femme jusqu'aux événements que nous raconterons plus tard, l'hôtel Queen's a fait l'envie de tous les établissements hôteliers des environs. Le sculpteur savait pouvoir compter sur sa femme pour gérer l'hôtel, et du coup le libérer et le laisser vaquer à son métier. Jamais le pays ne vit sortir de terre tant d'églises, de couvents, de monuments qui porteraient la signature du petit Léon.

— Il était architecte ?

— Non, il décorait les intérieurs. Sculpteur de bas-reliefs, hauts-reliefs, rondes-bosses. Certaines de ses œuvres ont bravé le temps. Je t'encourage à faire le tour des villages des côtes et même de l'arrière-pays qui gardent encore, gravé dans le bois, parfois dans la pierre, plus souvent moulé dans le plâtre, le visage de la Vierge ou des différentes saintes du calendrier qui révèlent tous les mêmes traits : la beauté sans pareille de Carlagne. L'idole envahissait les chapiteaux, le maître-autel...

— Sacrilège, Carlagne qui grimpe sur les autels !

— Pas plus que toutes les Vierges du Moyen Âge et de la Renaissance qui n'eurent d'autres modèles que les reines ou dames de la cour... dont plusieurs ne valaient pas le petit doigt de notre sorcière de vent. »

Sorcière de vent... C'est la seconde fois que mère Domrémy élève ainsi son héroïne au rang de... non, point de sorcière, mais de tornade.

« Comment cette sorcière de vent réussit-elle à esquiver les maléfices du sorcier Yophie ?

— Du sorcier de Sainte-Marie, tu veux dire. C'était lui le maître de la magie noire. Ou du moins tel le veut la légende. Je ne pense pas que Yophie se serait adonné à la sorcellerie, si ce n'eût été de Carlagne. Au début, ses charmes lui suffisaient. Mais quand il a vu lui glisser entre les doigts la femme qu'il adorait, quand il eut épuisé toutes ses ressources de démon, il s'est tourné vers Sainte-Marie qui a nourri le plus célèbre sorcier des côtes, comme l'on sait.

De temps en temps, on voyait les deux hommes galoper côte à côte par les buttes de Sainte-Marie qui chuchotait la rumeur à la Rivière-à-Hache qui déversait la nouvelle à Bouctouche. Et certaines âmes craignaient pour la sécurité de Carlagne.

— Pour son salut ?

— Qui se frotte à des démons ou sorciers finit par sentir le roussi.

— Je croyais que Carlagne...

— Doucement, doucement, tu me pousses à trotter plus vite que ma monture.

— C'est bon, je tire sur les cordeaux et vous remets au pas.

— J'en étais rendue aux bruits qui circulaient dans Bouctouche sur les dangers que courait un hôtel de plus en plus en vue. Les pignons trop hauts attirent la foudre.

— La foudre de l'enfer.

— Et celle de la magie noire. Je te raconte l'histoire telle qu'on me l'a rapportée. La magie que pratiquait le sorcier de Sainte-Marie pouvait se résumer à des tours de passe-passe, va savoir ! mais en 1920, le long des côtes et dans les terres du haut du comté, même l'épileptique était la victime innocente du sort sorti de la rancœur d'un sorcier. Alors figure-toi une épidémie de scarlatine ou une flambée de tuberculose ! Justement, la tuberculose. Avec la grippe espagnole, la tuberculose risquait de décimer les restes de familles qu'avait épargnées le Grand Dérangement. Et ce peuple croyant se demandait ce qu'il avait pu faire au bon Dieu.

À cette impiété, les curés répondaient à chacun de faire le ménage dans sa propre maison. Cherchez l'origine de vos malheurs dans vos péchés, qu'on prêchait du haut de la chaire de Bouctouche, de Cocagne, Saint-Norbert, Sainte-Marie. Sainte-Marie ! Et tous les yeux se tournaient vers le sorcier qui se gaussait ! Plus l'Église l'attaquait, plus il multipliait ses diableries ; et plus il s'endiablait, plus l'Église s'acharnait contre lui. Aujourd'hui on pratiquerait plus habile politique. Quoique... Mais passons, nous sommes dans le premier quart du siècle. On a trop à faire à attraper les deux bouts sans s'adonner en plus à couper la morale en quatre. Il y a le bien, il y a le mal. Il y a les anges, il y a les démons.

— Et Carlagne dans tout ça ?

— Voilà où le système grince. Pas de place sur un tel échiquier pour aucun d'entre nous, simples mortels, pauvres pécheurs quotidiens. Carlagne, comme les autres, n'était ni ange ni diable. Mais plus que tout autre, elle se trouvait la cible de toutes les flèches : de la morale officielle qui condamnait son hôtel trop fréquenté pour ne pas être louche ; des femmes du commun qui prenaient de plus en plus ombrage d'une beauté trop rare et trop resplendissante ; de Yophie et du sorcier, son complice, qui cherchaient à la rapatrier. Et pour parer à une telle force d'attaque, une frêle Marijoli et son pâle forgeron qui courent à droite et à gauche comme de dérisoires sentinelles.

— Et le petit Léon ?

— L'ironie à son comble : dans ce brouhaha de voix contradictoires, l'artiste ne dit mot, mais continue d'immortaliser dans les églises le visage que ces églises fustigent chaque dimanche du haut de la chaire. »

Elle laisse traîner un gloussement qui s'éteint dans un silence qui se prolonge...

« Vous ne me dites pas tout, mère Domrémy. »

Elle me regarde et cherche.

« Vous me cachez un coin de l'âme de Carlagne. Il y a des morceaux du puzzle qui manquent.

— C'est qu'une âme ne se construit pas comme un puzzle, ma pauvre enfant. Et plus un être est riche, plus il gardera ses coins d'ombre. Je crois comprendre ce qui te trouble. Tu as sûrement entendu des racontars sur l'hôtel Queen's... maison close, maison de passe... S'il fallait croire tous les cancans ! Je le dis à ma honte, l'Église n'a pas joué son plus beau rôle dans cette histoire. Remarque bien que je n'y étais pas, je t'avouerai même que je n'ai jamais été en poste à Bouctouche, contrairement à sœur Diogène, et que le gros de mon information, je le tiens d'une tante Marie qui n'y a point habité non plus. Toutefois, je pense posséder assez d'éléments pour reconstituer le tableau global.

— Dont Carlagne est le centre lumineux.

— Et Yophie la tache noire qui la suit comme son ombre.

— Continuez.

— Il la suit, depuis Saint-Norbert, depuis Sainte-Marie, comme une bête traquée par son propre désir inassouvi. Yophie, ça je le tiens en toutes paroles de ma tante Marie, Yophie n'a plus qu'une raison d'être, plus qu'une volonté : ravoir Carlagne.

— La tante Marie fut témoin ?

— Témoin privilégié durant douze ans. Après la mort de l'oncle Damien qui la laissait veuve à trente-six ans, elle se réfugie chez Yophie qui vient de perdre Carlagne. Certains de ses proches ont tenté de le lui déconseiller : Yophie montrait des signes de réelle folie. Mais la tante Marie m'a elle-même avoué qu'elle n'avait jamais craint ni Dieu ni diable, ça fait qu'un Yophie... hé-hé... À vrai dire, Yophie n'était pas vraiment dangereux, pas pour sa cousine qui venait tenir sa maison.

— Sa cousine ?

— Tu oublies que Yophie était un Maillet, comme toi et moi, comme la tante Marie par feu son homme et même par sa mère. Tu te rendras compte, si ce n'est déjà fait, que je suis en train de défricheter bien plus que la chronique du comté de Kent, mais les armoiries des Maillet. »

Elle ricane. Je me déride. Radi se rengorge.

« La tante Marie m'a juré qu'elle n'avait jamais craint pour sa sécurité, sauf un jour... »

Tiens-toi tranquille, Radi.

« C'était au plus fort des expériences occultes que pratiquaient les deux démons, habituellement au creux des buttes de Sainte-Marie. Ce jour-là, le sorcier s'était amené à Saint-Norbert, allez savoir pourquoi. Ma tante Marie a toujours cru qu'il était curieux de connaître les dédales de la hêtrière. Mais ça, c'est une autre histoire. Tout ce dont elle se souvient, c'est qu'elle a aperçu soudain des flammes qui couraient dans la mousse comme sur l'eau, sans mettre le feu à la forêt. Elle a aussitôt voulu alerter les voisins, mais en sautant la clôture qui séparait la propriété de Yophie de celle des Thibodeau, elle s'est sentie étranglée par un bras de fer... rien de moins. En réalité, elle l'avouera plus tard, le bras n'était nul autre que celui de Yophie qui voulait à tout prix l'empêcher d'éventer le secret de ses pratiques douteuses. Quoi qu'il en soit, elle en fut quitte pour la peur et un cou endolori qui l'a retenue à la maison durant assez longtemps pour en entendre long sur l'histoire d'un homme qui ne l'avait jusque-là jamais maltraitée.

Elle-même s'est demandé si les confidences de Yophie n'étaient pas une sorte d'exutoire par où épancher sa déraison. Une déraison sans doute née avec lui et qu'il traînait dans ses gènes, puis augmentée par une passion dont il ne se libérera jamais. »

Mère Domrémy sort son mouchoir et s'éponge les poignets. La dernière fois que je l'ai vue faire ce geste fut la veille d'une grippe qui l'avait gardée au lit durant plusieurs jours. Je m'inquiète.

« Vous n'allez pas nous piquer une fièvre encore un coup ? Deux grippes par hiver, c'est trop.

— Ce serait trop, et maladroit. Tu pourrais croire que je manque de souffle ou de mémoire. »

Je n'osai pas ajouter : d'inspiration.

Je la libérai pourtant, ce jour-là. Car j'avais le pressentiment que ma narratrice allait bientôt plonger dans l'œil du cyclone.

... De la sorcière de vent ?

On ne peut rien te cacher, coquine.

Allons, nous reviendrons demain.

Ni le lendemain, ni le jour suivant.

Quand j'ai entendu cogner à ma fenêtre, j'ai d'abord cru à un oiseau égaré qui venait mourir sur ma terrasse. Je n'ai pas bougé tout de suite. Je connais la croyance :

les oiseaux sont les pires prophètes de malheur. Pourtant le malheur ce matin-là ne se fit point annoncer. L'oiseau m'apparut dans toute sa longueur, son horreur. Il cognait de plus en plus fort, à coups de poing. Je voyais un profil, les ailes rognées jusqu'aux omoplates, le bec rentré dans les joues. J'entendais les avertissements répétés des sages : « N'ouvre pas aux inconnus. »

J'enfilai une robe de chambre et je courus ouvrir. Il glissa à l'intérieur comme une chauve-souris, tituba puis vint s'écraser dans un fauteuil. Ce n'est qu'au son rauque de sa voix arrachée à quelque royaume perdu que j'ai retrouvé son visage.

... Robert-le-bout-de-diable !

Il m'eût annoncé qu'il venait à l'instant de remonter des enfers que je l'aurais cru. Jamais le Bout-de-diable n'avait si bien porté son nom. Soûl, souillé, souillon...

« Sapristi, Robert ! veux-tu me dire d'où tu viens attifé de même ? »

Un rot, un rictus, un ricanement. Puis il ferma les yeux et se tut. Alors seulement j'ai vu la mare d'eau tacher mon tapis. Le rescapé dégoulinait de toutes les coutures de son ample manteau. Et j'ai compris que le pauvre homme venait de la mer. Sous le dégel qui avait cassé la glace par endroits, il avait dû tomber à l'eau en voulant sauter d'une banquise à l'autre. Il fallait se hâter, lui arracher ses vêtements trempés, appeler au secours, le réchauffer au plus vite. J'entrepris de lui fouetter les joues, de lui faire boire une bolée de lait chaud, de l'envelopper dans une couverture de laine, en attendant l'ambulance et la police. Parce qu'il ne cessait de balbutier dans son coma : « ... allez le qu'ri'... à l'eau... à la mer... » Quelqu'un était donc resté là-bas ?

Les deux sirènes se répondirent : tous les secours arrivaient en même temps. La police tentait de lui arracher des bribes de souvenirs, pendant que les ambulanciers le roulaient sur une civière.

« Je crains qu'un compagnon soit resté à la mer », que je réussis à dire.

On ne repêcha le corps qu'au quatrième jour.

« Ça prend tout le temps quatre jours à un neyé pour remonter à la surface. »

Omer connaissait les caprices de la mer.

« Vous connaissiez aussi le malheureux ?

— De loin. »

Un vagabond qui partageait ses hivers avec le Bout-de-diable depuis quelques années. En été, les deux inséparables partaient dans le sud.

« À l'inverse des oiseaux migrateurs ?

— À l'envers du bon sens. Ça devait finir de même. Robert a été chanceux. »

Chanceux de s'en sortir. Je me rendis chaque jour au chevet de mon camarade d'enfance. Après quarante-huit heures, la fièvre tomba, sa mémoire retrouva les derniers instants de son compagnon de route, il s'appelait Brian, venait du haut des terres... nord-ouest... dans le bout de South Branch... vagabond toute sa vie, comme lui, Robert, surnommé le Bout-de-diable.

Je détournais les yeux pour ne pas suivre les grosses larmes qui lui tombaient du nez au souvenir de Brian. Puis le nom de South Branch fit son chemin dans mon esprit et réveilla ma mémoire des ponts couverts. Morceau par morceau, j'arrachai à Robert-le-bout-de-diable la vie de son ami vagabond, l'oublié d'une famille itinérante, le dernier Mac quelque chose d'un village qui venait de démolir son dernier temple protestant avec le départ de son dernier Écossais. Brian emportait dans la tombe la mémoire du South Branch des années vingt.

« Il avait quel âge, ton ami ?

— Plus vieux que moi. C'était mon grand frére qui m'a tout appris. »

Brian avait guidé le Bout-de-diable dans l'art de vivre à l'envers, à contre-courant d'une société qui l'avait oublié sur le perron de sa vie. Les deux hommes se nourrissaient mutuellement de rêves si farfelus et inaccessibles qu'ils avaient pris l'habitude tous deux de marcher sur la pointe des pieds dans l'espoir d'attraper les chimères au vol.

« Il me racontait le monde de sus l'empremier... les retrouvailles des démons le samedi soir au fond d'une hêtriére... »

Quoi !!!?

Je me ressaisis, me rassis, remontai les draps sous le menton du patient et pris l'air de l'enfant qui n'a point volé les confitures.

Durant cinq ou six jours, tout le temps que dura la convalescence du rescapé des mers, je pompai la mémoire de mon ami d'enfance qui, lui, cherchait à gratter celle du regretté Brian. La hêtrière... les démons... combien étaient-ils ? d'où sortaient-ils ? quel genre de sabbat se pratiquait au creux de la forêt de Saint-Norbert ?

... Saint-Norbert ? Le Bout-de-diable ne savait rien de Saint-Norbert, Brian venait de South Branch. Ces histoires, il les tenait des bûcherons qui les tenaient des vieux qui...

« Mais veux-tu ben me dire... ? »

Non, je ne voulais rien lui dire, je le connaissais assez pour comprendre qu'à l'instant où il devinerait l'enjeu de mon enquête, le beau menteur qu'il avait toujours été inventerait de plus belle, et que j'en serais quitte pour raconter les élucubrations d'un mégalomane. Je le vis entrer en lui-même, sourire, puis faire miroiter sous les yeux de mon imagination une flambée de gnomes et de lutins en train de tresser la crinière des chevaux et les lierres des saules pleureurs. Il avait compris que j'étais sur la trace de certains démons et qu'il aurait beau jeu de m'en donner pour ma soif. Et le ratoureux chercha à me reprendre les vers que je lui avais moi-même tirés du nez.

L'impasse était totale. Je n'avais plus qu'à retourner au couvent. De toute façon, le rescapé des mers était sauvé. Il lui restait à réapprendre à vivre à l'endroit, sans le guide qui l'avait mené jusqu'aux franges de la vie.

« Tu vas bientôt sortir de l'hôpital et rentrer chez toi.

— Ouche !...

— Tu seras pas tout seul ?

— Pfff!...

— Quelque chose que je peux faire ?

— Sacrer ton camp d'icitte. »

Il se retourna contre le mur et se mit à sangloter. Puis en reniflant :

« Tu pouvais pas me quitter à l'eau itou ? Tu te figures p't-être que t'as fait une bonne action ? »

D'un coup sec il se revira, planta ses yeux dans les miens et me nargua de tous ses feux :

« Prends ben garde de mettre les pieds à la Hêtriére. C'est pas un endroit pour une femme qui... une femme qui... C'est moi Robert-le-bout-de-diable, pas toi. Va-t'en écrire tes livres. »

Radi n'avait pas dit un mot durant toutes mes rencontres avec son camarade. Refusait-elle de le reconnaître ? Jalouse de la liberté du vagabond, de sa vie audacieuse en marge de toute convention ?

Tu n'as pas reconnu Robert-le-bout-de-diable, Radi ?

... *Qui ça ?*

Et je la vois rentrer dans son ventre. Ainsi la bougresse rejette un avenir qu'elle ne peut imaginer, elle qui a l'imagination assez fertile pour rebâtir le monde chaque matin. Le monde imaginaire, d'accord, mais pas le vrai. Le Bout-de-diable appartient à sa vraie vie. Cette loque dégoulinante d'eau de mer, balbutiante, reniflante, ça, non ! Pas de place dans les rêves d'avenir de Radi pour ce Robert-là.

XVI

« Emmenez-moi à South Branch, mère Domrémy.

— ???...

— Racontez-moi South Branch. »

Elle se gratte la tête, regarde du côté de la fenêtre, fait hé-hé !

« Des landes peuplées d'Anglais, aujourd'hui envahies de chiendent et de ramenelles, village quasiment mort. Les Anglais, les Écossais surtout, savent mieux que nous quand c'est le temps d'aller chercher fortune ailleurs.

— Pas d'avenir à South Branch, que je dis ; c'est pourquoi ils sont partis bâtir leurs moulins à scie et leurs commerces dans la région de Bouctouche. Mais les Écossais sont des Celtes, gardiens d'une riche tradition de légendes. J'ai entendu dire que les vieux du coin se racontaient les sabbats du samedi soir autour des hêtrières.

— Tut-tut-tut !... La forêt regorge de géants, d'elfes et de lutins. Des loups-garous, revenants, feux-follets, tant que tu voudras. Si c'est des contes de fées que tu cherches, faut pas suivre les traces de Yophie. »

Je la vois se renfrogner. Elle devine chacune de mes

infidélités. Mon flirt avec le Bout-de-diable n'a pas l'heur de lui plaire. Et elle pérore longuement sur la différence entre l'histoire épique du comté de Kent et les contes de ma mère l'Oie. Ni Yophie ni le sorcier de Sainte-Marie ne figurent dans le catalogue des superstitions.

Revenons donc à Yophie.

« Le Yophie qu'a fréquenté votre tante Marie.

— En effet, c'est le seul vrai. »

Ça lui prend quelques minutes pour se remettre sur les rails. Sortons de cette hêtrière maudite. La tante Marie n'a jamais fait mention de cet épisode de la vie de Yophie qu'elle a pourtant mieux connu que toutes les sœurs Diogène et tous les écervelés de Bout-de-diable. La tante Marie...

« N'oublions pas qu'elle a logé sous son toit durant une dizaine d'années. Les années les plus cruciales dans l'histoire qui nous intéresse : le temps où il fit un pacte avec le sorcier pour récupérer Carlagne. Son existence n'avait plus d'autres objectifs. Carlagne. Pour l'atteindre, il va tout tenter : les sorts, sortilèges, sorcellerie.

— La figurine transpercée d'une épingle ?

— Ça non, il ne voulait pas la tuer. »

Je songe à ses deux premières femmes. Mais déjà ma conteuse m'entraîne.

« Tu me dirais qu'il aurait pu employer la force. Mais si quelqu'un brillait par son âme libre et son esprit indépendant, c'était bien Carlagne. L'expérience du grenier lui avait ouvert les yeux sur la vraie nature de cette femme. Si j'osais...

— Hm, hm ?

— ... je dirais que Yophie, durant ces dix années de lutte infernale, cherchait avant tout à se faire aimer de Carlagne. Contrairement au petit Léon, le démon aimait cette femme, non pour elle, mais pour lui. C'est malaisé à dire, mais je crois... disons que son amour... »

Elle s'arrête brusquement puis laisse tomber :

« Comment veux-tu que je le sache !

— Vous avez l'air d'en savoir un gros *lotte*. »

Elle éclate d'un rire de soulagement. Mon barbarisme la détend et l'aide à retrouver ses esprits. À mi-mots, elle scrute, explore, puis graduellement sculpte la passion d'un homme qui jusque-là avait tout tenté pour laisser croire à ses origines démoniaques, mais qui finit par craquer devant une créature sortie des mains de Dieu.

« On aurait dit que le diable Yophie, petit à petit, était sur le point de se forger une âme à même son amour pour Carlagne.

— Et elle dans tout ça ?

— Sûrement pas insensible. Et pourtant, elle ne cédait pas. Certains se sont demandé si Carlagne n'était pas en train de faire mûrir le fruit, à son tour.

— Vindicative.

— Ou tout simplement qu'elle aimait assez cet homme pour vouloir... »

Elle allait continuer quand j'ai vu la nonne couper net aux élucubrations de la chroniqueuse.

« N'oublions pas qu'elle avait épousé devant Dieu le petit Léon.

— ... Et que nous sommes en 1912 ! »

Elle rit, puis :

« Non, non, bien plus avancé que ça. Nous approchons à grands pas de 1924. »

1924...

« Mais auparavant, bien des événements vont préparer celui-là. D'abord la mort mystérieuse du sorcier de Sainte-Marie. Nous n'essayerons pas d'éclaircir ce mystère. Trop d'ombre couvre la vie d'un sorcier pour nous donner la moindre illusion de pouvoir un jour la dissoudre. La mort de cet homme étrange fut digne de sa vie : enveloppée dans une étoffe impénétrable. Nous connaissons de lui surtout ses démêlés avec les autorités, spécialement avec celle de l'Église. De toute façon, à l'époque, chez nous, la première autorité siégeait à l'archevêché, puis dans les presbytères. D'où les chicanes des curés avec le célèbre sorcier. Lutte si épique que tout le pays attendait de voir qui aurait le dernier mot. À coups de paris, de gageures, on attisait le feu. Tu comprends qu'un peuple privé de divertissements se distrait comme il peut. Après les charivaris, les noces tapageuses, la rumeur qui court et s'enfle et se change en vaste complot pour refaire la carte du monde, après les cancans de cordes à linge, il ne restait que les démons et les sorciers à se mettre sous la dent. Les déboires de l'Église qui n'arrivait pas à saisir au collet le plus tortueux des serpents scandalisaient une moitié de la paroisse, mais faisaient la joie de l'autre moitié.

Jusqu'au jour où l'on annonça la mort du sorcier. Tout le monde a fait : Ah!... mais sur des tons bien différents. »

Elle me laisse rire tout mon soûl.

« Une page tournée ?

— Pas le moins du monde. »

Elle calouette de son bon œil :

« Depuis quand avec la mort du sorcier meurt son sorcelage ? »

En effet, depuis quand ! Et j'attends. Lentement elle me conduit par les routes sinueuses qui s'enroulent autour des buttes et des bosquets plantés entre Bouctouche et Sainte-Marie. Car c'est de Sainte-Marie que descendra la fatalité.

« La croyance veut que le pouvoir des sorciers leur survive cinq ans. Or le monstre de Sainte-Marie était porté disparu pas longtemps après l'armistice qui mettait fin à la Première Guerre mondiale. »

Je fais un calcul rapide et entends sonner comme un gong : 1924 !

Mais elle ne veut surtout pas me laisser prendre les devants. En cinq ans, il peut se passer tant de choses ! La preuve : la Grande Guerre. Elle me ramène dans un Bouctouche paisible comme la mer à la veille de la tempête. Les remous les plus dangereux bouillonnent au fond de l'eau et laissent à la surface la limpidité d'un miroir. L'armistice rend les fils à leurs mères, la paix au pays. Tout semble rentrer dans l'ordre. Jamais le commerce ne fut si florissant : on ajoute des moulins à farine aux moulins à scie, des wagons aux trains de marchandises, des chambres aux hôtels.

« L'hôtel Queen's, le joyau de Bouctouche et du petit Léon, regorge d'étrangers descendus des quatre points cardinaux. Carlagne est au sommet de sa gloire. Yophie au plus creux de son désespoir et de son dépit. Ma tante Marie m'a rapporté qu'il quittait Saint-Norbert de plus en plus souvent pour des absences de plus en plus prolongées. On le voyait errer à dos de cheval, en boghey, à pied, toujours nu-tête et le manteau qui flottait au vent, à lui donner l'allure d'un oiseau prédateur. Depuis la mort de son complice, il était livré à ses seuls moyens de démon en lutte avec l'homme qui se cachait au fond de lui. Et c'est l'homme qui un jour le guida jusqu'à l'hôtel qui tenait son cœur captif.

Cet épisode, je le mettrais en doute si je ne le tenais

de la bouche même de ma tante Marie qui n'avait pas, comme j'en connais, le don de faire un gros paquet avec des restes de riens. Hé-hé ! Ma tante Marie prétendit me répéter mot pour mot le récit que lui en fit le principal intéressé. »

Ma conteuse retourne raviver sa mémoire à même la sève qui frémit sous l'écorce de son chêne. Jamais je ne la vis aussi fébrile. Se souvenir est donc plus malaisé que de créer ? Elle revient, se cargue au fond du fauteuil.

« Yophie s'est rendu au Queen's une fois, une seule fois, est entré sans s'annoncer, sans même demander Carlagne, mais comme un terrier a laissé son museau le conduire jusqu'à celle dont le parfum n'avait jamais trompé personne. Il la trouva dans un boudoir qui lui servait de petit salon autant que de cabinet de travail, penchée sur un pupitre qui trahissait son sculpteur, les yeux glissant sur des colonnes de chiffres derrière des lunettes à montures d'or. Aucun détail n'échappa au regard ébloui d'un homme qui depuis des années – il en a fait serment – recevait chaque nuit cette vision dans ses rêves.

Il prétend qu'elle n'aurait manifesté aucune surprise en l'apercevant, comme si elle avait partagé ses rêves durant les nuits qui les séparaient depuis plus de dix ans. Il a longuement raconté à ma tante Marie : Carlagne l'a regardé au-dessus des lunettes qui lui glissaient sur l'arête du nez ; ses mains effilées ont froissé quelques papiers ; son buste a bougé mais sans se raidir. Leurs yeux seuls parlaient. Yophie jure qu'il n'a point fait le premier pas, que c'est la femme qui est venue vers lui. Il se souvient qu'elle a lentement contourné le bureau, assez lentement pour qu'il ait le temps d'admirer avec rage le bel ouvrage du sculpteur dans le bois d'acajou ; qu'elle s'est tenue ainsi face à lui le temps de compter jusqu'à... jusqu'à son dernier souffle... Ses cheveux coupés à la garçonne ne lui faisaient pas moins une couronne qu'il n'a pas ébouriffée, à peine effleurée de ses lèvres à l'instant où il l'a sentie fondre sur sa poitrine. Ils sont restés comme ça... il ne sait pas combien d'heures, de secondes... Puis elle disparut. Yophie a dit : bâsit. C'est plus juste, plus complet. Celui qui bâsit quitte en disparaissant, s'évanouit dans l'espace, disons sans partir.

C'est tout. L'homme n'a pas raconté davantage. Ma tante Marie ajoute que cette confidence de Yophie fut sa dernière : celle qui a précédé les jours où tout devait basculer.

— Mais d'après mes calculs, nous ne sommes pas rendus à 1924, mère Domrémy.

— N'as-tu pas dit toi-même que l'histoire orale n'est pas linéaire mais sphérique... et que la nôtre tourne en rond comme un chat qui court après sa queue ? »

... *Radisphère, qu'elle a dit.*

Ces deux-là sont des voyantes qui fouillent jusqu'aux racines de mes reins. Hâtons-nous de plonger au cœur du microcosme.

« Nous voilà donc mûres, ma mère, pour entrer dans le saint des saints ?

— Tu ne t'es même pas aperçue que nous y sommes depuis le début de cette histoire ! »

J'ai remarqué encore une fois que ma conteuse revenait toujours un pas en arrière avant d'en faire deux en avant. De l'air le plus innocent du monde, elle se met à me parler du manteau de fourrure.

« Je vous avais justement interrogée là-dessus il y a...

— ... Il y a un certain temps. Mais le temps n'était pas à la fourrure ce jour-là. D'ailleurs cet élément réapparaîtra au moment voulu. Pour l'instant, le manteau de fourrure couvre les épaules, la taille et jusqu'aux chevilles de Carlagne. C'était sans contredit le plus beau vêtement, voire la plus riche parure que Bouctouche et même les environs aient vu circuler dans les parages. On a parlé de martre, d'astrakan, de renard bleu, de zibeline – faut pas exagérer. Si tu veux mon dire, ç'a dû tourner autour du vison ou du mouton de Perse garni d'écureuil. Quoi qu'il en soit, ce manteau de fourrure ajoutait à la gloire de l'hôtel Queen's, surtout quand son hôtelière daignait s'en couvrir de la tête aux pieds. Jamais on n'avait vu visage aussi sublime encadré d'un capuchon aussi soyeux. »

Ma foi ! je crois voir saliver ma nonne encoiffée. Puis lentement les images s'éteignent sous ses paupières et elle reprend ses esprits.

« Tu dois bien te demander d'où sortait ce précieux objet.

— Hm, hm...

— Tout le pays se l'est demandé, se le demande encore. Plusieurs ont pensé que c'était un cadeau de quelque riche admirateur de Montréal ; d'autres croient que le petit Léon l'aurait marchandé lors de ses voyages par le pays ; et, tiens-toi bien, il y en eut pour s'imaginer que Yophie, par le truchement du sorcier...

— Pas vrai !

— Pas du sorcier, sûrement pas. Mais du petit Syrien, le colporteur.

— Le marchand de fil et de coupons de soie indienne ?

— Le petit Syrien colportait tout, y compris des rêves.

— Un rêve qui pouvait coûter les yeux de la tête. Avec quoi un homme qui n'était pas sorti de Saint-Norbcrt...

— Yophie avait un peu de moyens, juste assez de moyens pour les flamber d'un seul coup. Dans une folie.

— Personne n'a songé que Carlagne aurait pu flamber elle-même l'héritage de son grand-père Marteau ?

— Une seule y a pensé : sa sœur Noémi qui, à ce titre, réclamera un jour le manteau.

— Elle l'a obtenu ?

— Non.

— Qui en a hérité ? Où se trouve le manteau de fourrure, mère Domrémy ?

— Tout ce beau monde est mort depuis une génération ou deux. Alors tu penses bien qu'un manteau de fourrure, même si les descendants de Noémi l'avaient reçu par la poste au milieu de l'entre-deux-guerres, tu penses bien qu'il n'en restcrait pas grand-chose à l'heure où l'on se le dispute. »

Elle glousse avec un malin plaisir. Et je la quitte au son de la cloche qui l'appelle à la méditation du soir.

En sortant, j'entends la portière :

« Le glas. Une autre vieille vient de passer. »

Je songe à sœur Diogène, à Geneviève, et je me hâte de rentrer.

... Noémi... Noémi... essaye de te rappeler, Radi...

... *Les bessons.*

Comment ?

... *Les bessons. C'est yelle, la sœur à Carlagne, qu'a eu des bessons. Tu te souviens jamais de rien !*

Je me souviens : Noémi a mis au monde des jumeaux durant la captivité de Carlagne dans le grenier de

Yophie. C'était juste avant le *Titanic*... juste avant le départ de la fugitive. C'était en 1911. Une chance sur mille que l'un des jumeaux soit encore vivant, ou vive dans la mémoire d'un fils, d'une fille...

Nous partons demain pour Rogersville, Radi!

... *Youpiii!*

J'étais convaincue de voir rebondir les jumeaux dans mes rêves cette nuit-là. Rien. La nuit la plus vide depuis mon installation au phare, à l'automne. Quatre mois à peine et tant de chemin parcouru!

Un triangle se dessinait au cœur du comté qui m'avait mise au monde. Bouctouche, Saint-Norbert, Rogersville. Et dans les franges bougeaient Sainte-Marie, Cocagne, le Fond de la Baie, South, North et Coal Branch. Des ponts couverts, des forges, des églises, des couvents, des hôtels sortaient d'une terre où circulait un peuple qui se rendait chaque matin à ses affaires. Sans s'en douter, ces témoins aveugles côtoyaient Carlagne, Yophie, le petit Léon, Marijoli, la Tit-Annie qui fréquentait une génération avant moi ma propre école. L'histoire se tramait sous leurs pieds, brodait une écharpe à leur cou, les coiffait d'un arc-en-ciel du matin... chagrin, arc-en-ciel du soir... espoir.

... *Espoir, chagrin... espoir, chagrin... espoir...*

Si fait, Radi, il reste de l'espoir. Nous irons à Rogersville.

Je partis à l'aube. L'aube se pointe tard en hiver. Tard pour tout le monde. Rogersville dormait. C'était le temps d'appliquer la théorie de mon maître d'ethnologie : fouillez les mémoires sans en avoir l'air ; tournez assez longtemps autour du pot qui finira bien par s'ouvrir de lui-même. Je poussai la seule porte ouverte de la grand-rue, celle du magasin-général. À l'heure des poules, les coqs y sont déjà à jacasser autour des barils de clous. Je leur laissai le temps de faire semblant qu'ils ne m'avaient point vue, de regarder ailleurs, puis d'essayer de reprendre le fil d'un discours sans fil ni coutures. C'est alors que je m'informai des jumeaux de Noémi. Sans les nommer, bien entendu. Je cherchais des frères jumeaux d'un âge plutôt avancé, habitants de la région... des bessons dont la mère... le père...

À leur tour de me laisser m'enfarger dans mon discours. Des bessons, le haut du comté en débordait : il y avait ceux de Collette, Sévère et Séverin, ceux d'Acadieville, Jules et Jude, la paire d'empotés de Saint-Ignace, et si j'acceptais de pousser l'enquête jusqu'à Coal Branch, Jack et Jim MacDougall.

« Sans compter les morts », qu'ajoute un vieux qui en a sûrement accompagné plusieurs à leur dernier repos.

Les morts ? Est-ce que les jumeaux de Noémi ?... Autant prendre le taureau par les cornes :

« On lève le pied à quel âge dans le boute ? »

Touché. La langue, l'accent et l'esprit du pays ne trompent pas les habitués du magasin-général où viennent se réfugier les irréductibles fumeurs de pipe. Aussitôt entourée comme une née-native, j'ai pu m'asseoir sur le quart de baril que m'a poussé un grand blond embarrassé de trop longues jambes, trop longs bras, trop longues moustaches. Et la ronde a pu commencer. Chacun connaissait sa paire de bessons, son anecdote, son histoire d'identiques si pareils et ressemblants qu'à la mort de l'un on a enterré l'autre.

Et de rire, et de se taper les cuisses, et de s'étouffer dans sa boucane, et allez-y, j'ai tout mon temps. La gémellité est un phénomène qui me passionne, racontez. J'allais même en oublier le but de ma visite, quand le doyen du cercle réussit à glisser sa phrase au milieu de la cacophonie :

« Par chance que le Pierre Marteau a point eu le temps de ouère grandir les bessons de sa fille, par rapport que... »

Le reste s'est perdu dans le dédale de mon oreille. Je n'écoutais plus personne, je couvais des yeux le vieil homme dont la voix s'était engouffrée dans le brouhaha général et qui ne parvenait pas à se faire entendre. Je nageais dans le bourdonnement sourd qui flottait au-dessus des têtes, m'efforçant de suivre ce filet entortillé, de capter les mots fêlés que les cris des autres enterraient. En désespoir, je me suis levée de mon quart de baril et je m'en fus me planter devant le vieil homme :

« Auriez-vous connu Pierre Marteau, par adon ? »

Mon audace a payé. Tout le monde s'est tu. Seul le vieux a ouvert une bouche noircie pour chuinter :

« Quel âge vous croyez-t-i' que j'ai ?

— Point l'âge de l'avoir connu personnellement, mais par ouï-dire. Je vous donne pas quatre-vingts.

— Je les passe depis six ans. Ben c'est pas encore assez. Pierre Marteau avait cassé sa pipe ben des années avant que je m'en fourre l'une dans la goule. »

On me regardait avec l'air de se demander pourquoi tant d'intérêt sur Pierre Marteau, ou bien sur les bessons à Noémi.

« Noémi ? »

J'agrippai le nom de Noémi juste avant qu'il ne s'envole, l'enfermai au creux de ma paume, le serrai contre moi, promenai les yeux sur tous les fronts.

« Qui a connu Noémi ? »

J'avais perdu toute décence, bafoué les règles les plus élémentaires de la recherche ethnologique. Parlez-moi de Noémi, la sœur de Carlagne, parlez-moi de Carlagne, de Marijoli et de son forgeron Joseph, du petit Léon, de Yophie... Parlez-moi... parlez-moi...

Et on se tut. Depuis quand parle-t-on de corde dans la maison du pendu ? La passion m'avait emportée. Et j'en fus quitte pour un refroidissement qui se glissa par le col de ma blouse et me patina le dos. Radi me montrait le poing. J'étais au bord des larmes. Je remerciai tout le monde, me dirigeai lourdement vers la porte...

« L'un des bessons à Noémi a passé y a un an, l'autre devrait point tarzer, perdez pas de temps. »

Le vieil homme. Il m'a chuchoté son avertissement à l'insu des autres. Et j'ai osé le suivre jusqu'à la maison voisine qu'il partageait avec sa troisième femme et un fils paraplégique. Tranquillement, on a pris du thé Salada, échangé de vieilles nouvelles sur la tempête de verglas et les ravages des inondations qui vous dévorent sans pitié un village jusqu'aux racines. Plus personne n'est à l'abri des caprices du temps... Pas rien que les villages côtiers trop exposés à la furie de l'océan ; regardez Chicoutimi et Saint-Boniface, nichés en haut des buttes et au cœur des plaines.

« Même Rogersville pourrait se réveiller un bon matin les pieds dans l'eau. »

Le paraplégique.

« Vous êtes aussi né à Rogersville ? »

Cinq ou six générations de Savoie. Colons, défricheurs, habitants.

« Mais çui-là, dit sa mère, il défriche des notes de piano. »

J'appris qu'ils étaient d'une famille de musiciens, que l'une de leurs cousines, professeur de piano, venait de mourir au couvent de Moncton, Lodianne Savoie, fille de l'oncle Mathias...

... Sœur Cécilia! C'était donc son glas qu'on avait sonné la veille? Tu te souviens, Radi, c'est elle qui a enseigné le piano à toute la famille. Elle sortait de Rogersville! Le cercle se resserrait de plus en plus autour de Carlagne. Si j'avais su que même les Savoie...

« Sœur Cécilia? votre cousine?

— Ma cousine Lodianne. Personne jouait du piano comme c'te femme-là. Justement, si vous aviez fait parler le défunt besson à Noémi... »

On n'avait rien contre Noémi, entendons-nous bien, encore moins contre le vieux Pierre Marteau, le meilleur homme de la paroisse en son temps.

« C'est donc Carlagne?...

— Y a eu tant d'histoires!

— Mais le pays aime les histoires. »

Le paraplégique avait fait rouler sa chaise jusqu'au piano. Le pays aimait aussi la musique. Et à la mémoire de sa cousine Lodianne, il me rendit les mélodies vieilles de ma plus petite enfance, que Radi reconnut avant moi. J'écoutais chanter l'âme d'un peuple qui, faute de mots savants, traduisait ses angoisses et ses émerveillements dans des airs qui me traversaient la peau et m'imprégnaient de Carlagne. Trois quarts de siècle après sa disparition, elle flottait sur Rogersville comme l'inaccessible, et par conséquent l'interdit. J'ai laissé s'épuiser le piano, puis :

« Vous avez bien dit que vivait encore l'un des bessons de Noémi? »

Le vieux Savoie me présenta au nonagénaire.

« Je les ai point, nenni. Encôre une coupul d'ânnées et j'irai sus mes quateur-vingt-diisse. »

Telle devait sonner la voix de sa mère Noémi, et donc de Carlagne. La gorge rauque, l'accent tonique sur l'avant-dernière syllabe... ânnée... les « i » et les « ou » allongés, l'inversion du « re » en « eur ». Mais le visage de Carlagne... que restait-il de Carlagne sous cette peau en papier de soie fripée ? au creux des yeux plus pers qu'une mer d'automne, plus mauves que les lilas de printemps, plus bleus que les miens ? Mon regard obstiné a fini par fasciner le serpent qui s'est mis à siffler, parler, conter. Les autres m'avaient laissée seule avec le besson, dernier survivant des descendants de Pierre Marteau.

... Hormis sa cousine née de Carlagne. Mais personne ne savait plus rien de la Tit-Annie.

« Ouayons donc !... C'était la fille de ma tante Carlagne, élevée par le forgeron Joseph à Ben à Davit, du temps qu'il habitait Bouctouche. »

Il se recueille. Craignant qu'il ne se referme, je me hâte de le relancer :

« Elle a bâsi ?

— Qui ça ?

— La fille à Carlagne.

— Pas longtemps après sa mére. Ses deux méres.

— Marijoli a disparu aussi ?

— Qui dites-vous ?

— La femme du forgeron Joseph.

— Marie-la-forlaque ! »

Je ne suis pas sûre d'avoir bien entendu, mais je ne le ferai pas répéter. Vieille rancune de famille contre

Marijoli ? Ne nous égarons pas dans les bretelles, restons sur la grand'route qui mène à Carlagne.

« La forlaque s'a sauvée avec le rabat de pelleterie. »

Ah !... toutes les routes mènent à Carlagne. Voilà la pièce à conviction qui refait surface.

« Le fameux manteau de fourrure, c'est Marijoli qui en a hérité ?

— Hérité ? Volé ! Pis qui a pris le bord avec son méfait. »

Le serpent se déroule, le charme est rompu. Je sens que le besson vient de rentrer dans ses souvenirs et aussitôt m'en ferme la porte au nez.

Autant retourner à la maison, Radi. Ce vieil homme ne parlera plus. Mais j'ai des nouvelles pour mère Domrémy.

XVII

J'accompagne ma sœur Anne aux funérailles de Lodianne Savoie. Avec la religieuse musicienne, descend en terre le temps irrécupérable des Savoie, nos voisins, nos amis, les plus bohèmes gais-lurons à fréquenter la maison de mon père à la fin des années trente. Famille de nomades sortie de Rogersville, installée à Bouctouche, puis dispersée aux quatre coins du pays avant que je n'aie pu corriger dans ma mémoire l'image d'une tribu que je prenais pour des gitans. La beauté sauvage des irréductibles survivants : je n'aurais pas su dire de quel cataclysme, sinon d'une possible fin du monde que des prophètes nous annonçaient à chaque tournant de siècle. Le clan des Savoie sortait tout crûment de la Genèse, avec leurs restes de poussière sur la peau et de glaise dans la gorge. Je restais muette d'admiration, tu te souviens, Radi, devant Lodianne qui faisait à elle seule du piano à quatre mains ; Nazaire qui arrachait à sa gorge plus de trois octaves de notes ; Agnès qui donnait la réplique à son frère Michel dans des histoires à triple sens ; Louise qui pleurait... non, Radi, qui riait aux larmes, et qui ne s'appelait pas Louise mais Héloïse, belle comme une madone. Tout un passé qui, par-delà un demi-siècle, dégage un parfum de vérité enroulée dans la plus pure légende.

Je regarde la terre recouvrir Lodianne qui, avant de connaître ma famille, a connu les bessons, nés de Noémi, sœur de Carlagne. Hâtons-nous, Radi, la terre engloutit chaque jour des quartiers entiers de nos souvenirs. Retournons vite à la source.

Je rends compte à mère Domrémy de ma visite impromptue à Rogersville. Je m'attendais à des reproches. Motus. Et je constate que la chroniqueuse a besoin autant que moi de remonter toutes les filières, que sa mémoire ne lui suffit plus, que nous ne sommes pas trop de deux, de trois ou quatre pour rattraper le temps qui fuit. Quel dommage d'avoir laissé s'éteindre tranquillement sœur Lodianne, sans doute le dernier témoin direct de la lignée de Pierre Marteau.

« Il lui reste là-bas des cousins, non ?

— Ceux-là ne parleront pas. »

Pour la première fois, je vois mère Domrémy pressée par le temps. Mais quel temps : le sien qui rétrécit de jour en jour, ou celui de l'histoire qui se perd dans un passé fuyant ? Elle se lève brusquement et m'attrape le bras.

« Ne renonçons pas encore à sœur Diogène. À cette heure-ci, elle a sa mémoire toute grande ouverte qui flotte entre les antiennes de laudes, de matines et de vêpres.

— Elle connaît tous les psaumes par cœur ?

— Une demi-aveugle dure d'oreille n'a pas le choix que de tout confier aux seuls lobes de son cerveau. Le sien reste encore le plus solide que je connaisse.

— Après le vôtre.

— Hé-hé !... »

Et comme si elle craignait d'arriver trop tard, elle galope le long des interminables couloirs en marmonnant pour elle seule :

« Si la ratoureuse n'avait pas la tête si dure, aussi ! »

Tête dure, cynique, ratoureuse, mais mémoire infaillible... et qui s'en ira bientôt sur ses cent ans, ne jouons pas avec le feu. Sœur Lodianne en avait trois ou quatre de moins, et voyez !

« Aviez-vous connu Lodianne Savoie 'tant jeune, sœur Diogène ?... Jeune fille, fréquentiez-vous les Savoie de Rogersville ?

— ... ???

— Ma-thias Sa-voie... de Rogers-ville... »

Elle m'a très bien reconnue à ma voix, à mon odeur ; mais elle joue à fond les cartes de la surdité et de la vue basse. Elle me tâte les mains, la courbe du visage.

« Ah ! c'est vous ! Si vous apercevez mère Domrémy dans les corridors, dites-lui donc de me rendre mon châle de laine qu'elle a emporté hier. »

Mère Domrémy pèse à son degré de mauvaise foi notre peu de chances de soutirer quelque chose à cette coquine, et bougonne :

« Vous êtes assise dessus, ma sœur. »

Une sourde n'a pas à entendre ce genre de remarques désobligeantes et elle sourit au compliment.

« Merci, ma mère, j'ai bonne mine, mais ça veut rien dire. Un jour, ça va ; un jour, non. À mon âge, vous vivrez au rythme de vos boyaux, vous aussi. »

Mon rire entraîne malgré elle celui de mère Domrémy. La sourde l'entend à la vibration du plancher sous ses pieds, et l'aveugle le détecte du bout des doigts dans les fossettes de mes joues. Je regarde l'heure. La nervosité de mère Domrémy est contagieuse. Le temps se moque de nous par le truchement d'une nonne de quatre-vingt-dix-huit ans qui jouit de sa pleine mémoire et de son plein entendement. Elle sait où nous cherchons à la conduire, encore mieux que nous, puisque c'est elle en définitive qui tire les ficelles. Mais pourquoi se priver d'un tel plaisir ! il y a tant de volupté à jouer avec le feu.

... Le feu du temps qui consume les secondes, le feu... le feu...

Je vois soudain son corps se raidir dans son fauteuil roulant. Je prends peur et jette un œil égaré à mère Domrémy qui ne bronche pas. Non, non, ça n'est rien, ne bougeons pas. Laissons-la se décider elle-même, pour ou contre nous. Je prie tous les saints du ciel. Si seulement nous connaissions son point faible, son talon d'Achille...

Ses paupières tremblent, ses oreilles frémissent. Sourde à nos cris, mais point à nos pensées. Car je la vois s'allonger le bras, atteindre sa cheville gauche et enlever sa chaussure.

« L'arthrose. À force d'enfler, ma patte finira comme celle-là du pied-bot de Sainte-Marie. »

Elle cligne des deux yeux.

« Et on me prendra pour une sorcière qui met le feu aux églises. »

J'évite de regarder du côté de mère Domrémy, mais je sais que la partie est gagnée. La vieille parlera. Serait-ce la mort récente de sa compagne d'une vie qui aurait brisé sa carapace ? Elle devine nos questions, court droit devant, nous guide par les chemins les plus obscurs et tortueux, nous fait rouler en bas des buttes de Sainte-Marie, à l'ombre d'un buisson où deux enchanteurs préparent sournoisement leur sabbat.

Elle parle, elle parle.

À un moment donné, je m'interroge sur un tel flot de mémoire soudaine. La cynique s'amuserait-elle à mystifier les deux curieuses qui la talonnent de trop près depuis des mois ? Je scrute ma conteuse qui reste imperturbable. La voie est sûre, nous pouvons continuer. Sœur Diogène est un témoin de première main. Et elle nous mène dans l'antre du sorcier qui avait décidé de se venger sur une Église qui l'avait pris pour cible. Faut dire qu'il la provoquait. Un jour...

Le souvenir de ce jour-là lui arrache un sourire. Et elle raconte.

« Un sorcier, en plus de pratiquer la voyance, l'astrologie, toutes formes de magie, s'adonne aussi à la médecine occulte. Le nôtre ne se bornait pas à rabouter des bras disloqués ou arrêter le sang des saigneux, il guérissait les épileptiques, redressait les rachitiques, rendait leurs couleurs aux consomptions rien qu'en touchant le front des malades, d'une main, et de l'autre, les cornes d'une vache ensorcelée. »

Elle s'esclaffe. Sans prêter foi aux pouvoirs de guérisseur du sorcier de Sainte-Marie, la vieille n'en prend pas moins un plaisir réel à raconter les déboires du pauvre curé de Bouctouche qui avait par trop malmené la sorcellerie du haut de la chaire.

« Parce que faut pas oublier que le magicien n'a le pouvoir de guérir que les maladies qu'il a le pouvoir de transmettre. Et l'on ne guérit d'un mauvais sort que par un sort plus puissant encore. Ainsi, le curé qui a menacé de refuser l'absolution à tous ses paroissiens qui visiteraient la cabane du guérisseur charlatan fut atteint au lendemain de son prône d'un mal de dent qui l'a terrassé. Impossible d'écarter les mâchoires, de séparer les lèvres, de produire d'autres sons que des miaous et des bêlements. On a fait venir des dentistes, arracheux de dents, même le forgeron, rien à faire, l'ensorcelé n'arrivait pas à ouvrir la bouche. Au bout de trois jours... qu'on raconte... le sorcier s'est adonné à passer par là. L'histoire ne donne pas tous les détails, mais on sait que le curé fut guéri. Il n'aurait pas perdu une seule dent, apparence, rien que son honneur. »

Elle joint son rire à celui de la paroisse dont elle reçoit l'écho après trois quarts de siècle. Puis elle se ressaisit :

« Ce n'est ni la première ni la dernière fois que le sorcier jouera avec le feu. Après cette victoire, il semble bien que rien ne pouvait l'arrêter. Et un jour il jura devant témoins qu'il brûlerait l'église qu'on venait juste de finir de décorer sur la Pointe-à-Jacquot. C'était clair qu'il dépassait les bornes et que la loi devait s'en mêler. D'ailleurs une paroisse gaillarde comme celle du Bouctouche de l'époque pouvait trouver à rire dans une histoire de mâchoire barrée, mais de là à incendier son église... le sorcier allait trop loin. »

Elle s'arrête, ramasse ses esprits, et reprend sur un ton plus nostalgique :

« Ç'allait lui coûter la vie. »

Mère Domrémy veut protester :

« Le sorcier n'était déjà plus une jeunesse quand il est mort. Quel âge pouvait-il avoir en ces années-là ?

— Quinze ans de moins que vous, ma mère. Pas assez vieux pour mourir de sa belle mort.

— Vous voulez quand même pas dire...

— Je veux rien dire entoute. Je répète ce qu'on a

rapporté. Je n'y étais pas. Et ce qu'on a rapporté, c'est que le sorcier a été trouvé mort à l'ombre du peuplier de Lombardie de sa cour d'en avant, la tête au-dessus du puits.

— À soixante-dix ans, en 1920...

— ... 1919...

— ... encore mieux, en ce temps-là, soixante-dix ans c'était un âge avancé.

— Je ne dis pas le contraire. »

J'avais suivi la discussion avec un tel intérêt que c'est Radi qui a dû elle-même me ramener à la réalité :

... La sourde entend !

Avait-elle l'ouïe plus claire qu'elle ne voulait le laisser croire ? Lisait-elle sur les lèvres de mère Domrémy ?

... Elle est aveugle itou !

Tais-toi, Radi, ce n'est pas le temps, on va rater la mort mystérieuse du sorcier de Sainte-Marie.

« Une mort pas si mystérieuse que ça, si l'on en croit certaines rumeurs qui ont fait le tour des buttes et des champs de blés sauvages. »

Elle ne voit pas clair, n'entend pas bien, mais elle devine la pensée qui s'approche trop de la sienne.

« Finalement, on pense que le sorcier est mort transpercé de ses propres flèches. ... Non, non, pas volontairement. Il n'a pas choisi sa mort, mais sans le vouloir, l'a provoquée. On a trouvé dans sa maison des poudres dont le mélange pouvait s'avérer mortel et qu'il n'avait sûrement pas préparées pour lui.

— Il voulait empoisonner quelqu'un ? »

Elle s'entoure l'oreille de sa paume :

— Comment ?...

— Qui voulait-il em-poi-son-ner ?

— Pas empoisonner, mettre le feu. Par accident, il se l'est mis au ventre. »

Elle se détourne, fait rouler sa chaise jusqu'à la fenêtre, et nous comprenons que la séance est terminée. Pour aujourd'hui. Car pas plus que mère Domrémy, cette nouvelle conteuse ne pourra s'arrêter. Elle a ouvert le coffre au trésor, y a plongé la tête, et ses yeux sont restés éblouis. Nous reviendrons.

Geneviève va mieux et demande à nous accompagner. Deux jours plus tard, nous arrivons en force. Sœur Philippine ne comprend rien à ce va-et-vient à l'étage des vieilles et des malades et veut nous suivre ; sœur Arthémise, l'infirmière en chef, cherche à défendre ses patientes qui se posent des questions sur pareille invasion de leur intimité. Mère Domrémy avance comme à la guerre, Geneviève sur la pointe des pieds, et moi sur des œufs. Toutes les portes de l'infirmerie s'entrouvrent, des têtes en bonnet de nuit se glissent dans les fentes, des bouchent édentées chuchotent des :

« Qu'est-ce qui arrive ? »

« Qui c'est que c'est ? »

« Laquelle est morte ? »

Sœur Philippine passe chaque chambre pour remettre les malades au lit et les infirmes à leur fauteuil roulant... personne n'est mort, rien de grave, calmez-vous, c'est rien qu'une procession de... Elle croise mon regard, sourit d'un air de dire : « Qu'est-ce que vous faites là ? » et s'esquive.

Sœur Diogène joue la surprise, elle ne nous attendait pas, mais...

« ... Soyez les bienvenues, prenez des chaises, quand il y en a pour six, y en a pour douze. »

Nous ne sommes que trois, mais on ne riposte pas à une centenaire qui adore se montrer sourde au cœur du tumulte, et aveugle devant le spectacle navrant du monde. Pourtant, mère Domrémy et moi sommes persuadées que la cynique cette fois nous attendait. Impatiemment. Après toutes ces années nichée au creux de sa mémoire, l'histoire du sorcier de Sainte-Marie a bourgeonné, puis éclaté en fleurs en une splendide légende.

« La légende et l'histoire réelle de ce personnage étrange sont tricotées si serré que c'est malaisé de tirer la laine de l'une sans désenfiler l'autre. L'homme est mort au pied de son arbre, c'est de l'histoire ; la tête au-dessus du puits, c'est possible ; le ventre enflé par un poison inflammable qui se serait infiltré dans ses narines, rien là de surprenant chez un sorcier qui jouait beaucoup avec le feu ; mais que cinq ans plus tard, ce même feu sorte de sa tombe pour s'en aller brûler l'église, six milles plus loin... »

Elle s'arrête pour savourer son effet. Mère Domrémy ne bicle même pas, cette légende, elle la connaissait. C'est Geneviève qui ne peut retenir son exclamation :

« C'est lui qui a mis le feu à l'église de la Pointe ?! »

Nous suivons son front qui fait un long calcul, puis :

« Mais dans ce cas-là... la maison brûlée... En quelle année, sœur Diogène... en quelle an-née... sœur Diogène... sœur Di-o-gène... »

Sœur Diogène est retombée dans sa surdité. Mère Domrémy doit prendre le relais :

« En 1924, sœur Geneviève. Le même incendie qui a détruit l'église de la Pointe-à-Jacquot, dans la paroisse de Bouctouche... »

Sœur Diogène saisit qu'on s'est emparé de son récit et s'ébroue :

« Le sorcier avait juré de brûler l'église. Faut point prendre à la légère parole de jeteux de sorts. »

Radi nage, je flotte, toutes nous sentons se corser l'action du drame qui se joue autour de Carlagne et de Yophie. Si un bouchon de feu est sorti de la tombe du sorcier cinq ans après sa mort, quelqu'un est allé fureter dans ses cendres. Ça ne peut être que le démon de Saint-Norbert. Mais pourquoi ?

Sœur Diogène n'a pas pu m'entendre, j'ai à peine pensé tout haut. Mais son esprit suit un fil invisible qui la mène aux tréfonds de sa mémoire :

« Personne n'était au courant de l'emplacement de la fosse du sorcier. Hormis le curé et son bedeau qui l'y avaient enterré de nuit. À l'époque, on était très strict sur la question des enterrements en terre bénie. La privation de sépulture ecclésiastique était le suprême châtiment. Tout chrétien avait droit à sa place au cimetière, hormis les coupables de suicide ; mais on ne pouvait prouver que le sorcier s'était infligé volontairement la mort. De plus, aucune accusation majeure ne pouvait justifier de priver cet homme de son repos éternel. Officiellement, c'était un baptisé, un étrange énergumène, un rebelle, mais qui n'avait même pas eu le loisir d'exécuter ses menaces contre l'Église. Le peuple n'aurait pas compris de la part d'un curé mortifié une attitude qui aurait laissé planer un parfum de vengeance ; et on exigea pour le sorcier des funérailles chrétiennes. L'homme avait à peu près le poids d'une grosse bûche de bois franc... »

Elle suspend son récit pour s'accorder un léger gloussement, pas trop sonore pour offenser sa foi, juste assez fin pour satisfaire son esprit moqueur.

Je comprends tout. Publiquement, on enterre au cimetière qui jouxte l'église une bûche enfouie au fond d'un coffre ; et de nuit on met le sorcier en terre sous son peuplier. Cinq ans plus tard, Yophie juge que le pouvoir du sorcier s'amenuise, que sa vengeance est mûre et que c'est à lui, le démon, de libérer de sa promesse l'âme du défunt.

« Comme ça, c'est Yophie qui a brûlé l'église.

— C'est un bouchon de feu sorti du peuplier de Sainte-Marie qui, sous la poussée d'un vent féroce, s'est transformé en cyclone, a dévalé les buttes, a roulé jusqu'à Bouctouche, ravageant sur son passage la cime des arbres et les toits de maison, puis est venu fondre sur le clocher qui se dressait sur la Pointe. C'est un cyclone qui a mis le feu à l'église.

— L'histoire l'appelle cyclone ; la légende, le feu de la sorcellerie. Si vous voulez mon avis... »

Elle se tourne vers mère Domrémy qui ne bronche pas.

« ... si vous voulez mon dire, Yophie aussi avait intérêt à brûler l'église. Depuis qu'il avait pu admirer les chapiteaux et les sculptures de son rival... »

Cette fois, mère Domrémy ne peut se retenir ; sœur Diogène est entrée dans sa chasse gardée. Et elle enchaîne :

« Yophie avait pu admirer quelques jours auparavant le travail du petit Léon à même l'hôtel Queen's. Et jamais je n'oserais penser qu'il ait voulu brûler l'hôtel. »

Geneviève se lève. Son esprit est si troublé par ces révélations que ses joues se mettent à pâlir. Tous ces récits réveillent sa petite enfance, une nuit de sa petite enfance, la nuit de Noël 1924.

Elle avait trois ans. La journée avait été si pleine de lumière que l'enfant avait emporté dans son sommeil des éclaboussures d'étoiles détachées du grand sapin qui trônait au milieu du salon. Ses rêves la berçaient jusqu'au ciel, la promenaient entre les anges à califourchon sur des croissants de lune, la faisaient tourbillonner dans un vent chaud et pétillant comme des bluettes qui éclatent et la secouent pour l'arracher à ses nuages... Viens, Geneviève, dépêche-toi, suis papa et maman... Elle avait été jetée en bas de son petit lit à barreaux, avait voulu pleurer, mais ses yeux brûlaient sous la danse des flammes qui allumaient le plafond. Puis elle s'était sentie poussée, garrochée, rattrapée par le bras, échappée, abandonnée en haut de l'escalier où s'engouffraient ses frères et sœurs aînés, pêle-mêle, dans le vacarme des : « Sophie ! Anne ! Geneviève ! où c'est qu'est Geneviève ? » Elle veut crier : « Chus là, en haut de l'escalier ! » mais aucun son ne parvient jusqu'à sa gorge, sa gorge qui étouffe, qui râle... elle n'en peut plus, le feu est partout, elle tousse, pousse sur le mur de fumée noire qui l'empêche de descendre, elle trébuche, s'accroche aux barreaux de l'escalier, se laisse glisser... dans une couverture qui s'enroule autour de ses épaules, ses hanches, ses jambes, la soulève, l'emporte, elle croit reconnaître la pression de son père, son père bien-aimé, qui la serre contre lui... Toute sa vie, Geneviève sentira les bras de son père entourer ses épaules fragiles, l'emporter vers son destin qui s'achèvera bientôt...

Je regarde les larmes de Geneviève glisser sur des joues qui brûlent encore au souvenir de l'incendie de 1924. Et comme si elle voulait se faire pardonner son accès de sensibilité, elle ricasse au milieu de son hoquet :

« Après soixante-quinze ans, c'est pas trois larmes qui viendront éteindre le feu qui m'a quasiment emportée avec la maison, c'te nuit-là. Mais j'aurais jamais cru, par exemple, que c'était le beau Yophie qui s'en était pris à nous autres. »

Sœur Diogène n'entend rien. Et c'est mère Domrémy qui vient réconforter Geneviève :

« Non, ma sœur, Yophie ne s'en est pas pris à votre famille. À rien non plus de ce qui a brûlé en cette fameuse nuit. S'il a voulu s'attaquer à quelque chose, c'est seulement à l'œuvre du petit Léon. Hélas ! pour atteindre l'église... si vraiment c'est lui qui a mis le feu... il a commis l'imprudence de laisser la bride sur le cou à son cyclone. »

XVIII

La mer est complètement dégagée. Les glaces sont parties avant terme. On dit que la couche d'ozone se fait de plus en plus mince ; que nos forêts souffrent de courte haleine ; que les outardes se fourvoient et partent dans toutes les directions. Les temps sont chambardés. J'entends cogner aux fenêtres du phare les derniers tic-tac du millénaire. Reprenons un bon souffle, Radi, avant de sauter, avec tous les autres, dans le grand inconnu. Suspendues entre deux instants, nous n'aurons pas beaucoup de temps pour accrocher le siècle qui s'achève à celui qui se pointe, pas beaucoup de temps, prenons un grand souffle.

... À cause ?

À cause quoi ?

... À cause que tu veux à tout de reste t'en aller ?

Il y a des jours où je n'arrive pas à la suivre. Cette enfant se figure-t-elle que j'ai le choix ? Elle n'a donc pas encore compris que je ne suis pas à la barre du temps qui fuit, que la seule récupération possible du passé est dans les images, les mots qui le fixent ?

Pourquoi penses-tu donc que je traque mère Domrémy, pompe Geneviève, cherche à surprendre sœur

Diogène, la cynique ? Pourquoi toi-même t'accroches-tu avec tant d'acharnement à mes talons ?

... *C'est pas vrai !*

Qu'est-ce qui n'est pas vrai ?

... *C'est toi qui cours après moi.*

Et pourquoi penses-tu ?

... *Par rapport que t'as peur d'y aller tout seule.*

De quoi parle-t-elle ?... Quelle effronterie, est-ce... Elle a peut-être raison... Si l'écriture n'était que l'ultime cri de la peur devant les vents qui nous poussent vers l'inéluctable... vers la fin des temps ? Les vents de plus en plus forts, les rafales, les tornades, les typhons, les sorcières de vent !

Mère Domrémy prend le relais, répond elle-même à Radi, nous entraîne toutes deux dans l'œil du cyclone.

1924.

« Tout le monde vaquait à ses affaires comme d'accoutume cette année-là. Sauf Yophie, qui ne dormait plus. Il avait vu surgir de terre les nombreuses églises, chapelles et monuments que décorait le petit Léon avec l'acharnement du passionné, passionné de son art, de la perfection des formes, de la femme qui l'incarnait à ses yeux, Carlagne. L'image de Carlagne éblouissait les cœurs affamés de beauté, torturait le cœur de Yophie affamé de Carlagne.

L'église de la Pointe-à-Jacquot passait pour le chef-d'œuvre de l'artiste. On a rapporté que le démon y pénétrait de nuit, par une lucarne percée dans le toit et repaire des chauves-souris, qu'il se guidait à la lumière des lampions et de la lampe du sanctuaire, s'emparait des chandelles du maître-autel pour mieux éclairer les chapiteaux et les bas-reliefs de la sainte table. Des témoins racontèrent que les fenêtres s'allumaient l'une après l'autre entre minuit et l'aube, que le diable en personne visitait l'église du petit Léon et lui jetait un sort.

Yophie descendait-il chaque nuit de Saint-Norbert, de Sainte-Marie, pour s'approcher de Carlagne ? Pourquoi ne pas carrément élire domicile à Bouctouche ? Un démon comme lui pouvait s'en prendre directement à la personne du petit Léon, bouclier de Carlagne, renverser d'un coup de pied fourchu le rempart qui gardait le fort. Pourquoi tant de moyens détournés, alors qu'il avait le pouvoir de l'esprit, du cœur, de l'âme damnée pour arracher Carlagne à sa réclusion ? Tant de questions restent sans réponse. Sinon une, une seule : le destin de Carlagne. »

Mère Domrémy a consulté son chêne, puis :

« Je sais que cela peut paraître contradictoire, parce que nous avons vu dès l'épisode du pont couvert l'importance des destins qui les liaient l'un à l'autre. Mais les liens entre deux êtres de cette stature ne sont pas toujours visibles à l'œil nu. »

Je vois ma conteuse plonger au plus profond d'elle-même, à la recherche d'une conciliation entre ses instincts et sa raison. Elle chasse les mouches hypothétiques et bourdonnantes qui lui encombrent le cerveau, et reprend :

« N'oublions pas que Yophie souffrait d'un mal que la psychiatrie moderne saurait sans doute nommer. »

Elle balaie d'un seul œil mon visage étonné avant d'ajouter :

« Mais ça serait quand même dommage de donner à une si rare aventure de l'âme un nom de maladie. »

Je la remercie d'un geste du front et l'invite à poursuivre.

Elle retourne s'appuyer sur les dires de la tante Marie.

« Yophie se méfiait des curés comme de tout ce qui se rapportait à l'Église. Il avait donc nourri des doutes sur l'emplacement véritable de la sépulture du sorcier. Cinq ans après la mort de son compagnon dans les conditions que l'on sait, il a jugé le temps venu d'aller vérifier sur place, c'est-à-dire au cimetière. Et c'est là qu'il a trouvé la bûche, même pas pourrie. Ce qui lui aurait fait dire, apparence, qu'un tronc de bois franc vaut mieux que celui d'un homme. Beau chenapan ! Ses doutes l'ont conduit ensuite à la demeure abandonnée du sorcier, qu'il a fouillée de fond en comble ; puis de la cour d'en arrière et de celle d'en avant, qu'il a bêchée durant des jours, pour trouver finalement le cadavre de son ami enterré sous son peuplier.

La suite, ma tante Marie elle-même avait beaucoup de difficultés à me la transmettre ; non pas que cette rapporteuse manquât de mots, c'était la conteuse la plus douée que j'aie connue, mais parce qu'elle fut prise d'une sorte de stupeur qui l'empêchait de dévoiler le mystère qu'elle avait entrevu. Mystère aussi dur à croire que ceux que Dieu nous a révélés. »

Elle glousse. J'en profite pour lui lancer la question qui hante Radi depuis qu'on a déterré le corps du sorcier :

« Le bouchon de feu ?...

— Voilà. Le bouchon de feu serait sorti du ventre de celui qui l'avait avalé malencontreusement par les narines, cinq ans plus tôt. Tel est le contenu du mystère que n'arrivait pas à décrypter la tante Marie, que n'expliquera jamais l'histoire véritable des événements, mais qui alimentera la légende du comté de Kent durant trois quarts de siècle. »

Elle laisse reposer son esprit et ses émotions. Et en silence, je reconnais avec elle que c'est une belle histoire. Mais Radi ne se repose jamais.

... *Le bouchon de feu a-t-i' brûlé l'église ?*

« Jusqu'où se rendra la boule de feu transformée en cyclone ?

— Jusqu'au clocher de l'église que le sorcier avait juré d'incendier, et que le démon voulait éliminer de sa vue. Mais sur son chemin, le cyclone a tout ravagé : les cabanes des pêcheurs d'huîtres et d'éperlans sur la baie, les sapins et les mélèzes qui jalonnaient la rive, les granges, les poulaillers, les tets à cochons, les hangars à bois... et par accident, comme ça se trouvait sur son chemin, l'hôtel Queen's et la maison de tes parents, juste à côté. »

... *La maison brûlée !*

Oui, Radi, la maison où tu aurais pu naître si elle n'avait pas brûlé cinq ans trop tôt, anéantie par le bouchon de feu que libère un démon du ventre d'un sorcier mort depuis cinq ans !

... *J'ai rien vu ! c'est pas juche !*

Si fait, c'est juste. Parce que trois quarts de siècles plus tard, tu vois tout par mes yeux, les yeux de la mémoire inconsciente et collective.

... Tu vois flamber l'église, l'hôtel Queen's, la maison paternelle. Tu vois se dérouler le drame tel que le raconte mère Domrémy qui n'a rien vu non plus.

« ... C'était la nuit du 25 décembre. Tout le village avait fêté la Noël des chrétiens, multipliant les crèches, les sapins et les bougies... une flambée de bougies.

L'alerte fut donnée par Marijoli, a-t-on rapporté, Marijoli qui dormait ou ne dormait pas à côté de son homme, le forgeron qui faisait chaque soir un dernier tour à sa forge pour éteindre les feux. Cette nuit-là, Marijoli a compris, au frémissement de ses narines, que l'odeur ne montait pas de l'enclume, mais qu'une flamme insolite lançait des gémissements jusqu'au ciel. Elle n'a pas pris le temps de secouer son forgeron, mais est partie comme une folle, en chemise de nuit et les cheveux en liberté, au galop à travers le village qui se réveille sur cette image blanche quasi surnaturelle. On a prétendu que le seul nez de Marijoli avait sauvé bien des vies cette nuit-là. Si tu veux mon dire... »

... Hm-hm...

« ... le nez de Marijoli flairait autre chose que les odeurs ; ou, si tu préfères, parvenait à les flairer avec une longueur d'avance sur tout le monde. Je suppose que le seul mot qui convient pour définir l'état fébrile de son âme à l'instant qui a précédé le drame, c'est la prémonition. C'est pourquoi elle ne s'est pas dirigée vers l'église, mais vers l'hôtel Queen's, encore endormi. Ce sont les hurlements de cette femme fluette qui ont arraché à leur sommeil les clients et le personnel de la maison. Et là, les témoins racontent avoir assisté à un phénomène qui tenait de la sorcellerie. Les flammèches sautaient du clocher de l'église aux lucarnes de l'hôtel, au toit de la maison de tes parents. On a parlé de la danse des comètes, du sabbat des feux follets, de l'enfer éventré qui crache sa lave sur la crèche de l'Enfant-Dieu. Un événement d'une telle étrangeté ne pouvait sortir de causes aussi naturelles qu'un coup de tonnerre ou un Noël mal éteint. Le village entier s'est senti un instant happé, encerclé, à la merci des démons qui cherchaient à venger quelque chose sur quelqu'un.

— Mais qui ? et quoi ?

— L'affolement de Marijoli a enfin ramené les hommes à la raison, à commencer par le forgeron. Et tous les yeux se sont braqués sur l'hôtel, ont cherché Carlagne. »

Ma chroniqueuse bouge au fond de son fauteuil, change de posture et, comme dans une course à obstacles, prend du recul avant de sauter.

« Je dois faire un pas en arrière si je veux jeter un éclairage sans équivoque sur la suite des événements. L'histoire a souvent mentionné les filles de l'hôtel Queen's. De là à le faire passer pour ce que tu sais... plusieurs mauvaises langues ont en effet parlé tout bas chaque fois qu'il était question de la maison de Carlagne. Mais tu connais mon opinion là-dessus. Carlagne accueillait dans son établissement des filles venues d'ici et là, qui faisaient le service de table, de chambre, voire qui donnaient à l'occasion des spectacles de musique et de chansons. L'une d'entre elles, qu'on disait fort jolie, était une excellente pianiste aux dires de chacun, et chantait comme un rossignol. Mais la pauvre se mourait de consomption, mal qui faisait des ravages à l'époque. Amélie Boudreau était native du Cap-Breton et... »

Je perds le fil, je n'entends plus. Elle a dit : Amélie Boudreau. Tu te souviens, Radi ? La jeune fille de dix-huit ans, dans le cimetière de Bouctouche, décédée en 1924 ? Attendez-moi, mère Domrémy, attendez-moi !

« Vous avez dit : Amélie Boudreau ?

— C'était quasiment la fille adoptive de Carlagne, d'ailleurs toutes ces demoiselles, Carlagne les traitait comme ses filles, elle qui n'avait pourtant pas quarante ans. Était-ce pour compenser la perte de sa propre fille, abandonnée à Joseph et Marijoli ? Quoi qu'il en soit, Carlagne accordait aux filles de l'hôtel le soin... je vais commettre le pire des impairs, que Dieu et mes sœurs me pardonnent !... le soin que les religieuses donnaient dans le temps à leurs pensionnaires. Hé-hé !... »

Elle s'éponge les joues et les poignets.

« Continuez.

— Quand le village a compris qu'on ne sauverait point la maison de Dieu, d'ailleurs vide aux petites heures de la nuit, il s'est tourné vers l'hôtel qui logeait beaucoup de monde. Et les secours se sont organisés. On a vidé tous les puits, fait la chaîne des seaux et des casseroles, grimpé dans les échelles jusqu'aux châssis des derniers étages. On s'affairait à sortir les clients de passage, à compter les filles de service... Il en manque une ! Amélie ! Qui a vu Amélie ?

Carlagne a entendu. Et elle s'est ébrouée comme un cheval. Car aux dires de ceux qui les ont connues, si Marijoli se révélait de la nature des plantes, Carlagne s'apparentait à l'animal. Un cerf, une jument... Pégase ! Elle a ouvert les ailes et a pris son élan... mais s'est sentie retenue, maîtrisée par nul autre que le petit Léon, son mari. Le petit Léon ne passait pas beaucoup de temps à l'hôtel, souvent parti comme l'on sait aux quatre coins du pays, partout où sortaient de terre de nouvelles églises. Mais en cette nuit de Noël, il s'y trouvait. Il circulait comme un désespéré entre les groupes à la recherche de Carlagne quand il la vit prendre son envol. Et il l'a rattrapée, juste à temps, car elle était bien déterminée à rentrer dans le brasier, récupérer la cadette de ses filles. Et alors, entre le petit homme de génie et la femme de passion s'engagea une lutte à mort. Il la serrait avec une force que l'amour seul pouvait infuser à des muscles comme les siens ; tandis qu'elle se débattait avec une énergie qu'elle tirait directement des rayons des étoiles.

Soudain, au moment où il a cru triompher, où il a senti son corps s'amollir entre ses bras, il l'a vue s'engouffrer dans la porte principale de l'hôtel et s'est aperçu qu'il tenait contre son cœur un manteau de fourrure vide. Carlagne s'était échappée, avait passé la frontière en flammes, montait les étages, dénichait sous les combles la jeune Amélie endormie ou sans connaissance, l'arrachait du lit, l'emportait dans ses bras, et la jetait par la lucarne dans le vaste manteau de fourrure que quatre hommes tenaient tendu juste en dessous comme un filet de sauvetage. »

Ma conteuse s'est détournée. La phrase suivante, elle l'a plutôt avalée :

« Au moment où la pauvre Amélie atterrissait dans la fourrure de Carlagne, le toit de l'hôtel s'effondrait. »

Radi n'accepte pas, ne pardonne pas.

... Carlagne ? ... Carlagne ? ...

Eh oui, Radi, Carlagne, dans une flambée, est montée tout droit au ciel.

La minute de silence qui a accompagné la mort de Carlagne était entrecoupée des sanglots sourds de Radi, de mère Domrémy, de moi-même qui croyais pourtant avoir tout vu venir. Ne te désole pas, Radi, seule une fin sublime pouvait emporter un personnage de cette taille. Tu ne voulais quand même pas la voir vieillir au coin du feu durant les longs hivers de la première moitié du siècle ?

... Taise-toi !

Quand ma conteuse a pu reprendre son souffle, ç'a été pour nous dire que le lendemain, elle devait se rendre... je ne sais plus où... ça n'avait aucune importance, je n'étais plus de ce monde, j'avais besoin de la nuit pour enterrer Carlagne et consoler Radi.

Une nuit sans lune, mais bavarde d'étoiles. La fête là-haut s'est poursuivie jusqu'à l'aube. Dans un demi-sommeil, dans des rêves mi-conscients, sautillants, échevelés, j'entendais psalmodier la Vierge, bégayer la Bételgeuse, dialoguer les Gémeaux, chanter la Lyre, rouler le Chariot, grommeler le Dragon, le Lion, la Grande Ourse ; je voyais le ciel, allumé de tous ses feux, s'enrouler autour de mon phare et consteller ma nuit la plus longue, la plus prophétique.

... J'ai vu ma mère mettre sa propre famille à l'abri chez un voisin, puis revenir sur ses pas, accourir auprès de Carlagne et de ses filles qu'elle enveloppait dans des manteaux et des châles dénichés de tous les coffres, guider les femmes, brasser les hommes récalcitrants, discipliner les enfants... tout un peuple qu'elle faisait monter dans sa charrette et ramenait au pays. Elle rassemblait de la force de ses bras et de son âme ces morceaux épars de familles exilées depuis quinze ans, criant de sa voix rauque et vigoureuse : « Grouillez-vous, bande de flancs-mous, et partez du bon pied, on a un siècle à rattraper ! » Ma mère Virginie-Pélagie, depuis 1755, avait vu tant de fois brûler sa maison, éparpiller ses enfants, agoniser l'Histoire abandonnée sur le bord de la route. Cette nuit-là, dans mon sommeil, elle l'a ravigotée encore un coup, a sourlingué la mémoire vieille de mille ans, a pris Carlagne par la main et l'a menée elle-même par les constellations, jusqu'à l'astre le plus haut, celui qui l'avait mise au monde au sortir de la Genèse.

Le dernier feu s'est éteint, la dernière étoile, laissant toute la place au soleil qui m'a réveillée comme un gong.

XIX

Le printemps nous a surpris de bonne heure.

... *C'est la faute à la marmotte qu'a point vu son ombre à la Chandeleur ; elle est pas rentrée dans son trou se cacher quarante jours.*

Hâtons-nous, Radi, il ne nous reste que peu de temps.

Elle m'interroge de ses yeux à pic, mais je n'ai pas de réponse. J'ignore quel vent nous pousse, quel chant de sirènes nous attire vers quel mystérieux horizon. En attendant, retournons cogner au couvent.

En longeant le cimetière, j'ai lorgné de loin la tombe d'Horace. Né en 1924, deux jours après Noël.

En cette nuit d'incendie, ma mère affairée autour des rescapés portait dans son ventre le compagnon inséparable de mon enfance, le frère rebelle, le pourfendeur de l'injustice et de la corruption du monde. Une étincelle avait bien pu se détacher du brasier pour s'imprimer dans son cerveau, mettre le feu à son âme restée à jamais insatiable.

Sans le savoir, en remontant les traces de Carlagne et de Yophie, je partais à la quête de ma propre famille. À la quête de ma propre histoire. J'allais naître cinq ans plus tard dans la nouvelle maison, parce que l'autre avait été incendiée par un tison arraché du toit de l'hôtel Queen's, incendiée par l'église, incendiée par le cyclone sorti du ventre d'un sorcier que le démon Yophie avait déterré. Sans la maison brûlée qui te force à déménager tes pénates avant même de venir au monde, Radi, tu n'aurais pas vécu ton enfance, pas rêvé de la raconter un jour, pas annoncé à toute la classe éberluée que tu serais écrivain... Je n'écrirais pas cette histoire si déjà je n'en avais fait partie.

J'entre à pieds joints dans la tapisserie que j'ai cru voir se tisser en dehors de moi et pouvoir admirer un jour de l'extérieur. Rien n'est extérieur à rien. Jamais je ne pourrai me détacher de la fresque du monde, sortir du cosmos pour le contempler avec distance et objectivité. Autant en prendre notre parti, Radi. Nous sommes de l'étoffe dont on fait les sorciers, les démons, les Yophie.

... Yophie? où c'est qu'il était, le chenapan, c'te nuit-là?

Yophie, le petit Léon, Marijoli, Amélie Boudreau...

Il est grand temps de poursuivre notre enquête. Hâtons-nous.

Mère Domrémy vient elle-même m'ouvrir.

« Tu le croiras ou non, mais le chêne a des bourgeons ce matin. Nous avons bien un mois d'avance.

— Merci, nous aurons besoin de tout le temps qu'on nous accorde. »

Elle lève son bon œil sur les miens et gratte son crâne à travers son voile :

« Un printemps prématuré allonge l'été mais raccourcit l'hiver : ça ne nous donne pas un jour de plus. De toute façon, on fait toujours avec le temps qu'on a. Et puis notre histoire achève. »

Comme la marmotte, elle sort de son trou. Je la suis. J'essaie de la suivre. Autant elle a pris son temps, durant des mois, à bâtir son histoire une phrase à la fois, errant par des sentiers philosophiques, se délectant dans des parenthèses longues de deux heures, autant soudain elle se met à dégringoler d'une image à l'autre, bousculer les personnages, inverser les temps, jouer du coude pour sortir d'un drame qui s'est déroulé sous ses pieds et qui risque à tout moment de l'engloutir. Elle se raidit, serre les poings, cette histoire n'est pas la sienne, il lui faut se débarrasser de sa vieille peau... la peau de Carlagne restée vide entre les mains du petit Léon la nuit du sinistre.

« Le lendemain de la sinistre nuit, on a fouillé les décombres de l'église, de la maison de tes parents, de l'hôtel surtout. Curieusement, on n'a trouvé que des cendres. Toutes sortes de rumeurs ont circulé, et des plus farfelues. Carlagne était entrée toute ronde dans l'Au-delà. Et on s'est mis à l'apercevoir partout : dans chaque remous de la mer en furie, dans les étoiles filantes, dans les vents en tourbillons... On disait même que la tornade infernale qui s'était jetée sur l'église, en tournant sur elle-même, s'était consumée en emportant dans les flammes la sorcière de vent.

— Allons ! on n'était plus au temps où l'on brûlait les sorcières !

— Carlagne n'a jamais passé pour une sorcière, mais une sorcière de vent. Carlagne, c'était la tempête. »

Elle rit de son audace et poursuit :

« Mais n'oublie pas qu'une tempête est un phénomène naturel. C'est pour cette raison que l'Église a fait à ses cendres des obsèques dignes de tout chrétien repentant. »

Je reste perplexe :

« Alors dites-moi pourquoi le pays a gardé si longtemps silence sur cette femme, pourtant héroïque et sublime.

— Nous sommes d'une race qui ne cherche jamais à expliquer les mystères. D'abord parce que tel est l'enseignement de la foi; surtout parce qu'un mystère qu'on explique n'est plus que de la banale réalité. »

Elle réfléchit.

« Je pense que le pays n'a jamais voulu choisir entre l'ange et le démon, et a préféré se taire sur celle qui ne répondait à la définition ni de l'un ni de l'autre. Carlagne continuera encore longtemps à faire rêver. »

Et les autres ?

Bien sûr, les autres. Comment survivre à la mort de Carlagne ? Chacun la traînait sur sa conscience.

« La première à payer tribut au sacrifice de Carlagne fut la jeune Amélie Boudreau, morte cinq jours plus tard. Elle souffrait déjà de phtisie galopante, nous le savions. Sa chute de trois étages dans un filet de fourrure, la disparition de Carlagne qui lui avait sacrifié sa vie, le froid, l'émotion, la résignation eurent raison d'une pauvre âme errante, sans famille, ramenée quelques années auparavant par le petit Léon de l'un de ses nombreux voyages et recueillie à l'hôtel Queen's. Elle fut enterrée dans le cimetière de Bouctouche, juste à côté des ruines de l'église brûlée. »

Je me souviens de sa maigre épitaphe : Amélie Boudreau, 1906-1924.

« Sacrifice inutile de Carlagne ?

— Destin de Carlagne. Je te dirai que je ne connais pas de sacrifice inutile. D'autant plus que durant ses cinq derniers jours, Amélie a eu le temps de se confier à ta propre tante, sœur Isabelle, au couvent de Bouctouche. 1924, c'est aussi l'année de la fondation de notre Congrégation. Sœur Isabelle m'a elle-même raconté... »

Mère Domrémy hésite. Je soupçonne qu'elle ne sait pas comment interpréter les aveux de la mourante. Carlagne exerçait une telle fascination sur tous les êtres qui l'approchaient que la pauvre orpheline ne se remettrait pas de sa disparition. Les seules paroles qui passèrent les lèvres de ma conteuse furent les dernières d'Amélie :

« Je la vois... allumée de rayons de soleil... elle me fait signe. »

Amélie Boudreau est morte à la dernière heure du dernier jour de 1924. Juste à temps pour inscrire l'année fatidique sur sa tombe.

L'orpheline du Cap-Breton est un personnage trop épisodique pour nous imposer un plus long silence ; et nous voilà sitôt reparties.

« Quant à Marijoli, elle a tenté toute la nuit de s'élancer dans les flammes. Elle disait entendre crier Carlagne. C'est son cœur qu'elle entendait crier. Qu'elle entendra sans doute crier tout l'hiver. Au printemps, elle est partie.

— Où ça ?

— Au début personne n'en savait rien. Sauf son mari peut-être. Quelqu'un l'aurait vue descendre du train à

Rogersville, d'autres le reprendre dès le lendemain. On a parlé de Montréal où elle aurait été aperçue chez les sœurs de la Miséricorde, à la crèche qui a vu naître la Tit-Annie.

— Et la Tit-Annie ? Que devient la fille de Carlagne ? Abandonnée par ses parents adoptifs ?

— Par sa mère, non par le forgeron qui a tout tenté pour la garder. Mais peu de temps après, le petit Léon est venu la reprendre pour la confier au pensionnat de Memramcook.

— Memramcook ? pourquoi Memramcook ?

— Je sais, tu penses au couvent de Bouctouche beaucoup plus près. Trop près, si tu veux mon avis. Il fallait soustraire à la portée des mauvaises langues la fille de Carlagne.

— Mais officiellement, c'était la fille du forgeron Joseph.

— Tu n'as pas encore compris le peu de cas qu'on fait au pays des choses officielles ? Et puis, la maison-mère de Memramcook venait de passer aux mains de la toute nouvelle Congrégation qui avait besoin d'agrandir sa chapelle. En échange des services du décorateur, on prit la petite en pension. Elle y restera jusqu'à la mort de son protecteur.

— Le petit Léon. Combien de temps le pauvre homme a-t-il survécu à Carlagne ?

— Moins de cinq ans. Cinq années de travail assidu, jour et nuit, sept jours par semaine. Sur toutes les portes de granges, dans tous les troncs d'arbres qui entouraient ses logis de passage, il gravait l'image d'une déesse auréolée de flammèches et d'étincelles. La plupart de ses arbres sont morts, bien des granges sont passées au feu, il ne reste à peu près pas de vestiges d'un art sans doute surréaliste. On l'a trouvé sans vie tout près de la nouvelle église de Bouctouche qu'il n'a pas eu le temps de décorer, au printemps 1929. »

Elle s'arrête brusquement et me toise :

« Le printemps 1929 ! Ça ne te dit rien ? »

Je lui rends son regard inquisiteur. Et je me tais. Mais je sais qu'elle est déjà en train de gratter les membranes de son cerveau :

« À l'heure où s'éteint l'artiste qui a entrepris de graver notre plus belle histoire dans le bois, vient au monde une enfant avec son étoile au derrière. Fallait bien qu'un jour la parole prenne le relais de l'art décoratif.

— Le relais des portes de granges.

— ... Qu'un jour nous sortions du bois !

— Et le verbe s'est fait chair. »

Nos deux rires n'en font qu'un. J'ai rattrapé son rythme. Vous pouvez y aller, ma mère.

Et elle y va.

« Restait Yophie. »

Bien sûr, Yophie.

« Jusqu'au milieu du siècle, on lisait encore la météo dans la couleur de la mer, le tremblement des feuilles, le comportement des animaux, et bien entendu les diverses grimaces du ciel. En général, les prédictions du temps s'avéraient assez justes. Mais personne ne se serait enhardi à crier sur les toits l'arrivée d'un cyclone. À l'époque, la sorcière de vent appartenait aux phénomènes mystérieux, et par conséquent imprévisibles. Aucun Micmac, aucun voyant charlatan ne prédit la tornade qui devait s'abattre sur Bouctouche en 1924.

Pas même Yophie.

Je reste convaincue, et là-dessus je m'appuie sur la foi de ma tante Marie, que Yophie n'a pas sciemment mis le feu à l'église. Qu'il ait sournoisement farfouillé dans la tombe d'un sorcier, passe. Avec des intentions pas très catholiques, sans doute. Que les vents déchaînés l'aient surpris en train de déterrer les racines d'un peuplier, que l'éclair de tonnerre qui s'abattit sur l'arbre ait filé sur le manche de son pic d'acier, se soit glissé jusque dans ses os, tout cela fut rapporté par la plus pure tradition orale. Avec des variantes, mais ça reste du solide.

— Yophie a fini électrisé par un éclair de tonnerre ?

— Frappé, même renversé dans le trou qu'il venait de creuser, mais point anéanti. Un démon sorti de l'enfer a la couenne dure. On l'a trouvé le surlendemain au fond de la tombe du sorcier, transi, partiellement paralysé, mais qui respirait du feu.

— L'enfer est tenace.

— La légende encore plus. Car ici commence la deuxième vie de Yophie. »

Nous nous sommes assises confortablement. Je savais qu'un pan du tableau restait blanc et que le peintre préparait ses couleurs : sombres, fauves, terreuses, chargées d'ombres et de demi-teintes. Je vois dans un clair-obscur surgir l'image de cet homme qui, jusqu'au sommet de son âge, avait porté si haut la beauté du diable, qui avait exercé un tel pouvoir sur les âmes et les cœurs durant plus d'un demi-siècle et qui, en sortant vivant de la tombe d'un autre, traîne une jambe raide comme un bois mort, et un œil fixé sur une lumière invisible.

« Mais la métamorphose de son corps n'était qu'un pâle reflet du revirement de son âme. Jamais Yophie ne se pardonnera la mort de Carlagne. Coupable ou non, il la portera jusqu'à la tombe au plus creux de ses reins. Les flammes qui avaient emporté la femme qu'il avait aimée plus que sa vie continuaient à consumer vivant le dément qui avait joué avec le feu.

— Il était devenu fou ?

— Non, bizarrement, sa tête resta intacte, son esprit plus lucide, moins trouble qu'auparavant ; comme si la foudre lui avait administré de façon naturelle le traitement de choc réservé aux malades mentaux. On aurait dit qu'un nœud s'était défait de lui-même sous son crâne, que sa poitrine s'était dilatée et que le démon apprenait petit à petit à respirer l'air pur et salin de la vie terrestre. »

Mère Domrémy prend elle-même une profonde respiration pour se prouver qu'elle est bien revenue sur terre. Je vois ses mains s'agripper aux bras de son fauteuil, bien décidées à s'y incruster. Elle redresse la tête, ne doit pas laisser son esprit partir dans toutes les directions, pas même s'envoler en haute sphère, à la quête de Carlagne. L'heure est à Yophie, la toile de fond ombragée du tableau que tout un peuple a brossé en cachette, faisant fi des clameurs et des vociférations d'un siècle acharné à boucler le millénaire.

« Yophie à lui seul raconte la moitié du drame de Carlagne, la face ténébreuse de son âme, les restes fangeux qu'elle traînait dans un subconscient vieux de millions d'années. »

Ma conteuse exhibe un sourire narquois, puis :

« Mais n'oublions pas que le Créateur n'a pas dédaigné de façonner le premier homme à même la fange qui lui restait au bout des doigts, après les sept jours de la Genèse. »

Elle cherche, tâtonne. Parce qu'elle sait bien que Yophie ne se résume pas à ce rôle de comparse, qu'il a réellement envahi le paysage du pays des côtes durant cent ans et qu'il demeure une figure légendaire si dominante qu'elle a défoncé le canevas de la légende et s'est répandue dans l'histoire.

« Un être assez riche pour révéler autant de visages qu'il avait de plis dans son âme, sans jamais renoncer pourtant à son personnage essentiel. Et unique. L'Acadie n'en a point connu deux. Et Bouctouche gardait le silence devant la silhouette qui chaque jour durant trente ans s'est détachée de l'horizon, enfilant le village, à partir du fond de l'Anse, plus tard de sa cabane en bas de la traque, jusqu'à la tombe de Carlagne à l'extrême est du cimetière marin.

— Cabane en bas de la traque ?

— C'est juste. Yophie a terminé sa vie dans la plus grande indigence, recueilli par nulle autre que Prudence, la voyante que tu as bien connue.

— Il habitait chez elle ?

— À la toute fin de sa vie. À la mort de Carlagne, il a abandonné Saint-Norbert, sa maison aux deux cheminées, les services de ma tante Marie. Elle-même m'a raconté qu'elle avait essayé en vain de le ramener à la raison... À la raison ? qu'il se rebiffait. Pour une fois qu'il était maître de sa raison ! Et cette raison lui dictait la conduite qu'il allait suivre jusqu'au dernier de ses jours. Il a laissé les ronces envahir petit à petit sa propriété de Saint-Norbert, le feu par deux fois réduire sa hêtrière en chicots calcinés.

Il s'est réfugié à l'orée de Bouctouche, d'abord en haut du village, dans la région de l'Anse ; puis à mesure que se courbait sa gigantesque stature, d'année en année il se rapprochait du centre, pour aboutir en bas de la traque, dix ans avant de s'éteindre dans les bras de Prudence, à l'âge de cent ans.

— Le jour que mourait mon père en 1954.

— Tous les fils tissent la même tapisserie, je te l'ai assez dit. Et en toile de fond, vois cette image d'un homme en noir, solitaire, boiteux, qui la traverse en silence. On rapporte que pas un jour en trente ans, Yophie n'a manqué son rendez-vous avec Carlagne. Certains diront les cendres de Carlagne, je dis l'esprit de Carlagne.

— Je n'ai pas trouvé sa tombe au cimetière de la Pointe. Je retournerai au printemps fouiller les foins salés.

— Tu fouilleras en vain.

— Les légendes ne laissent pas de traces ?

— La légende Carlagne a laissé plus de traces qu'aucune autre dans toutes les mémoires. Et la Carlagne véritable, qui a filé telle une comète échevelée dans le firmament du comté, a laissé des restes enterrés à l'extrémité du cimetière de ton village natal. Mais tu ne les retrouveras point, parce que la mer a tout emporté dans un ouragan d'automne, il y a une quarantaine d'années.

— Par deux fois, Carlagne se confrontait à la nature en furie.

— Je n'y avais pas pensé, tu as raison : une tornade l'emporte dans son tourbillon à la force de son âge ; un ouragan efface les derniers vestiges de son passage sur Terre trente ans plus tard. C'est sans doute pour ça qu'elle est restée si vivante dans la mémoire collective.

— Vous avez dit : trente ans plus tard... donc sitôt après la mort de Yophie ?

— Hé-hé !... ben oui... l'ouragan n'a emporté les restes de Carlagne qu'après la mort de Yophie. »

Nous nous regardons toutes les deux, les sourcils bien à pic, l'air de nous demander...

C'est Radi qui intervient avec son grain de sel :

... Yophie est revenu de l'enfer la chercher.

Non, Radi, point de l'enfer, ce n'est pas les démons qui sont venus la chercher. D'ailleurs Carlagne avait le pouvoir de se rendre où elle voulait sans le secours de personne, elle l'avait prouvé toute sa vie. Et puis écoute, la conteuse conte toujours.

« Prudence a survécu à Yophie de quelques années. De même que ma tante Marie. Les deux femmes ont eu l'occasion de se rencontrer à plusieurs reprises. Tu sais, ceux qui ont connu Yophie de près éprouvaient l'étrange besoin de revigorer leurs souvenirs périodiquement. »

... A veut-i' dire ravigoter ?

Chut ! Radi.

« C'est comme ça que j'ai appris les derniers moments de la vie de cet homme hors du commun. Quel revirement chez un être qui pourtant ne lâche pas les fibres essentielles de sa personnalité ! du jamais vu ! Un Yophie fondamentalement Yophie jusqu'au bout, mais qui semblait avoir déniché au fond de ses propres racines une sève qu'il n'avait jamais auparavant laissée monter jusqu'à son cœur, ou son cerveau. Lui qui avait vécu à l'aise, propriétaire terrien, dominant son entourage, se moquant des usages et de la loi, régnant par la force et la frayeur, qui s'efface tout à coup et s'en vient accepter humblement l'hospitalité de la plus indigente des rebuts de la société. Lui qui avait connu, adoré et séduit la splendide reine du comté de Kent, s'en venir partager ses dernières années avec Prudence au fond de son antre de sorcière. Et ça sans jamais se plaindre, jamais regimber contre le sort, ne demandant à la vie que la force de durer le temps qu'il fallait pour expier.

Yophie a plus d'une fois répondu à Prudence qu'il n'était pas pressé de mourir, qu'il avait encore du temps à faire. Il parlait comme s'il voyait le Destin lui tracer une voie invisible, un chemin à parcourir entre les ronces avant d'atteindre... Rendu là, il ne précisait pas. Atteindre le pardon ? le paradis ? Carlagne ? Sûrement que dans son esprit, tout cela ne faisait qu'un.

— Il avait sans doute raison. Je lui souhaite de l'avoir trouvé. »

Puis je me fais l'interprète de Radi :

« A-t-il revu les autres acteurs du drame après les événements ? Quels furent ses contacts avec le petit Léon, Marijoli, le forgeron ? A-t-il revu la Tit-Annie, sa fille ?

— Pas si vite, pas si vite. »

Pardon.

« Si fait, il aurait revu la Tit-Annie. La supérieure du couvent de Memramcook raconte qu'un jour s'est présenté au parloir un boiteux sorti de Bouctouche. Ses requêtes restaient floues et assez ambiguës pour que la sœur décide d'assister à leur entretien, par précaution. Précaution inutile. Le vieux n'a rien dit tout le temps qu'a duré la rencontre, mais semblait chercher sur le visage de la jeune fille une image, une ressemblance. Mais certaines beautés ne tolèrent aucune copie. Et Yophie s'en est revenu chez Prudence en boitant plus fort que de coutume. La supérieure m'a elle-même confié, bien des années plus tard, que l'homme étrange, en partant, lui avait glissé dans la main une somme importante qui servit à payer les frais de voyage et les études de la Tit-Annie à Montréal.

— Elle ne ressemblait pas non plus à son père ?

— On dit que ses yeux, quand ils vous fixaient, vous transmettaient une sorte de vertige. Mais on dit tant de choses ! »

... Où c'est qu'elle est rendue ?

Tais-toi, Radi.

« Le forgeron, dans tout ça ? Il n'a pas cherché à la reprendre ?

— Le forgeron a bien vite compris qu'il n'était pas de taille à lutter contre tout un village et contre Yophie. Yophie voulait éloigner définitivement la fille de Carlagne de la tombe et de la mémoire de sa mère.

— Il voulait Carlagne pour lui seul ?

— Va savoir !

— Et le village ? Vous avez dit : contre tout un village... On a refusé au forgeron la garde de sa propre fille ?

— Le forgeron n'a pas lutté. Il savait d'instinct que la fille de Carlagne devait se soustraire à la rumeur publique qui allait bientôt s'emparer du drame pour en faire un roman d'aventures. Et pourtant le brave Joseph avait nourri pour sa fille un attachement sincère et profond. Cette dernière déchirure fut son ultime épreuve. Il la portera jusqu'à sa mort avec une résignation chrétienne exemplaire. Encore aujourd'hui, on parle du forgeron Joseph avec le respect qu'on voue d'ordinaire aux personnes mortes en odeur de sainteté. »

... Où c'est qu'elle est rendue ?

« On n'a pas revu la Tit-Annie ? »

Ma conteuse se lève, se dirige vers la fenêtre, scrute son arbre.

« Ma foi, je pense que ces bourgeons-là vont éclore avant la fin de la semaine. Viens voir ça ! »

Je viens.

« Pour répondre à ta question au sujet du petit Léon, non, les deux hommes ne se sont pas revus. »

Ma dernière question ne portait pas sur le petit Léon, mais tant pis !

« Le démon a refusé de voir l'artiste ?

— Le démon était devenu un pèlerin, comme l'on sait, et l'artiste petit à petit...

— ... glissait vers les troncs d'arbres et les portes de granges.

— Les deux hommes n'avaient plus en commun que le souvenir que chacun polissait à sa manière.

— On n'eut plus de nouvelles de Marijoli ?

— Si fait, ma tante Marie l'a revue bien des années plus tard. Elle rentrait de temps en temps à Rogersville. Mais la garce de Noémi et ses crâneurs de jumeaux ne la lâchaient pas. Ça fait qu'elle repartait aussitôt.

— Je sais, on l'accusait du vol de la cape de fourrure. C'était vrai ?

— Difficile à dire. Une chose sûre, on n'a plus jamais revu le fameux manteau, ni sur le dos de Marijoli, ni de la fille de Carlagne, ni bien sûr de Noémi qui à tout bout de champ portait plainte à Dieu et à son père. Il paraît que sur son lit de mort, ses dernières paroles furent pour fustiger la forlaque de Marijoli qui lui devait un manteau. Et là-dessus, elle a trépassé.

— Emportant en paradis la vision d'une gigantesque fourrure. »

Elle ne rit pas longtemps. J'ai compris qu'elle songeait à autre chose.

« Tu n'as pas revu ton amie d'enfance ?

— Katchou ? »

Et le lendemain je m'en fus cogner à l'appartement de Katchou. Personne. Mais la porte toujours ouverte. Je savais qu'elle ne pouvait être bien loin ; les chats ne s'éloignent jamais longtemps de leur litière. Je refais le tour de la pièce, passe devant les placards, le coffre, retourne aux photos jaunies par le soleil et le temps, reviens au fauteuil empreint des fesses de Katchou, m'y assois sans gêne, me berce, et doucement je commence à fredonner une mélodie d'époque que Katchou et moi chantions sur le passage des soldats à la parade.

... *Tse long way to Tipperary...*

— *Tse long way to go!*

Katchou!

Cette fois, je lui sautai au cou. Elle parut embarrassée, mais ne fit aucun effort pour se dégager. Puis je lui cédai son fauteuil, me rangeai sur le divan, et... et c'est tout. Silence. Elle me tenait. Katchou avait compris que j'étais venue chercher quelque chose, elle savait qu'elle finirait par me le donner, mais prenait tout son temps.

« Ta sœur est point encôre morte?

— Elle va pas bien, mais tient le coup.

— J'ai perdu l'un de mes fréres la semaine passée.

— Je suis désolée.

— Pas de quoi, c'était un chenapan. Pis il avait l'âge, *anyway*.

— Tu crois qu'y a un âge pour ça?

— On l'appelait Freddie, mais son nom tout au long c'était Wilfred-Laurier. »

Je me souviens, le déserteur que Katchou et moi avions rejoint avec nos provisions au fond des bois.

Elle devine ma pensée et renchérit :

« Le *goddam* a déserté pour de bon c'te fois-citte. Pourvu qu'il charche point à revenir me tirer les orteils. »

Elle s'assombrit.

« Pourquoi reviendrait-il, Katchou? Lui dois-tu quelque chose?

— J'y dois point. Je dois rien à parsoune. »

Elle finira bien par parler, je la vois qui frétille dans la poêle.

— *Anyway* ça y appartenait pas. Il l'avait volé. Et chus nous, je sons point des voleurs, tout le reste ben point des voleurs. Prudence nous avait ben avartis : faisez tout ce que vous voulez, la vie se chargera yelle-même de vous redorser ; ben que j'en pogne pas un petit maudit à voler. Wilfred-Laurier a voulu la narguer et y a volé sous le nez la seule chouse que ma tante Prudence arait pas larguée de yelle-même. J'ai été obligée de m'en mêler. Et j'ai revolé au voleur la chouse volée. »

J'attends. La « chouse volée » finira par me tomber dans le giron.

Patience, Radi.

Elle se lève d'un coup brusque, en faisant pivoter son fauteuil à bascule. Et sans dire un mot, sans me regarder, elle se dirige vers le coffre, soulève le couvercle et étale devant mes yeux qui se mettent à pleurer les restes mités d'un manteau de fourrure.

Elle m'a laissée absorber le choc, me moucher, puis :

« Ça venait du démon Yophie. Mais nous autres, on est point une classe de monde à porter ça. Prudence m'a dit de te le bailler.

— Et Yophie, où c'est qu'il l'avait trouvé ?

— Un démon, ç'a des visions et des pouvouères hors du commun. Des fois, y en a qu'avont itou un grous bas de laine. Prudence a dit que la pelleterie avait voyagé un grous lotte : des mains du petit Léon, à ceuses-là de la Titanique, à ceuses-là de Yophie qui l'avait rachetée au couvent.

— Achetée, tu dis ? De qui ?

— Il a baillé des centaines de piastres aux sœurs qu'aviont nourri l'orpheline pour rien.

— Mais le petit Léon avait déjà payé. »

Katchou éclate de rire.

« Tout le monde s'a fait fourrer, hormis les sœurs !

— Je croyais que Yophie était mort sur la paille.

— Il a vidé son bas de laine pour c'te damnée rabat de pelleterie. Il s'embourrait dedans pour dormir chaque nuit que le bon Dieu amenait. Et avant de mourir, il a renchargé Prudence d'en faire son suaire.

— Elle a refusé d'exaucer le dernier vœu d'un mourant ?

— Point le darnier. À la darniére seconde, il s'a reviré de bord pis a dit : « Non... enterre-lè pas... consarve... la seule preuve... le seul témoin de la vie de... » Et il a trépassé. Prudence l'a gardé toutes ces ânnées ; et sus son lit de mort, m'a fait le message de te le bailler. »

Je comprends, Katchou, la tante Prudence, la sorcière, la voyante, ne me léguait pas un manteau, mais me chargeait d'une mission. Je n'héritais pas d'une cape de vison, ou d'astrakan, ou de zibeline... les mites avaient mangé jusqu'à l'identité de l'animal poilu ; j'héritais de la peau d'un personnage qui brillait au centre d'un cosmos constellé de visages éblouissants.

Épilogue

Le grand V des outardes traverse le ciel en répondant au cri strident des goélands ; la mer jalouse refuse de rendre au firmament sa part d'indigo ; le sol gelé ne peut plus retenir les pissenlits qui lui fendent la croûte sans pudeur. Le jacassement des voisines m'arrache à mon long hiver, et me ramène du plus hasardeux voyage de ma vie. Je bâille, m'étire, saute à pieds joints dans le matin, dans le siècle, le dernier du millénaire, qui n'en finit pas de finir.

Je me penche sur Radi, ma mémoire, l'enfant que je n'ai jamais cessé de traîner avec moi, et qui fait semblant de ne pas voir venir la fin. Je me détourne pour lui annoncer qu'elle devra rester dans son versant du millénaire, que le prochain cache trop d'inconnu pour elle.

Nous avons fait le tour, Radi. Avec les mots, nous sommes rentrées au pays par le clayon de la cour-arrière. Tu m'as aidée à passer à travers l'épée de feu qui...

... garde la porte des paradis perdus !... Tu radotes. Viens, c'est pas fini.

Si fait, Radi, l'histoire est finie. J'étais partie à la quête de mes personnages... quand tu m'as fait buter sur un autre : Carlagne.

... C'est pas vrai.

Comment c'est pas vrai ?
... *Tu cherchais la femme du docteur.*
... Quoi ???
... *Viens-t'en.*
Trop tard, Radi. L'histoire est finie.
... *Grouille-toi, flanc-mouse !*
Radi !... Radi !
Et un grand coup de noroît nous emporte.

... Jusqu'à la maison du docteur.

« Mais entrez donc ! Quel plaisir ! Dommage que ma femme n'y soit pas. Elle parle souvent de vous... Comme vous parlez souvent d'elle. »

Oh, oh ! mieux vaut qu'elle n'y soit pas.

« Je suis venue saluer le docteur qui m'a mise au monde.

— Mais ce n'est pas moi.

— Si.

— C'est la sage-femme, je suis arrivé trop tard. Je l'ai longtemps regretté d'ailleurs. Je voudrais pouvoir m'en vanter. »

Un galant homme, ce docteur, mais en retard sur la sage-femme, la vieille Lamant qui a garroché des deux mains des vœux hétéroclites dans mon berceau.

« Mais je vous ai vue grandir. »

Et nous causons, nous causons.

Son père, le docteur ambulant, avait connu Marijoli, bien sûr, la pauvre femme si belle, mais un peu frivole. Que voulez-vous ! À l'époque...

Il se souvient de cette époque où lui-même débarquait dans un village à peine défriché, et si candide, si limpide...

Je songe au sorcier de Sainte-Marie.

Si respectueux de ses curés et de l'Église qu'on pouvait se passer des représentants de la loi.

Je songe à Yophie.

Si sauvage et inculte qu'il ne s'exprimait encore que dans les dessins humoristiques de la Saint-Valentin.

Je songe au petit Léon.

Une époque qui n'a laissé aucune figure marquante, aucune trace...

Je songe à la Sorcière de vent.

C'est pourquoi, en atterrisssant dans un coin de pays qui respirait l'innocence même, un jeune docteur n'avait qu'à tendre la main.

« Et toutes les beautés du village venaient y manger. »

Dans un grand effort de modestie, le vieux docteur s'accorde un rire sonore au souvenir des vanités de sa jeunesse.

« Mais j'avais déjà choisi la perle que j'ai ramenée au pays de son enfance.

— Votre femme est d'ici ?

— Comme vous.

— Vous l'aviez connue à l'étranger ?

— À Montréal durant mes études. Mais elle et moi sommes des enfants du pays des côtes. Et qui a respiré l'odeur du sel marin durant ses plus tendres années gardera dans le nez... »

J'entends la porte.

« Mais voilà qu'elle arrive. Approche, mon ange. Viens voir qui nous rend visite aujourd'hui. »

La femme du docteur se dirige vers moi d'un pas décidé, me tend les bras, nous échangeons un sourire sans équivoque, dense de nos passés mutuels, les yeux qui calouettent sous des images informes mais si lointaines que... que j'en ai soudain le vertige...

« Fais passer ta visite au salon, Annie ! »

Annie !... la Tit-Annie... la femme du docteur... la fille de Carlagne...

Cette fois c'est fini, Radi, bien fini. Tu peux t'en aller.

Elle ne se retourne même pas, fait un grand pas en avant, comme si elle s'en allait m'attendre dans l'autre versant du temps. Je lève à peine la main, trop lourde, plus lourde que la terre qui me porte et que je porte...

Adieu, Radi !

Vaudreuil, le 21 février 1999

Cet ouvrage a été réalisé par la
SOCIÉTÉ NOUVELLE FIRMIN-DIDOT
Mesnil-sur-l'Estrée
pour le compte des Éditions Grasset
en février 2000

Imprimé en France
dépôt légal : février 2000
N° d'édition : 11387 - N° d'impression : 50060
ISBN : 2-246-59751-X